U0964877

蒋子龙 著

蒋子龙文学回忆录

SPM
南方出版传媒
广东人民出版社
·广州

图书在版编目（CIP）数据

蒋子龙文学回忆录 / 蒋子龙著. —广州：广东人民出版社，2017.8

ISBN 978-7-218-11844-4

Ⅰ. ①蒋…　Ⅱ. ①蒋…　Ⅲ. ①回忆录—作品集—中国—当代　Ⅳ. ① I251

中国版本图书馆 CIP 数据核字（2017）第 124459 号

JIANGZILONG WENXUE HUIYILU
蒋子龙文学回忆录　　蒋子龙　著

版权所有　翻印必究

出 版 人：肖风华

丛书主编：陈思和
责任编辑：古海阳
排　　版：广州市奔流文化传播有限公司
装帧设计：张力平
责任技编：周　杰　吴彦斌

出版发行：广东人民出版社
地　　址：广州市大沙头四马路10号（邮政编码：510102）
电　　话：（020）83798714（总编室）
传　　真：（020）83780199
网　　址：http://www.gdpph.com
印　　刷：恒美印务（广州）有限公司
开　　本：889毫米 × 1194毫米　1/32
印　　张：8.75　　插　页：2　　字　数：220千
版　　次：2017年8月第1版　2017年8月第1次印刷
定　　价：58.00元

如发现印装质量问题，影响阅读，请与出版社（020-83795749）联系调换。
售书热线：（020）83795240

蒋子龙，1941年生，河北沧州人，曾任中国作协副主席、天津市作协主席。著有《乔厂长上任记》《机电局长的一天》《一个工厂秘书的日记》《燕赵悲歌》《蛇神》《农民帝国》等。作品曾多次获得国家级文学大奖，并被译成英、法、德、俄、日、韩、意、西等十几种文字出版。

总　序

陈思和

20世纪的中国社会大潮从启蒙到革命，从抗战到解放，从浩劫到反思，浩浩荡荡。在此语境下的文学思潮，其主体也表现为激情引导下的青春澎湃，一路呼啸。直到“文革”结束，中国文学才进入一个相对稳定、宽松而多元的年代。

1978年初，我考进复旦大学中文系不久，同班同学卢新华写了一篇小说《伤痕》，一下子触动了全社会痛定思痛的神经，于是“伤痕文学”引起风潮。理论界还在那里忙着讨论什么“歌颂”还是“暴露”、“社会主义体制下会不会产生悲剧”等夹缠不清的话题时，广大人民群众已经呼啦一下通过了这部作品，由此开启了被称作“新时期文学”的方向。差不多在同一时间，思想解放运动中诞生的《今天》等一批民刊，被称作“朦胧诗”的新诗潮流开始在青年读者中广为传诵，尽管不很确切，尽管引起了争论，但是“新的美学原则”由此得到普遍认可，改变了诗歌创作的路径。1985年，一批知青作家尝试从民间风俗文化描写入手，融汇传统审美特点与西方现代主义手法，以此改变文学与政治紧密捆绑的写作观念，兴起了蓬蓬勃勃的“寻根文学”，这一创作思潮对20世纪90年代作家们转向民间、坚持写实和人文理想，产生了直接的推动作用……

一晃，四十年弹指一挥间。这四十年来，虽然道路走得曲曲折折，但国家领导层面基本上遵守了解放思想、改革开放、不搞阶级斗争、中心工作转移到经济建设等承诺。经济建设带来国家的强盛，大国和平崛起的赞声不断出现。这个时候，我常常想起地球上的另一块土地，欧洲欧罗巴，1871年巴黎公社起义被镇压下去以后，欧洲资本主义经济飞速发展，殖民政策给宗主国带来了广阔市场，国内经济发达，物质繁荣，人们陶醉在纸醉金迷的欲望追求之中，文学上流行了唯美主义、颓废主义等声色犬马的世纪末思潮。就在三十年后，法国作家罗曼·罗兰写出了《贝多芬传》，大声疾呼人类精神的追求。再过了差不多十年，第一次世界大战突然爆发，又是罗曼·罗兰发表了《超越混乱之上》的精神宣言，强调在国别以上，应该追求人类共同的精神。作家在国人与敌人的咒骂声中获得了诺贝尔文学奖，但咒骂他的人，却在战争废墟上不得不收拾残瓦一片了。

文学是社会的良知，是人类历史的见证。文学在一个时期内可能会被误解、被咒骂甚至被威胁、被迫害，但是优秀文学的真正力量，仍然在于无畏地揭示真相，肯定真善美的理想，让人性中的虚伪、凶残、血腥、无耻都感到战栗与无趣。记得很多年以前，无意中看了一部电视剧，剧中汉景帝对晁错说："老师啊，你告诉过我，对的事情总是对的，错的事情总是错的。可是，为什么现在明明对的事情却变成了错的？错的东西倒好像变成对的了？"于是，晁错被杀了。在临刑前，晁错对汉景帝说："皇上，我还要说，对的，到最后还是对的；错的，到最后总是错的。"我想，两千年以前的对与错，现在已经一点也不重要了。但这样一种坚信自己是"对的"的理想，只有在文学作品里，才会被描写得那么生动，那么有生命力。这就是文学的不朽所在！

广东人民出版社推出的这套"文学回忆录"丛书，意在为研究二十世纪下半叶的文学提供第一手的资料，收录当代作家有关文学创作的回忆与反思，以及在文学创作道路上对人生、社会和历史诸问题的思考。这是一个非常有意义的选题。四十年的文学道路和人的历史，将在这里"立此存照"，给当下一个见证，给未来一份信史，也给广大读者提供了一个多维度认知作家的好读本。

策划者向继东先生邀我为丛书作序。恭敬不如从命，于是想到了上面这些，并与本丛书作者与读者共勉。

2017年5月27日

于上海鱼焦了斋

自　序

在我青年时喜欢的歌曲里有一句歌词："一条小路曲曲弯弯细又长。"命运和文学结合在一起，路就会变得愈加崎岖和坎坷。这第一步是怎么开始的呢？是因为幸运，还是由于灾难？是出于必然，还是纯属偶然？是先天的，还是后天的？我有许多说不清的问题，其中一个就是为什么和文学结下了不解之缘。

也许这路从少年时代就开始了？当时我可实在没有意识到。

豆店村距离沧州城只不过十多里路，在我幼年的心里却好像很遥远。我的"星期天"和"节假日"就是跟着大人到十里八里外去赶一次集，那就如同进城一般。据说城里是天天赶集的。我看的最早和最多的"文艺节目"，就是听村里那些"能能人"讲神鬼妖怪的故事，讲得活灵活现，阴森可怖，仿佛鬼怪无时不在，无处不有。晚上听完鬼故事，连撒尿都不敢出门。那些有一肚子故事的人，格外受到人们的尊敬，到哪家去串门都会有人敬烟敬茶。

记得有一次为了看看火车是什么样子，我跑了七八里路来到铁道边，看着这比故事中能盘山绕岭的蛇精更为神奇的铁蟒，在眼前隆隆驰过，真是大开眼界，在铁道边上流连忘返。以后又听说夜里看火车更为壮观，火车头前面的探照灯比妖精的眼睛还要亮。于是在一天晚上我又跑到了铁道边，当好奇心得到了满足，美美地饱了眼福之后想起要回家了，心里才觉得一阵阵发毛，身上的每一个汗毛孔都炸开来，身后似有魔鬼在追赶，且又不敢回头瞧一瞧。

道路两旁的庄稼地里发出“沙沙”的响声，更不知是鬼是仙。当走到村西那一大片松树林子跟前，就更觉毛骨悚然。我的村上种种关于神狐鬼怪的传说都是在那个松树林子里进行的，树林中间有一片可怕的、大小不等的坟地。我的头皮发炸，脑盖似乎都要掀开了，低下头，抱住脑袋，一路跌跌撞撞冲出松树林，回到家里浑身透湿。待恢复了胆气之后，却又觉得惊险而新奇。第二天和小伙伴打赌，为了赢得一只“虎皮鸟”，半夜我把他们家的一根筷子插到松树林中最大的一个坟头上。

长到十来岁，又迷上了戏——大戏（京剧）和家乡戏（河北梆子）。每到过年和三月庙会就跟着剧团后边转，很多戏词儿都能背下来。今天《三气周瑜》里的周瑜吐血时，把早就含在嘴里的红纸团吐了五尺远，明天吐了一丈远，我都能看得出来，演员的一招一式都记得烂熟，百看不厌。

这也许就是我从小受到的文学熏陶。

上到小学四年级，我居然顶替讲故事的，成了“念故事的人”。每到晚上，二婶家三间大北房里，炕上炕下全挤满了热心的听众，一盏油灯放在窗台上，我不习惯坐着，就趴在炕上大声念起来。因为我能“识文断字”，是主角儿，姿势不管多么不雅，乡亲们也都可以原谅。《三国》《水浒》《七侠五义》《三侠剑》《大八义》《济公传》等等，无论谁找到一本什么书，都贡献到这个书场上来。有时读完了《三侠剑》第十七卷，找不到第十八卷，却找来了一本第二十三卷，那就读第二十三卷，十八到二十二卷就跳过去了。读着读着出现了不认识的生字，我刚一打怔神儿，听众们就着急了："意思懂了，隔过去，快往下念。"直到我的眼皮实在睁不开了，舌头打不过弯来了，二婶赏赐的那一碗红枣茶也喝光了，才能散场。

由于我这种特殊的身份，各家的闲书都往我手里送，我也可以先睹为快。书的确看了不少，而且看书成瘾，放羊让羊吃了庄稼，下洼割草一直挨到快吃饭的时候，万不得已胡乱割上几把，莲蓬松松支在筐底上回家交差。

这算不算接触了文学呢？那些闲书中的故事和人物的确使我入迷，但是对我学习语文似乎并无帮助，我更喜欢做"鸡兔同笼"的算术题，考算术想拿一百分很容易，而语文，尤其是作文的成绩总是平平。

上中学的时候我来到了天津市，这是一个陌生的、并不为我所喜欢的世界，尽管我的学习成绩在班里决不会低于前两名，而且考第一的时候多，却仍然为天津市的一些学生瞧不起。他们嘲笑我的衣服，嘲笑我说话时的土腔土调，好像由我当班长是他们的耻辱。我在前面喊口令，他们在下面起哄。我受过各样的侮辱，后来实在忍无可忍，拼死命打过架，胸中的恶气总算吐出来了。我似乎朦朦胧胧认识到人生的复杂，要想站得直，喘气顺畅，就得争，就得斗，除暴才能安良。

1957年底，班干部要列席右派的批判会。有一天我带着班里的四个干部参加教导处孟主任的批判会，她一直是给我们讲大课的，诸如《红楼梦》《聊斋》等，前天还在讲课今天就成了右派，散会后我对班里的学习委员嘟囔："孟主任够倒霉的。"平时一直对我当班长不服气（其实我是因入学考试成绩最高才被任命为班长的）的学习委员竟然到学校运动办公室告了我一状。孟主任有一条

“罪行”就是向学生宣扬“一本书主义”，学习委员的小报告让运动办的人找到了“被毒害最深的典型”。于是全校学生骨干开大会批判我，美其名叫给我“会诊”。批着批着就把我去市图书馆借阅《子夜》《家》《春》《秋》《红与黑》《复活》等图书都说成是罪过。令我大吃一惊的是，被我当成好朋友的同学竟然借口看我的借书证，而且还问我有什么读后感。我毫不警觉，心里有什么就说什么；他却全记在小本子上，去向老师汇报。断断续续批了我几个月，全校就只揪出我这么一个“小右派”，一下子臭名昭著，连别的中学也知道了我的名字。

幸好中央有规定，中学生不打右派，他们将我的错误归纳为：“受名利思想影响很深，想当作家。”根据“想当作家”这一条再加以演绎，在会上就出现了这样的批判词：“……也不拿镜子照照自己，还想当作家！我们班四十个同学如果将来都成为作家，他当然也就是作家了；如果只能出三十九个作家，也不会有他的份！”

最后学校撤掉我的班长职务，并给我一个的严重警告处分。

处分和批判可以忍受，侮辱和嘲笑使我受不了，我真实的志愿是想报考拖拉机制造学校，十四门功课我有十三门是五分，唯有写作是四分。我仍然没有改掉老毛病：喜欢看小说。他们把“想当作家”这顶不属于我的“帽子”扣到我头上，然后对我加以讽刺和挖苦。一口恶气出不来，我开始吐血，没有任何症候的吐血，大口吐过之后，就变为经常痰里带血。害怕影响毕业分配，不敢去医院检查，不敢告诉家里，更不敢让同学们知道而弹冠相庆。一个人躲到铁道外边的林场深处，偷偷地写稿子，一天一篇，两天一篇，不断地投给报社和杂志，希望能登出一篇，为自己争口气，也好气一气他们：你们不是说我想当作家吗？我就是要当出个样子来叫你们看！但是所有的投稿都失败了。事实证明自己的确不是当作家的材料，而且还深深地悟出了一个“道理”：不管什么书都不要轻易批判，你说他写得不好，你恐怕连比他更差的书也写不出来。

对文学的第一次冲击惨败之后，加上背着处分，出身又不好，我没有继续升学，而是考进了铸锻中心技术学校，后来分配进了天津重型机器厂，是国家的重点企业。厂长冯文彬是大名鼎鼎的人物，在《新名词词典》伟人栏里有他的照片和一整页的说明。工厂的规模宏伟巨大，条件是现代化的，比我参观过的拖拉机制造学校强一百倍。真是歪打正着，我如鱼得水，一头扎进了技术里。想不到我这个从农村出来的孩子对机器设备和操作技术有着特殊的兴趣和敏感，两年以后就当上了生产组组长。

师傅断言我手巧心灵将来一定能成为一个大工匠（就是八级工），但是必须克服爱看闲书、爱看戏的毛病。一个学徒工竟花两元钱买票去看梅兰芳，太不应该。我热爱自己的专业，并很高兴为它干一辈子，不再想写作的事，心里的伤口也在渐渐愈合，吐血的现象早就止住了，到工厂医院检查只得了四个字的结论：左肺钙化。但也留下一个毛病：生活中不能没有小说，每天回到宿舍不管多晚多累，也要看上一会儿书。

正当我意气风发，在工厂干得十分带劲的时候，海军来天津招兵，凡适龄者必须报名并参加文化考试。我出身不好，还受过处分，左肺有钙点，肯定是陪着走过场，考试的时候也很轻松。不想我竟考了个全市第一，招兵的海军上校季参谋对工厂武装部部长说："这个蒋子龙无论什么出身，富农也好，地主也好，反动资本家也好，我都要定了。"很长时间后我才想明白，要说我在全校考第一不算新鲜，在全市考第一连我自己都觉有点奇怪，我并没有想考多好，很大的可能是有些城市孩子不想当兵，故意考坏。我已经拿工资了，对家境十分困难的我来说这四十来元钱非常重要，可以养活三四口人，而当兵后只有六块钱津贴，还要丢掉自己喜欢的刚学成的专业，真是太可惜了。

没想到进了部队又继续上学，是海军制图学校。这时候才知道，1958年炮轰金门，世界震惊，我们宣称其他国家不得干涉我国的内政，可我们的十二海里领海在哪儿？因此从京津沪招一批中学生或中专毕业生学习测绘，毕业后绘制领海图。在这之前我确实不想当兵，可阴差阳错已经穿上了军装，想不干也不行了，就不如安下心来好好干。渐渐我的眼界大开，一下子看到了整个世界。世界的地理概况是什么样子，各个国家主要港口的情况我都了解，我甚至亲手描绘过这些港口。

我从农村到城市，由城市进工厂，从工厂到部队，经过三级跳把工农兵全干过来了。

当时部队上正时兴成立文艺宣传队，搞月月有晚会。我是班长。不错，又当了班长，同样也是因为学习成绩好。为了自己班的荣誉，每到月底不得不编几个小节目以应付晚会。演过两回，领导可能是从矬子里选将军，居然认为我还能“写两下子”，叫我为大队的宣传队编节目。小话剧、相声、快板、歌词等等，无所不写。有时打下了敌人的U2高空侦察机，为了给部队庆贺，在一两天的时间里就得要凑出一台节目。以后想起来，给宣传队写节目，对我来说等于是文学练兵。写节目必须要了解观众的情绪，节目要通俗易懂，明快上口，还要能感染人，而且十八般兵器哪一样都得会一点。这锻炼了我的语言表达能力，逼我必须去寻求新的打动人心的艺术效果，节目才能成功。

文艺宣传队的成功给了我巨大的启示。元帅、将军们的接见，部队领导的表扬，观众热烈的掌声，演员一次次返场、一次次谢幕，这一切都使我得意，使我陶醉，但并未使我震动，并未改变我对文艺的根本看法。我把编排文艺节目当成临时差事，本行还是制图。就像进工厂以后爱上了机器行业就再也不想当作家一样，我把制图当成了自己的根本大业，搞宣传队不过是玩玩闹闹。而且调我去搞宣传队，部队领导的意见就不一致，负责政工的政委点名要调，负责业务的大队长则反对，因为我还负责一个组（班）的制图。我所在部队是个业务单位，当时正值全军大练兵、大比武，技术好是相当吃香的。我在业务上当然是顶得起来的，而且已升任代组长（组相当于步兵的排一级单位），负责全组的业务工作。如果长期不务正业，得罪了握有实权的业务领导，就会影响自己的提升。

业务单位的宣传队是一个毁人的单位，获虚名而得实祸，管你的不爱你，爱你的管不着你，入党提干全没有份。但是，有一次给农村演出，当进行到诗朗诵表演的时候，有的社员忽然哭了出来，紧跟着台上台下一片唏嘘之声。这个贫穷落后的小村子，几经苦难，每个人有不同的遭遇、不同的感受，诗中人物的命运勾起他们的辛酸，借着演员的诗情把自己的委屈哭出来了。

社员的哭声使我心里产生了一阵阵战栗，使我想起了十多年前我趴在小油灯底下磕磕巴巴地读那些闲书，而乡亲们听得还是那样有滋有味。我对文学的看法突然间改变了。文学本是人民创造的，他们要怒、要笑、要唱、要记载，于是产生了诗、歌和文学，现在高度发展的文学不应该忽略了人民，而应该把文学再还给人民。文学是人民的心声，人民是文学的灵魂。作家胸中郁积的愤懑，一旦和人民的悲苦搅在一起，便会产生震撼人心的力量。人民的悲欢滋补了文学的血肉，人民的鲜血强壮了文学的筋骨。

文艺不是玩玩闹闹，文学也决不是名利思想的产物。把写作当成追名逐利，以为只有想当作家才去写作，都是可怕的无知和偏见。所以，过去我为了给自己争口气而投稿，以至于失败，也是理所当然的。因为我肩上没有责任，对人民没有责任，对文学也不负有责任，抱着试一试的态度，一试不行就拉倒。文学不喜欢浅尝辄止，不喜欢轻浮油滑，不喜欢哗众取宠。写作是和人的灵魂打交道，是件异常严肃而又负有特殊责任的工作。人的灵魂是不能憋死的，同样需要呼吸，文学就是灵魂的气管。

我心里涌出一种圣洁般的感情，当夜无法入睡，写了一篇散文。第二天寄给《光明日报》，很快就发表了。然后就写起来了，小说、散文、故事、通讯什么都干，这些东西陆陆续续在部队报纸和地方报纸上发表了。

我为此付出了代价，放弃了绘图的专长，断送了自己的前程，但我并不后悔，我认识了文学，文学似乎也认识了我。带着一百九十元的复员费，利用回厂报到前的休息时间，只身跑到新疆、青海、甘肃游历了一番。我渴望亲眼看看祖国的河山，看看各种面目的同胞。直到在西宁车站把钱粮丢了个精光，才心满意足地狼狈而归，回到原来的工厂重操旧业。

1966年，各文学期刊的编辑部纷纷关门，我有五篇打出清样的小说和文章被退回来了。由于我对文艺宣传队怀有特殊的感情，便又去领导工厂的文艺宣传队，以寄托我对文学的怀念，过一过写作的“瘾”。1972年，《天津文艺》创刊，我东山再起，发表了小说《三个起重工》。

我相信文学的路有一千条，一人走一个样儿。我舍不得丢掉文学，也舍不得丢掉自己的专业，每经过一次磨难就把我逼得更靠近文学。文学对人的魅力，并不是作家的头衔，而是创造的本身，是执着的求索，是痛苦的研磨。按着别人的脚印走不出自己的文学创作的路，自己的路要自己去闯，去踩。

这个过程也可以说是人生被文学绑架。

回顾大半生，文学害过我，也帮过我。人与文的关系是一种宿命。

编这本书，就想自我解释这种宿命。

这就要进行“创作揭谜”。即使创作不能成“谜”，每个人却都是一个谜，在降生时完全不知道将走一条怎样的人生之路。一部作品的诞生，跟一个孩子的诞生差不多，当时是怎样写出来的，当时的人生经历、思想情感及创作主张等等，全收在这本书里了。

修订这部书稿，其实是梳理自己的创作脉络，回望文学之路上的脚步。

此生让我付出心血和精力最多的，就是建构了属于自己的“文学家族”，里面有各色人物，林林总总。他们的风貌、灵魂、故事……一起涌到我眼前，勾起许多回忆。有的令我欣慰，有的曾给我惹过大麻烦。如今回望时竟都让我感到了一种“亲情”，不仅不后悔，而且庆幸当初创造了他们。

我的“文学家族”由两部分构成：一部分是虚拟的，这就是小说；另一部分是现实的，那便是散文。小说靠的是想象力和灵魂的自由，而散文靠的是情绪的真诚和思想的锋芒，后者的文字对生活、对自己具有一种更直接的真实意义，从中可清晰地看出我思想脉络的走向。

这本书所收录的，是几十年来我在各种情况下袒露自己心境的积累。也许写得太坦诚了，没有修饰，如同写日记，如同对朋友谈心。

创作以丰饶为美，而写这类文章，沉重容易，轻盈难得。我自忖，到六十岁前后，才找到了些许“轻盈”的感觉。

人的一生都在尽力发现并了解自己的“偶然局限”和“必然局限”。对一个作家来说更是如此，这也是自述类文字所存在的意义。

冯骥才

2017年2月

目　录

CONTENTS

文学与事件

记忆与议论

创作与反思

文学与事件

第一篇小说

《北京青年报》的编辑给我出了上面这个题目，有点意思，人活一世该有多少个“第一”？第一次学走路，第一次学话，第一次坐进课堂，第一次走进工厂，第一次扣动扳机，第一次拿起笔……有了第一，才有第一百、第一万；有了尝试，才有成功和失败。不论成功和失败，“第一”还是值得珍惜的。因此我不会忘记自己的第一篇小说，不论它多么幼稚可笑，抑或多么单纯可爱，它毕竟是我小说创作的开端。

60年代初，我在海军里当制图员。部队上的大练兵、大比武搞得热火朝天，士气昂扬。有两件事格外引起人们的关注，一件是帝国主义不断侵犯我们的领空和领海，我国政府一次又一次地向敌人提出严重警告；另一件事是敌人经常向我们祖国大陆上空派遣高空侦察机。这两件事都和我们海军有关，我们比别人更加焦急和愤怒。陆军老大哥打下了敌人的U2高空侦察机，空军兄弟打下了敌人的无人驾驶高空侦察机。陆海空，海军身为老二，却掉在了最后面。

机会终于来了。夏天的一个午后，某基地接到了情报，敌人的无人驾驶高空侦察机要来骚扰。但是，天不作美，空气潮漉漉，天空乌沉沉，眼看一场暴风雨就要来临。而雷电交加又会影响我们战斗机的起飞和空战。司令员叫设立在海岛上的一个海军气象站提供准确的气象预报。这个气象站是连续三年的“四好”单位，平时预报气象很准确，不想这时候中尉站长有些慌神了。他已经测出了准确的数字，两个小时之内不会下雨，可他不敢相信自己，不敢向司令员报告。关系重大呀！如果说没有雨，飞机起飞后下起雷雨来了，出了事故谁负得起责任？倘若说有雨，飞机不起飞，错过战机，那责任就更大。时间一分一分地溜过去，两个小时、一个小时，还剩下最后半个小时了，司令员急了：“你能不能保证在半小时之内不下雨？”气象站站长仍不敢保证。还剩下最后十分钟了，越到最后越紧张，敌机马上就要来了，天也阴得更沉了，雷雨似乎立刻就会泼下来，中尉站长连说话的力气都吓没了。司令员当机立断撤掉了他的职务，怒不可遏地自己下令起飞。真正交上手，从开炮到敌机坠毁还没用十秒钟。

这件事给我的震动极大，那个站长只讲花架子，平时千好万好，临到战时却耽误大事，练兵的目的应该为实战。我突然涌起一股冲动，想写点东西。在这以前我只发表过散文和通讯，写的都是真人真事。这件事牵涉到许多保密的东西，不能直截了当地表现事情的内幕。于是，我决定写小说。小说可以概括集中，以假当真，以真当假，只要虚构得像真的一样就行。一打算写小说，我认识的其他一些性格突出的人物也全在我脑子里活起来了，仿佛是催着我快给他们登记，叫着喊着要出生。我也憋得难受，就是没有时间写。

好不容易盼到星期六，吃完晚饭我就躲到三楼楼梯拐角处一个文艺宣传队放乐器的小暗室里，一口气干到深夜两点钟，草稿写完了，心里很兴奋。偷偷地回到宿舍，躺到床上之后还迷迷糊糊地似睡非睡，老是想着自己小说里的人物和对话，特别是有那么几句自己很得意的话，在心里翻来覆去念叨个没完。

下一个星期六的晚上，连抄清带修改，又干了一个通宵，稿子算完成了。偷偷地拿给一个战友看，他是甘肃人，看过稿子以后鼓励我寄给《甘肃文艺》，正合我意。我见识了中国的大海，很想有机会再游历一番中国的大山大河，自然向往西部。一个多月后小说登了出来，这就是我的第一篇小说——《新站长》。

1976年记

提起1976年，我脑子里的反应首先不是时间概念，而是各种奇怪的意象：疯牛、惊马、搅拌机、过山车、山崩地裂……还有就是一些经典作家的著名思想，譬如："一个人的智慧只能是他那个时代的智慧，无知也只能是他那个时代的无知。请注意，最伟大的头脑也不得不在某种程度上屈服于他所处的时代的迷信。"总之，1976年真是一言难尽！

凡事都有因，有因才有果，谈我的1976年，先得对上一年说上几句。经过十年折腾，工业生产已近崩溃，1975年秋天全国工业战线以"工业学大庆"为由，掀起了一股抓生产的潮流——几个月后被称做"资本主义复辟和右倾翻案风"，沾这股潮流的光我的日子开始开始好过一点了，在一吨蒸汽锤上被监督劳动近十年。虽然没有明确宣布监督结束，却让我代理工段长，负责甲班整个车间的生产。车间共有三个工段，分早（甲）、中（乙）、夜（丙）三个班，其实当初把我由厂部送到车间生产第一线监督劳动，也不是组织下文，不过是造反头头的一句话，现在当个小工头也是他们一句话的事。由于“天津工业学大庆会议”上涉及大型发电机转子，将由我们车间锻造，便让我列席这个大会。

鬼使神差从北京来了个温和的老大姐，在会场上找到我，自报家门是原《人民文学》的老编辑部主任许以，说毛泽东亲自下令，停刊多年的《人民文学》要在1976年初复刊，许以约我为复刊第一期写篇小说。不知是大气候有转暖的趋向，敏感的文学先复苏，还是国将大变，由文学发端？抑或是一种什么预兆、藏有什么玄机？《人民文学》是“国刊”，是业余作者梦寐以求想登上去的文学圣殿，可我当时没有受宠若惊，甚至不敢太过兴奋，心里没底，只是谨慎地答应试试看。

当时住在宾馆里的条件太好了，两人一个房间，有写字台、台灯，那时候开会要不断地写材料，发言必先写好稿子，我就以写材料和写发言稿为名，没白没黑地干起来了，夜里干个通宿都没人管。就这样鼓捣出了短篇小说《机电局长的一天》，发在1976年复刊第一期《人民文学》的头条。那时候流行出简报，编辑部寄给我的第一期简报上，选编了读者对我这篇小说的反应，几乎是一片赞扬声，其中还有叶圣陶、张光年等文学大家的肯定。但几乎同时，国家又发生了另外一件大事——周恩来总理去世，一种被称为“中国风度”“男人的优雅”似乎一下子都没有了！“文革”把人搞得疑神疑鬼，由此想到《人民文学》生不逢时，很可能会再次停刊，连同我的小说一起被“国丧”淹没。曾出席了陈毅追悼会的毛泽东，却未参加周恩来的追悼会，令全国狐疑，一向让百姓觉得只有一个大脑、一个步伐的中央司令部，似乎并非铁板一块。

《人民文学》继续出刊，连简报照出不误，《机电局长的一天》的影响也随之继续发酵。不知是不是受这篇小说的影响，天津市宣教组奉市委文教书记指示，让工厂给我一周的假期，到天津人民艺术剧院“掺沙子”，帮助写个话剧，遂成立“三结合”创作组，组长是《歌唱祖国》的作曲家王莘，还有人艺的导演方沉等名家。我报到后立即随创作组到全国著名的农村先进典型小靳庄深入生活，正值深冬，可想而知北方的农村会有多冷。第二天清晨我被冻得难受就到村外的河堤上跑步，跑热了把棉袄脱下来挂在河堤的小柴火垛上，等我跑了一圈再回到柴火垛跟前，棉袄不见了。呀？这哪是先进典型，简直就是贼窝嘛！

我报告了王莘，在屋里裹着棉被等消息。村里可能也觉得这事不光彩，大喇叭一遍又一遍地广播，村干部挨家挨户地去问，如果找不到这件棉袄那就是给全国的先进村抹黑，是“阶级斗争新动向”。到傍晚，村头才把棉袄送来，说有个农民早晨去赶集，看见柴火垛上有件棉袄，四周又没有人，怕丢失就先给收起来了。我觉得奇怪，去赶集的大道在河堤下面，真有赶集的人一定能看得到河堤上有人只穿着绒衣跑步，不用问就知道那棉袄是谁的，再说我跑步的时候并没有看到一个赶集的人……王莘毕竟是老同志，不让我多说反而感谢村头和那位拿了我棉袄的人。因为出了这个棉袄事件，加上我的心思根本没在这儿，在村里没待几天就回厂了。

到了3月，编辑部寄给我的简报上，读者来信就有一半认为《机电局长的一天》有严重错误。当月文化部要召开一个文艺座谈会，编辑部想保我，试探上面对我的态度，便把我的名字也报了上去。文化部居然没有把我的名字砍去，看来事情还有救。我心情不无紧张地随《人民文学》常务副主编施燕平走进会场，在第一天文化部部长于会泳的报告中就给了我当头一棒，他说：“有人写了坏小说，影响很大，倾向危险。一些老家伙们看了这篇小说激动地掉泪，难道还不足以引起我们深思、说明这件事情的严重性吗？当然，如果作者勇于承认错误，站到正确路线上来，我们还是欢迎的。”我注意到他给《机电局长的一天》定性是“坏小说”，心里愈加忐忑，“坏小说”等于“毒草”，还是比“毒草”略好一点？在这个会上做出决定，让我在《人民文学》上公开作检查。

那个年月虽然明知一公开检查，就等同于政治上被枪毙，无奈编辑部多次派副主编一级的人物到天津劝说，苦口婆心，我感觉到他们是为了我好，并许诺我在发表检查的同时，再配发一篇我的小说，以示我虽然写了“坏小说”，却并没有“倒”。于是我很认真地写了检查，自以为已经狠狠地触及了灵魂，给自己上纲上线也够高的了，寄给编辑部后却不能令他们满意。我不知是编辑部这一关就过不去，还是编辑部的上边不满意？检查一改再改，老是过不了关，后来从来津帮助我“提高认识”的另一副主编刘剑青口中知道了上边要求我上纲上线到什么程度。那等于让我自杀，我不干了，索性等着被枪毙算了，且一时压不住火当场说了句以后在京津文化圈流传甚广，并被批判我的人反复引用的粗话：“真是哑巴叫狗×了有苦说不出来，我一不再写检查，二从此不写小说，顶大还回生产一线被监督劳动，还能不让我干活！”这句话一传开，从编辑部到天津宣教组都知道了我态度不好。5月初我接到了最后一期简报，上面清一色地批判我炮制了“大毒草”，并为其定性是“宣扬阶级斗争熄灭论和唯生产力论”“替走资派翻案”……编辑部不再找我，而是由天津市宣教组的头向我传达市委文教书记王曼恬的指示：“你必须公开作检查，你写不好由编辑部替你写，如果不作检查你以为还能在车间干活吗？”我心里一激灵，反问他：“你什么意思？还要抓我？”那位姓孙的头不吭声，旁边站着个跟他一起来的人插话：“这个不好说，你自己琢磨吧。”

1976年5月9日晚上，妻子有临盆的感觉，我将7岁的儿子反锁在家里，骑自行车把妻子驮到医院，顺利产下女儿，随即返回家熬好小米粥，灌在暖水瓶里，让儿子睡下，继续锁好门，将暖水瓶挂在车把上急忙往医院赶。赶到医院门口被一人拦下，让我立刻去市委，说王书记在等我，《人民文学》的副主编带着替我写好的检查等我签字，还说他的一个同事到产房做我妻子的工作，叫她帮着劝说我同意这个检查……我一阵怒火攻心，骂他不是东西，我妻子刚生产，经得住你们这么吓唬吗？今晚除非你带警察来抓我……我越说越气竟抡起那一暖瓶小米粥向他砸去，那小子早有提防，躲闪及时只伤到了一点腿脚。我跑到产房，妻子已经吓坏了，旁边一个面目可憎的女人还在跟她絮絮叨叨……产妇最怕惊吓，一受惊吓奶水就下不来了，那个年月物质极度匮乏，没有奶水孩子大人都遭罪了。我当时的表情大概相当恐怖，只喊了一声"滚"，她就哧溜一下出了产房。我劝慰了几句妻子，她则让我别跟上边闹得太僵，得考虑她们娘仨……我冷静下来直心疼那个暖水瓶和一瓶小米粥，在

作者全家福（1978年）

那时侍候月子这就是好东西了！妻子产后还滴水未进，只好回家又重熬了一瓶。

以后的状况确如我所担心的一样，能想到的办法全试了，妻子的奶水就是下不来。我每天耳朵都支棱着，听到哪儿卖牛奶或来青菜了，骑车就奔过去。幸好我在工厂还是三班倒，当时也确实觉得天津市很小，全市几个主要的副食店，我几乎每天都能骑着自行车转一圈，但十有八九都会空手而归，真苦了我的女儿。尽管如此，我仍然给她取名叫“一巍”，寓意《机电局长的一天》巍然不动。其实怎么可能巍然不动？第二天市里派来一辆吉普车，把我拉到一个门口没有悬挂任何牌子的地方，宣教组的头和北京来的两个人在等我，经介绍其中一个竟是《人民文学》副主编、因挑战大人物批评俞平伯而受到毛泽东表扬的李希凡。是他代我写了检查，并亲自读给我听，听得我一阵阵后脊梁发冷！读后宣教组的头问我同意不同意？我说同意不同意不都得签字吗？我签上自己的名字后，二话不说就离开了。

很快《人民文学》发表了这个检查，同时还有我的一个短篇小说《铁锨传》。我和编辑部都认为这件事到此就该画句号了，殊料大麻烦才刚开始，且不断升级。首先是相关方面对我和我的小说的态度变了，从天津市宣教组传出的风声是“要在全国范围内批倒批臭”。一开始我以为是被李希凡和编辑部骗了，后来才觉得连编辑部也被于会泳或更大的头骗了，曾两肋插刀替我上纲上线起草检讨书的李希凡冲着主编袁水拍拍了桌子：“人家写了检查还要批，你们说话不算话，叫我怎么向天津市委交待？怎么向蒋子龙解释？”袁主编大概从文化部得到了什么指示，口气更硬：“现在形势变了，蒋子龙是‘毒草’小说的作者，对他也要跟对俞平伯一样，该批就得批！”

当时国内的文化类刊物不是很多，凡我在报刊门市部能见到的，都展开了对《机电局长的一天》的围剿，甚至连离我很远的广西一家社会学类的刊物和一个大学的校刊，都发表了批判《机电局长的一天》的长文。新华社1976年6月25日的《国内动态清样》上转载了辽宁分社的电稿："辽宁文艺界就批判《一天》的事请示省委，省委一领导说中央有布置，你们不要抢在中央的前边，蒋子龙是反革命分子，《一天》作为大毒草批判，编辑部敌我不分……"这一切都说明相关方面的确下了指令，乃至有过统一的部署。我仍在车间里三班倒地抓生产，也不敢去主动打听消息，只在歇班的日子到处踅摸牛奶和青菜时路过报刊门市部，进去匆匆翻翻各地报刊，获得一些各地批我的信息。

最令我想不到的竟然还有人打上门来，他们穿着绿军装，胳膊上戴着红袖章，拿着内蒙古生产建设兵团的介绍信，自称是一个排长带着两个战士，声言："天津阶级斗争的盖子没有揭开，要彻底查清蒋子龙的背景，不把他彻底揪出来我们不走！"那个时候天津市主管文艺的宣教组下面，有个具体管事的部门叫创评室，此室的人如临大敌，年轻人赶紧找出当年的红袖章戴在胳膊上，以示自己也是造反派，好与对方在政治上显得是平等的。奇怪的是那三个内蒙古的造反勇士，只在市里闹腾，明知我在天津重型机器厂，却不到厂里来揪我。后来市宣教组一个劲将他们往工厂

刚进工厂的作者（1960年）

推，他们也就真的找到了我的工厂，被大门口的工人造反派一拦，没说几句话就拔头向后转了。工厂的掌权派理由很简单，我们厂的人我们自己会解决，用不着外人来多管闲事。这实际是在我最困难的时候保了我，我若被那三个内蒙古造反派带走，就生死难料了。所以我对工厂一直有很深的感情，至今感念不忘。我还曾被关过十几天牛棚，因我只是“黑笔杆子”，犯的是路线错误，跟造反派没有私人恩怨，可以坐在耐火砖上写检查，耐火砖上面还可以垫稻草袋子。而对一个犯流氓罪的“坏分子”，那些被戴了绿帽子的人总想置他于死地，牛棚的看守又对他的犯罪细节感兴趣，就让他坐在冰块上写检查和接受造反派没完没了的审讯。这个人后来大小便失禁，下半身瘫痪。

那三个内蒙古造反派后来又进京找到《人民文学》编辑部，声色俱厉地宣布：“不彻底揭开文艺界阶级斗争的盖子，不揪出蒋子龙批倒批臭就不撤离编辑部！”我是在《文艺战线动态》第31期上见到了这个消息，当时《人民文学》主编写的交代材料上还有这样一段话：“1976年3月18日，于会泳在西苑旅社召开创作会，于说，蒋子龙的错误主要责任在邓小平，作品受邓的流毒影响，胡说什么在天津开工业学大庆会，刮风就是这个会……小说配合了右倾翻案风，把走资派当一号人物来写，影射美化邓小平，把主人公霍大道写成平头，个儿不高，老战友姓刘，老婆叫庄林，还有小万的名字也影射，霍大道就是豁出去不怕被打倒……”我真佩服那个年代的政治想象力，而且让你有口难辩，越描越黑。我为什么让一号人物姓霍记不清了，八成是姓这个姓的人少一些，显得新鲜。“大道”则根据我当兵时副大队长的名字演化来的，他自小给地主放牛，有小名无大号，丢了牛为避祸就拦住部队当了兵。当了兵就得有个名字，接收他的营长当场说：你在大路上参军，就叫王大路吧。如果非要找一个霍大道的原型出来，应该是我们厂的第一任厂长冯文彬，他原是团中央书记，曾是胡耀邦的上级，偏巧也是“个儿不高”。我给他当过秘书，冯头讲话极富鼓动性，每逢他作报告，大礼堂里比看电影人还多。我有个非常尊敬的老大姐叫庄欣，就改个字搬来做了他的妻子。至于为什么要把“走资派当一号人物”，非常好理解，那个时候的文艺作品几乎无一例外都是用“小将”“年轻的造反派”作主角，我只是想出点新。还有什么老刘就是影射刘伯承，小万就是万里等等，简直匪夷所思，现在说起来像闹着玩儿，那个时候却可以借此毁掉一个人。

先在天津最堂皇的剧院——中国大戏院召开对我的全市批判大会，过去梅兰芳、马连良等名角来津，只在这个戏院演出。我不知是该感到荣幸，还是该觉得亵渎了那个舞台，对不起前辈艺术大师。据工厂派去参加批判大会的代表回来传达说，会上呼喊“打倒蒋子龙”“踏上一只脚，永世不得翻身”等口号一百多次，其中发言最有“水平”的是曾经跟我一起参加“三结合”创作组的话剧团专业编剧。随后是工厂的批判会，召集上早班和正常班的人参加，共计7500人。听起来声势很大，真正在会场坐到底的我看连一半都没有，许多人到会场打个晃就回家了，等于放半天假，说起来还是沾了我的光。工厂对这一套似乎有些疲沓，前几天连朱德委员长去世全社会都无声无息。他可是曾经威震天下的“朱总司令”，当年提起来都是“朱毛、朱毛”，给人的印象也是个忠厚长者。身处国家领导层的顶端，还能让人觉得是个厚道人，非常难得，却就这么轻描淡写地走了，谁还对批判一个“烂秀才”有多大兴趣？顶多是其他车间的工人对我的臭名有所耳闻，却未见过我这个人，借着这个批判会想看看我长得什么样。刚开场时他们从大礼堂两边的过道排着队从台前绕一圈，为了让大家看得清楚我只好向看我的人行注目礼。大会主持人不管不问，也没有对我动手动脚。

祸不单行，几天后唐山大地震。我被震醒后下意识地将两个孩子从床上抓起来掖到床底下，见震动越来越强烈，已感到我住的老楼喀吧喀吧地摇摇欲倒，又从床下夹起两个孩子向楼下跑，慌不择路将右脚的大拇趾趾甲踢掉，竟全然不知。随后在黄河道路边胡乱搭起一个抗震棚，一家人总算有了遮风避雨的栖身之处。由于饥饿，刚出生两个月的女儿彻夜啼哭，我抱着她整夜在马路边上溜达。地震后别人都可以不上班了，我自知身份卑微不能不去。第二天到工厂一看，全面瘫痪，厂里看不到几个人，交换台的电话员却正在找我，总机接到军队的紧急电话，让我寻找一位老首长的女儿甄影颖。影颖在唐山当兵，本来休假到七月底，因为刚提干非要提前归队，27号下午我刚送走她，28号凌晨地震，父母就联系不上她了。幸好我们厂里就有火车，我通过火车司机的关系，搭乘往地震灾区送食品的火车，在震后的第四天好歹到了名义上的唐山，眼前一片废墟，原来的唐山已不复存在。没有了建筑便失去坐标，好不容易找到影颖所在的部队，我心中的一线希望也彻底破灭，找到埋葬她的地点，在坟前立了一块木板做记号，匆匆搭车回津，向她的父母报信。

谁料一周后，我自己也死了一回。工厂要恢复生产先得检修被震坏的设备，回家不得休息，上班还得带头苦干，在检修24米热处理炉时一脚踩空从上面摔了下来，瞬间只觉得暖风擦过我的脸，火光在身边一闪而过，跟着就失去了知觉。如果就那样死了，也很惬意，无痛苦也没有什么可怕的。醒来时发觉自己躺在正往医院疾驰的救护车上，守在旁边的厂医说我福大命大，正好掉在几个装炉件的稻草袋子上，若稍偏一点摔在铸钢的炉件上，很难想象是什么后果。医生的话让我一腔苦涩，“福大命大”是不敢指望了，若能扛过《机电局长的一天》这一关，或许能算得上“命硬”。不久，毛泽东主席去世，有那么一个短暂的时间我甚至忘记了自己的处境，有种天塌地陷的感觉，不知这个国家没有了伟大领袖今后将怎么办。

各单位每天上班第一件事，就是集体站在四边加了黑纱的毛泽东遗像前默哀，放哀乐。哀乐一响就会有人落泪、哽咽，甚至哭出声，我很想随大流掉几滴眼泪，但内心惊虑不安，怎么也挤不出眼泪，又不敢像别人那样假哭，只好低头静默。全厂的追悼大会就更隆重，明确宣布全厂停产，生产第一线的三个班的工人全部参加，但牛鬼蛇神除外。我眼下虽然实际上干的是工段长的活，却还不敢说自己就不是牛鬼蛇神了，因为刚对我开完了全厂的批判大会，那些“地富反坏右”以及“走资派”等反而好长时间没有挨批判了，牛棚也早就拆了。车间的头头对我不错，不能让他们为难，在召开追悼会的时候车间要留值班的，我便主动要求留下值班，头头们痛快地答应了。事后《人民文学》的编辑来信告诉我，追悼会那天，编辑部先开批判会，承认《机电局长的一天》是“大毒草”，并作了批判发言的，才可以去参加毛泽东的追悼会。

国家如同机器，当机器失控时极容易酿成大事故，在国家出大事故的时候像我这样的人最容易先被碾碎。因我是惊弓之鸟，遇事先往坏里想，忽略了另一句经典：物极必反。国家大势竟陡然转轨，随着“四人帮”的覆灭，工厂恢复党委领导，老干部落实政策，重回领导岗位，全厂各车间开始起用老的生产骨干。各级造反组织一夜之间土崩瓦解，大大小小的造反头头该抓的抓、该管的管，其他的作鸟兽散，不等人下令便纷纷离开各个“总部”，从哪儿来的又回到哪儿去，原来干什么还干什么，迅速隐身于群众之中。

我却没有重回厂部，而是被任命为锻压车间主任。记得刚上任没几天就险些出事。一次是柬埔寨的西哈努克亲王来车间参观，赶上那天刮大风，车间顶部的天窗被打碎，一块大玻璃斜楞着从高空劈下，只差一点儿就把亲王的随从的脑袋给开了。我吓出了一身冷汗，事后爬上30多米高的车间顶部，一块一块地亲手检查玻璃。另一次是国务院副总理纪登奎来，6000吨水压机正在锻造一个170吨的钢锭，干得正紧张的时候锻造天车的兜链断了，通红的大钢锭就晾在砧子上。幸好当班的工人技术不错，只用了几分钟就换上了新链子，正围着看热闹的头头们都没有看出有什么不妥。想不到当过洛阳矿山机械厂厂长的纪登奎倒很内行，当场问了一句让厂部头头下不来台的话："你们的设备有定期检修制度吗？"厂部领导满脸怒气地看着我，我知道这是转嫁责任，索性实话实说："检修制度是有，三年一大修，一年一中修，有故障随时修，但有许多年被当做修正主义的东西丢掉了。"纪登奎摇了摇头："这么大的厂子，这么好的设备，管理制度一定要跟上，该建立的建立，该恢复的恢复。"

制度可以恢复，人却回不去了。无论工人还是干部，人还是那些人，却不是原来的样子了，也包括我自己。原有的洁净、信仰、忠实都变味了，即使没有全部丢失，也大打折扣。因此我常常心生晦暗，瞧不起自己。无论是跟自己相处，还是跟社会的关系，都跟原来不一样了。其实，社会又何尝没有被伤及五内？若想痊愈恐怕难了。即使还有那一天，也不知要等到什么时候。

2016年2月12日

镜子的灾难与灾难的镜子

谈起1979年，仿佛已经非常遥远了，恍若隔世。所以，历史多是下一代写，下一代可以重写历史。而当代人说昨天，是翻晒自己的伤口，丝丝绺绺还带着血筋儿，动哪儿都疼。不疼就是假的，疼才是真实的，是好事，在人类的全部感觉中唯疼痛最深刻。

要谈我的1979年，又不能不从1975年说起。1975年给我留下印象最深的是什么呢？首先证实了民间盛传毛主席说邓小平是“钢铁公司”“人才难得”的话，因邓小平历史性地又开始全面负责中央工作，并很快就主持召开了全国钢铁座谈会。这个会跟我们行业关系重大，我在工厂的大礼堂听了详细传达。当时给我的感觉是：国家的生产形势不妙，以前的口号是“抓革命，促生产”，还把“革命”放在前面，现在则是强调“全面整顿”，首先就是整顿工业，整顿领导班子的“软散懒”，显然是要把抓经济生产排到最前面了。

到秋天，国家第一机械工业部系统学大庆会议在天津宾馆召开，其实就是落实全国钢铁座谈会对机械行业的要求。我们厂是一机部所属的大厂，我所在的车间里有6000吨和2500吨水压机，大会上将公布一批被一误再误的国家重点大锻件产品的清单，要由我的车间承担一部分。所以，我跟着工厂的领导一同参加了这个会。所谓三十年河东三十年河西，你不能不相信活着就是变化。时间是一种不可逆转、不可思议的历史力量，在需要的当口会突然迸发，生气勃勃，摧枯拉朽，让世间万物都要通过变化而存在。

由此，也把我牵进了文学的旋涡。

怪吧？后来经常有人问我：创作为什么会选择工业题材？哪是我选择工业题材，而是工业题材选择了我，人的一生中总会碰上那么几次鬼使神差、歪打正着的事情。“人”字是由两根棍子斜搭在一起构成，这就是说，一个人的命运要由别人横插上一杠子才能完成。当别人的命运介入了你的生活，并决定着你的命运时，是很无奈的。当时我在会上脑子里想的全是自己将要承担的生产任务，因《人民文学》来约稿，我写了短篇小说《机电局长的一天》（以下简称“《一天》”），惹下了大麻烦，先是体验了“在全国范围内批倒批臭”的滋味。当时国内的刊物不是很多，凡能见到的都参加进来对《一天》口诛笔伐，甚至连离我十分遥远的广西，一家社会学类的刊物和一个大学的校刊，都发表了批判《一天》的长文。新华社1976年6月25日的《国内动态清样》上转载了辽宁分社的电稿：“辽宁文艺界就批判《一天》的事请示省委，省委一领导说中央有布置，你们不要抢在中央的前边，蒋子龙是反革命分子，《一天》作为大毒草批判，编辑部敌我不分……”

现实的政治不能容忍文学的政治，便利用手中所掌握的巨大社会资源和占绝对优势的话语权，以一种偏执的政治激情取替了全社会全民的其他情感。就像叔本华说的，每个人内心里藏着的那头野兽，终于等到机会可以跑出来咆哮发怒，把痛苦加在别人身上。仿佛社会就只能在憎恨、愤怒和恐惧的对立势力中保持活力和维持存在。

事情随着历史风云的落幕而落幕。

1979年夏，《人民文学》编辑部就《一天》事件派人到天津向我道歉并约稿，意思是一样的，如果我不记恨编辑部，就再给他们写稿，稿子一发，《一天》的事情就算了结啦。于是，《乔厂长上任记》又出笼了。这下更不得了，《一天》事件的压力是来自上面，全国批天津。这回是“窝里反”，天津的机关报连续发表了14块版的批判文章，伴随着各种各样的谣言铺天盖地地压过来。一位因写过《创作需要才能》的文章曾被打成过右派的老作家王昌定，在报纸上发表了声讨我的长文之后，又带着介绍信亲自到工厂查我的老底，看我历史上有没有什么问题，是不是造反派或打砸抢分子，倘若能抓住点什么把柄，那就省事多了，可动用组织手段解决我。工厂的领导对他的大名并不熟悉，只是公事公办地接待了他，说我除去出身不好还没有发现其他问题，“文革”前是厂长秘书，后来又调到“四清”工作队，因此“文革”一开始就被造反派打成保皇派，下到生产第一线监督劳动……有人说经历就是财富，是经历让人有差别，让作家有差别。我经历了那样一番从领导层到文学圈子，从组织手段到文学手段，特别是同行们知道往哪儿下手可以置我于死地，有文学上的公开批判，有政治上的上纲上线，有组织上的内查外调，“他们相信只要摔出足够多的污泥，总会有几块沾上”。如果我身上真有黵儿，那就真完了。这就叫“经受战火的洗礼”，经过这样一番揉搓，就是块面团也熟了，心里稍微有点刚性也就成铁了。文学再不是东西也得跟它摽上了，即便我不摽它，它也得摽上我。

1979年10月底，全国第四次文代会在北京召开，那是一个文学的庆典，象征着一种结束，也是一种开始，真正地更新和换代。邓小平在开幕式上致祝词，强调不应要求文学艺术从属于临时的具体的直接的政治任务，更不能对创作横加干涉……我在台下反复端详着他的容貌，也反复掂量着他的话。“鞭子”的争论似已有了结论，所谓创作自由，其实就是想象和虚构的自由，允许我让自己的人物留个小平头。有空间才有想象，现实提供的空间毕竟是有限的，真正的自由是在想象的空间里，自由的心态才是美梦般的圆满。自由就是灵魂的呼吸，当灵魂无法呼吸时，环境一定出了问题。

写作不是好职业，却是一种生命线，是精神的动力。既成了写作的人，不写作生命就会变得苍白无力。不是有人说，一个作家的价值可以用其挨批的程度以及树敌的数目来衡量吗？创作是一种欲望，要满足创作欲自然得付出代价。偏偏文学这种东西又只会热，不会冷，在生活中老想扮演一个讨厌的求婚者，自以为已经肝脑涂地，却常被怀疑不忠；本来想借写作实现自己，写作反而使自己变成另外一个不同的人。个人的灵魂走进小说的人物中去，笔下的人物渗透进自己的灵魂中来，个人生活和小说混为一团，分不开哪是自己写的小说，哪是自己真实的生活，你分得开别人也不想分开，硬要把你的小说套在你这个人的身上。

到底是享受文学，还是在文学中享受自己？生活的本质，就是不让所有人都能得到他们想要的所有东西。经历了这种种精神上和道德上的考验，包括自我冲突，仍有责任感，连我自己都觉得是一种生命的奇迹。老挨打老也被打不死，就证明有着特殊的生命潜力。

那么，我所在的城市对我闹腾到这般地步，为什么还能让我参加第四次文代会呢？本来不可能，就在开会前一周胡耀邦专为《乔厂长上任记》做了批示，市委宣传部的人向我传达并给了我一份批示的电话记录稿。后来在公开发表的《王任重同志在全国文艺期刊编辑工作座谈会上的讲话》中，也有大致相同的意思：“蒋子龙同志的小说《乔厂长上任记》和《后记》我认为写得好，天津市委的一位同志给我写了一封信，说《乔厂长上任记》有什么缺点错误，我回了他的信。我说，小说里有那么几段话说得不大恰当，修改一下也不难。整个小说是好的，怎么说也是香花，不能说是毒草；说有缺点，那也是有缺点的香花。”

热闹吧？就为一篇小说竟惊动了这么多人。其实这并不是单纯的小说事件，它触发了时代潜在的历史情结，有着更为复杂的社会性。小说不过是碰巧将历史性潮流和历史性人物结合在一起，造成了一定的社会轰动效应，并非是作者对生活和艺术有什么了不得的发现。

其实，人经常在严重的打击下，反而会产生清醒认识和深刻反省，何况磨砺也总是最具积极意义。走过那样一段漫长而坎坷的文学经历，回过头去看如同一次远游，一个远游的人归来，总会有故事可说，于是就又写下来了。仍然还有是非，还有风波。但，写的好坏越来越无所谓，它成了保持做人的尊严的手段。

人是什么？无非是一种格。有格，就有内在的定力。神定则气闲，文章得失便无足轻重，进而有可行之道，退而有内守之固。

反省“大师事件”

文坛不可以没有大大小小的一个接一个的“事件”，不可以没有是是非非和飞短流长。设想一下，若是没有这些东西，文坛该是何等的寂寞、无聊和无趣啊。我对此是有些体会的，在过去相当长的时间里曾一而再、再而三地被困扰其中。

我的好几部小说，总是始料不及地惹出一些麻烦，被人没完没了地对号入座。有些事情甚至匪夷所思地以此划线，令人很长时间里都消散不去一会儿疼、一会儿痒的不良感应……这许多年来，层出不穷的事件或风波就像恶犬一样在追赶我、撕咬我，有时只是撕烂了我的衣服，有时却咬破了皮肉，乃至伤及心情。人生有限，如此内耗有什么意义？我决心调整自己。

在创作上，小说写得少了，主攻随笔类的文章，企望修炼自己。改变跟社会的接触点、转移注意力，看能不能让自己的文字还有另一种面貌和神态。在做人和做事上，采取逐渐淡出文坛的姿态，退回到观众席。俗谚云：巧者言，拙者默；巧者劳，拙者逸。

基本坚持“三不”方针：不参加活动，不听信传言，不评断人事。碰上实在拒绝不了的活动，严格要求自己只当“道具”……“任难任之事要有力而无气，处难处之人要有知而无言。”

人活着也不能什么事情都“不”，在“三不”的基础上又增加一个项目：每天游泳。你有多大劲到水池里比画，游一千米不过瘾就游两千、三千，多咱折腾累了多咱上岸……果然，这两年耳根子清净多了，伏案工作也宁静多了。

不料，到2002年10月末，许多中文网站同时发表了内容大致相同的消息，惹起了一场不大不小的“事件”。类似的标题比比皆是：《蒋子龙说，中国文学进入大师时代！》《请问蒋子龙，文坛大师在哪里？》《质询蒋子龙乱封大师的资格……》……

媒体时代传闻的繁殖率惊人，几乎就在一夜之间，闹哄得就跟真有那回事一样了，我能见到的还有几家大报也报道了这件事。于是，“大师时代”这个词汇在近两年里算是跟我摽上了，无论我到哪里，记者采访时劈头盖脸的第一问往往是：“你说中国文学已经进入大师时代，根据是什么？”“你说的大师都是指谁？他们也承认自己是大师吗？”……

直到2004年，春天去安徽，夏天去青海，冬天去云南，当地记者还在向我提相同的问题。现代传媒的盲从和武断不能不令人震惊。他们听到别人说我讲了什么话，只要这些话能够做点文章，那就认定是你说的了，然后再尽力从你这里再继续挤兑出一些新鲜佐料。从没有一个记者对我提出“大师论”这件事情本身生出疑问，也没有人愿意耐心地问问我为什么要这样说。人们面对传言如火燎油，却毫不在意事情的真相。起初我也曾试着想说明原委，很快就发现没有人对我是否真的说过什么感兴趣，他们只对眼前哄起来的事件本身有兴趣，甚至觉得我想解释点什么的念头都是多余的，只会越描越黑。

看来，我是该主动反省一下，向文坛、向读者作个系统的回答，对“大师”们和自己也好有个交代。但是，想要弄清这个“大师事件”到底是怎么闹腾起来的，请允许我耐着性子从头说。

2002年的秋天，我们一行五人应邀赴渥太华参加国际作家节。于当地时间9月20日深夜到达渥太华，加拿大国际作家节主席尼尔·维尔逊先生到机场迎接，甫一见面他就有些沉不住气地告诉我：“有一批人知道了你们今天要来的消息，想到机场来游行示威，以表抗议。”这有点下马威的意思，我颇感意外，心里不快语气便有些不快：“中国作家跟世界上许多国家的作家都有交往，无论到哪里去还从未听说过受到这般严重的关注，我能知道这是为什么吗？”他赶紧解释说：“加拿大是自由的国家，有人想要游行谁也没有办法，幸好警察局最后还是劝阻住了。”尼尔先生的口气中不无忧虑。

“那我们的自由呢？我们是你们请来的客人，有你们政府签发的所有合法入境手续，也应该有来参加作家节、以文会友并不受骚扰的权利和自由，那些想游行的人要向我们示一种什么样的威、想抗议我们什么呢？”我尽可能用和缓的口气问他。

主席先生以西方人习惯的表情撇撇嘴，耸耸肩，摊开两手作无奈状，算作回答。

第二天下午，我在加拿大国家图书馆报告厅做专题讲演，题目是《关于文明的对话》（此讲稿发表在同年的香港《大公报》第611期上）。按大会规定，我发言后要留出半个小时的时间回答听众提问。可我的讲演还没有结束，在大厅两条通道中间竖起的麦克风前就排起了队，那是等着向我发问的。在有80多个国家的作家参加的作家节上能有这么多人关心中国文学，着实令我兴奋，甚至感动。可惜这兴奋和感动没有延续多长时间。后来当第一个发问的印度女作家讲出她的问题之后，我就知道她并不是冲着中国文学来的。她一张口就跑题了："蒋先生作为中国知名作家，怎样看待练习气功？"

我回答说："尽管这不是今天要讨论的话题，而且我对气功也所知甚少，却还是愿意作简短的解释。前不久我还在中国的电视新闻里看到过气功表演，赤脚踩刀刃、走玻璃碴，用木棒和砖头击打头顶等等。因为中国有许多人喜欢武术，少林寺的功夫可以说名传天下，还收了一些洋弟子，另外还有武当剑、太极拳等，中国功夫源远流长，派别繁多。借用中国功夫拍成的武打电影行销全世界，创造了一个又一个的票房奇迹，连傲慢的好莱坞也不得不承认曾沾过中国功夫的光。修炼中国功夫，高手有高手的练法，老百姓为了强身健体另有老百姓的一套练法。每天早晨，在公园内，在大道边，都有许多人在演练各式各样的功夫，这已经构成了中国人生活中一道独特的风景……"

此时又有一男一女站到了话筒前，自报家门是加拿大人，但外表像华人，直截了当地用汉语发问："蒋先生，您是作家，应该能够回答中国传统文化的内涵是什么，请问气功算不算是一种传统文化？"

男的火气很冲，这是要激我的火。在这样的场合我只讲理不吵架，何况他把问题拉到文化上，这正是作家的强项。不管我脸上的肌肉听不听使唤、自然不自然，我也强迫自己咧嘴一笑："中国传统文化内容广泛，比如诸子百家，百家争鸣，是中国人对世界文化的巨大贡献。儒家的孔子、孟子，墨家的墨子，道家的老子、庄子，还有阴阳、法、名、纵横、杂、农等家，实际是189家，计4300多篇。到清代乾隆年间，耗时十年，编纂《四库全书》，收书3500余种。这还只是精神文化的一部分，不包含传统的物质文化，比如货币，那真是中国人对世界又一个大贡献，从战国时期到清代末，每有考古发掘总能挖出许多古钱币……"我若是就这个话题发挥下去，会越讲越轻松，可那位在话筒前站了好半天的年轻女子很不礼貌地高声插嘴道："不对，蒋先生您知道我们所指的是什么，不要扯到别处去……"

国际作家节主席尼尔·维尔逊很会把握会场形势，急忙打断了那位女子的话："对不起，这里是作家节，是讨论文学的会场，不是辩论气功或其他问题的地方，我们也不提供这样的时间。今天对话的时间已经延长了很多，感谢蒋先生精彩的讲演，我对他的讲演非常感兴趣。谢谢，散会。"会后维尔逊还向我解释说，另外还有一些人想在作家节期间，组织人在国家图书馆外面示威游行，被他拒绝了。但作家的讲座是公开售票的，人家买票进来听讲是不能拒绝的。我说这就怪了，他们为什么要跟作家过不去？抗议文学干什么？但实事求是地说，这对我无所谓，我向来不是神经过敏的人，精神也没有那么脆弱，顶多就感到像有个癞蛤蟆趴在脚面上——不咬人恶心人！

我们从报告大厅出来又赶赴另一个聚会，等回到宾馆的房间，已经是晚上11点钟了。我觉得很累，便将"请勿打扰"的牌子挂到门外把手上，然后开始洗澡。澡刚洗了一半，就听到电话铃响，由于洗手间里没有电话，我也就没有出去接。等洗完了澡，却又没有睡意了，这是时差反应，此时在中国是上午，通常正是我精神最好的工作时间。想想明天还有一场重头戏，国际作家节将把明天的开会时间全部交给中国作家，先由我和另外三位中国作家分别从不同角度介绍中国当代文学，然后跟世界各国的作家进行对话式的交流。鉴于今天会场上发生的事情，我需再准备一下明天的发言，于是坐到写字台前，想把要讲的内容拉一个提纲出来。这时电话又响了，我拿起听筒，耳机里传来中国话，他自称下午听了我的报告，现在就在我的楼下，想到我房间里来坐一会儿。

我以时间太晚了予以拒绝。他又邀请我到他家去坐一坐，吃点夜宵。这我就更不能接受了，告诉他我还要工作。他却反而大惊小怪地问："这都什么时候了还要工作？"我说："这都什么时候了，您不是照样还来打搅我吗？何况作家的工作本来也没有什么时间规定，您如果没有什么特别的事情我要放电话了。"他赶忙说："别，别，咱们能不能在电话里聊几句？"我要求他简短一点。他说："从大陆来的人都对我们有许多误解，我们实际是为了拯救人类……"

我说："好啊，人类太需要拯救了，现代世界还有那么多丑恶、败类，比如污染、战争、恐怖、暴力、饥饿等等。如果你们能够阻止'9·11'事件的发生，那该有多好。你们为什么不用行动去证实，赶快拯救那些你们认为正处于水深火热之中的人们，让全世界的人看看。为什么要在这儿说空话，打扰我的工作和休息呢？"他说："您是受了蒙蔽，不了解真实情况。"

我说："我已经活了60多岁，常年生活在国内，如果您认为我反而不如你这样生活在国外的人更了解中国国内的情况，而且只有你们说的才是真实的，那我们之间还有什么好说的？不是白白地浪费时间吗？"他又要求："我能不能把材料送到您房间去，等您有空的时候看一看，了解一下我们的立场……"

这样死缠烂打，真让我有点不耐烦了，便断然拒绝："不行！你们在会场上抢占来自世界各地近百名作家讨论文学的时间，现在已是深夜，几次三番给我打电话，强加于人，置起码礼仪于不顾。我本来对你们这一套并无具体的感性认识，只是通过媒体知道了一些情况，不想这次加拿大之行倒长了见识。现在不管您是什么人，对不起，我要说再见了。"

我说完就把电话挂断了，但一时再也无法集中精神考虑明天的发言。就在这时候门铃响了，我心里的火气腾一下烧起来了，这太过分啦。我气呼呼地打开房门，竟是宾馆服务员，怀里抱着一个黄色的材料袋子，想必是收了什么人的小费，来给我送宣传材料。我没有接他递过来的材料袋子，而是指指门把手上“请勿打扰”的牌子……他弯腰鞠躬道歉，转身离去。

第二天我才知道，与我同行的几位作家也受到了大致相同的骚扰。然而这只是开始，此后在加拿大的十几天里，经常会被散发各种莫名其妙的材料的人纠缠上。当你走出饭店、走下汽车，或者刚进一个风景区，他们会突然冒出来把宣传材料塞到你面前……当地人告诉我，这些人是拿了别人的钱，像打工一样替人家散发宣传品。这种情况锻炼了我们的神经，让习惯于一出国就端起来、“非礼勿视，非礼勿听”的中国人，如今享受到了只有西方国家领导人才能享受到的待遇：被围攻、堵截、质问，就差扔臭鸡蛋和砍西红柿了。

在尼尔先生标榜的这个自由的国家里，我感到很不自在，甚至明显地感受到一股来自我所不了解的从未打过交道的一些人的敌意。在这种状态下，肚子经常是鼓鼓的，该死的时差反应又没有消失，到加拿大的第三天晚上，我在宾馆接受了《世界日报》的记者采访。记得那是个台湾人，他的文章是怎么写的我没有见到，不知“大师论”是不是这次采访的产品。后来的几天到多伦多、蒙特利尔等城市时我又接受了其他一些中文报刊的采访，如《环球华报》《中华导报》等。他们的采访文章发表后有的给我寄来了样报，有的则没有寄报给我，凡是给我寄报来的都没有“中国大陆文坛进入了大师时代”的字样。我极力回想，可能还是接受《世界日报》记者采访时谈文学创作谈得最多，涉及的作家也最多，或许再加上交流时不可避免的障碍，是在记者整理加工的过程中，还是在其他记者相互传抄的过程中，就将我的许多话概括为：“中国文学进入了大师时代”了。

因此，我现在就尽量仔细地回忆，当时自己是怎么谈的。

作者在剑桥大学

无风不起浪，我现在还清楚记得当时自己的情绪比较激烈。这固然跟遭遇几次围攻有关，但我性格里也有一种农民式的狭隘。农民管这叫“护犊子”——自己家里的事自己怎么说都行，别人横插一杠子指指戳戳便不能忍受。在国内我似乎也属于“批判现实主义”一族，一走出国门，就无法容忍别人当着我的面对我熟知的一些事情肤浅地说三道四，甚至恶意地冷嘲热骂。我必定会利用自己说话的机会还以颜色。尤其厌恶华人当着外国人的面骂华人。为此我还着实地得罪了一些海外华人朋友。其实，文学也好，文坛也好，根本用不着我来给“拔创”。一个连自己都“护”不了的人又焉能“护”得了别人？当时我就该心平气静、实事求是地介绍情况或讲出自己的观点，那就不会闹出个“大师事件”来了。

采访是这样开始的：“听了您的讲演，知道您对中国当代文学是很乐观的，可事实上为什么又出不了文学大师呢？您能详细地谈谈自己的看法吗？”我就觉得心里“腾”一家伙，有团东西堵上来了，什么“三不”方针呀，什么“巧者言，拙者默”呀，全丢到脑后，开始旁征博引、夸夸其谈，而无节制了：

你说中国没有文学大师？巴金是不是大师？季羡林算不算大师？即便是一批更年轻的作家，如韩少功、贾平凹、莫言、刘恒、阿来等等，也具备了大家的气象和规模。他们以现实的魄力和勇气，精悍深切地表现了现实的品格，并呈现出一种开阔凝重的真实感。谁能否认他们是大作家？更重要的是他们都形成了自己独立的精神风格。文学就应该给人类提供出类拔萃的精神和情感，任何时代能够流传下去的，也只能是精神和情感。在今天这个物欲极度膨胀的商品时代，人们最缺乏的恰恰还是精神和情感。因此，文学的命运不是将被取代，而是变得更加为人们所必需，无论有没有大师，或承认不承认大师的存在……

你如果对他们不是很熟悉，就看看跟我同来的这几位作家。周大新，实诚而深厚，文字中跳荡着道家的智慧和幽默，是个讲故事的高手。根据他的小说改编的电影《香魂女》，曾获得过柏林电影节的金熊奖。徐小斌，则找到了一种先锋和传统的契合点，四面出击，锐不可当，她创作的电影也获得过莫斯科电影节的一等奖。迟子建，自小生活在中国最北部的北极村，文字中便天生带有一种大自然的灵性，古灵精怪，极具魅力。许多年来，小品和二人转把东北渲染成了一块轻松滑稽的土地，倒是秀婉的迟子建，或清冽或浓重地呈现了东北的深厚、雄阔，以及苍劲的历史感。联想到上个世纪的黑龙江才女萧红，我真想写一篇文章叫《女人的东北》。因此，迟子建就理所当然地摘取了澳大利亚的“悬念句子文学奖”和包括鲁迅奖在内多种重要文学奖项。她的80万字的长篇小说《伪满洲国》，周大新三卷本的长篇巨制《第二十幕》，都具备了一种大作家的品质……

现在的社会真是怪了，算卦的有大师，看风水的有大师，做饭的有大师，画画的有大师，写字的有大师，说相声演小品的有大师，唯独搞文学的，谁都敢贬，作家们自己也没有人敢自称是大作家。这是为什么？素来作家给人的印象不是很张扬、很狂傲的吗？特别是当他们相轻、相骂或自吹的时候。为什么对“大师”的头衔这么讳莫如深呢？莫非“大师”真的成了当代作家的诅咒，抑或是当代文学仍保留着起码的自尊自重?

为什么文学圈子外的人对文坛上的大师视而不见，文坛内的人谈起大师也底气不足呢?因为许多年来文学就怀有两大情结：一是呼唤全景式的、史诗般的巨著；二是呼唤人品完美、文品超群的大师级的作家。呼唤声此起彼伏，渐渐声调就由高变低，或干脆是对这种呼唤本身失去了兴趣。因为文学已经进入了非经典时代，或曰后经典时代。包括世界文坛，也大体如此。因此，如今诺贝尔文学奖发给谁都不足为怪了。举世公认的经典作品和经典作家已经找不到了，作家的成就和文学的规格不再对奖项构成震慑和威压，奖项在某种程度上说，无非是撞大运和一笔意外收入而已。“矬子里面拔将军”或“情人眼里出西施”，就有了很大的偶然性，所以常会惹得议论纷纷。但，文学一直热衷于搂抱经典，经典又是怎么消失的呢?

观念逐渐演变，为人所惊讶的事实是一点点发生的。先说文学的经典概念：“文学就是人学”——人的概念已经悄悄地变了，“机器人”也叫人，但并不是人。克隆人是人，却让我们觉得比任何妖怪都更可怕，以至于许多国家都纷纷制定法律，禁止克隆人。但，意大利据传还是搞出了克隆人。电脑不是脑，却能代替人脑干许多事，现代世界上离开一些人的脑子没有问题，一旦离开电脑就可能乱套……人的概念的泛化，带来了文学概念的无限延伸。比如，经典文学著作中都有经典人物形象。经典作家们像门捷列夫制定化学元素周期表一样，发现并创造了人物典型和人物性格的丰富画廊（谢·扎雷金语）——所有读过经典著作的人都能记住并说出几个或几十个经典的文学人物，这些深入人心的形象在很大程度上反映了实际存在的人类多种性格。作家都不愿意写重复的东西，读者也不愿意读重复的东西，而当代文学中塑造人物常常险途重重。即使有谁勉为其难地还在人物上下工夫，也常常是费力不讨好。经典人物出自经典生活，漫长平稳的经典式生活已经为喧哗浮躁的快节奏生活所替代。再比如，经典文学著作中也都有一个经典故事。现代文学写不出好故事，便聪明地逃避故事……一句话，现代文学就是要逃避经典！

接受了这个现实，文学就学会了和时代相处。这主要体现在：重目标、轻意义，重销路、轻经典，心悦诚服地向市场低头，视畅销比经典更重要。或者认为，目标就是意义，畅销就是当代经典。困惑是真实的，无法躲避的。但，这只是事情的一个方面，还有更重要的另一面，无论是热也好，冷也好，捧也好，贬也好，文学是不死的，一茬接一茬，不停地更新换代。纵使一些人甚或一些阶层不喜欢，或很喜欢，都不能阻止其存在和发展。当代中国文坛最突出的特征就是不断涌现新潮流，个性强烈，色彩纷呈，形成了不同特点的作家群落，具备了和历史、和现实、和世界上任何一个民族的文学对话的自信和智慧……像巴金、季羡林等老先生，正在成为文坛奇迹般的人物。在一个非经典时代，大师的存在本身就成了一种活的经典。中国文坛不仅有年逾百岁的老作家，还有几岁、十几岁的娃娃作家，堪称“四世同堂”“五世同堂”，队伍壮大，气象可观。这表明中国文坛大体维系着一种自然的生态平衡，年轻的作家都是自生自长出来的，各有自己的生长环境、生长优势和生长姿态，他们有资格也有条件保持着自己的原生态势，也让当代文学园地花团锦簇，丰饶妖冶。因此也可以说中国文学是值得期待的，大师级的人物也是可以期待的。

——我现在能想起来的，酿成了“大师事件”的谈话，大致就是这些。

那么，我有哪些反省呢？

细想媒体在提出这些问题时的语气，“大师事件”本身确有可以玩味的东西。至少可以看出当今媒体，或曰社会舆论，对文学甚为不屑。谁若说现在文坛出了哪位大师，那就是发烧说胡话，或者是故作惊人之语炒作新闻。那么就算我胡吹、乱侃、蒙人，言之凿凿地在海外宣布了“中国文学已经进入大师时代”，又算个什么事？这年头把牛皮吹破的、把人往死里蒙的不有的是吗？为什么其他行当吹牛就吹不出毛病，而文坛有点动静就叫人受不了呢？

这就是我反省出的当今文坛的一大怪现象：文坛可骂不可捧。无论在什么场合你千万别对文坛说好话，一说好话准惹事。相反，你对文坛骂得越狠，骂得越邪乎、越尖刻、越出新，就越令人解气，越能骂出个普天下传扬的轰动效应。

当我意识到这一点之后立即做了个实验：2004年春天在安徽省图书馆讲课时批评现在某些作家太爱惜自己的“家”了，像驮着个乌龟壳一样压得缩头弓背。作家在精神上应该是无家的，永远处在跋涉之中，总在探求和行走。冬天我在云南又大讲当今长篇小说聪明之作多，根据一个不错的点子写成一部书的多，大气之作少……这些话被四五种报纸发表出来，自然便引起一些人摇头，一些人叫好。

这些话比我在加拿大回答记者提问时说得更有意思吗？我看不见得，至少我在加拿大答问时更有激情，表情生动，面目真切。可是，人在真切的时候就容易受嘲讽，人在嘲讽别人的时候却容易受到称赞。再举个例子，全美中国作家联谊会会长冰凌，在美国成立了“中国作家之家”，义务地接待了一批又一批访美的中国作家。前几年他连续两次大张旗鼓地以全美中国作家联谊会的名义推举王蒙作诺贝尔文学奖的候选人，不管怎么说这都是好心办好事，我也认为王蒙当之无愧。可是美国有个别人借此攻击冰凌和支持他的一些朋友，令人不解的是国内的某些媒体也不知好歹，不分香臭，跟着海外的闹腾一块起哄，甚至借机出风头，趁风而扬土。比如文化艺术出版社有一家刊物，就以海外有人骂冰凌为由，撤下了专门向我约写的关于冰凌的稿子。

这件事还牵涉了两个完全无辜的人：沈世光先生和他的太太凌文璧女士。冰凌在美国主持的“中国作家之家”实际是他们的一栋三层楼的别墅，当时由中国作协副主席王蒙和中国驻纽约总领事丘胜云，共同为“中国作家之家”挂牌、剪彩。凡有国内作家去了就免费提供舒适的食宿，并抽出一人放下买卖，专程开车拉着作家们到处参观。受冰凌的牵累，这一对夫妇也被泼了不少脏水，他们被诬陷是“沽名钓誉”。他们一不写作，二不想加入作协，端的是无求于作家协会，有何名可沽、何誉可钓？他们倒霉就倒在许多年前结识了冰凌。无论什么人跟作家打交道一打长了，特别是成为朋友后，早晚是要吃亏的。果不其然，沈世光夫妇就生生被冰凌鼓动得又出房子又出钱，到最后却落下一身毛病。问题是他们为赴美的中国作家做过那么多事，现在受牵累挨了骂。你文坛上可以拿着说三道四当家常便饭，可人家是生意人，非常重视名声和信誉，他们在美创业几十年还从未受过这样的羞辱，精神上很是有些压力。我们这边从无一位头头脑脑给人家打过一次电话、写过一个字表示一句问候。这事搁到谁身上能不寒心？文坛就是这副德行，众人说好话的时候跟着沾光，有人骂街了便装哑巴站得远远地瞧热闹。

——这就是文坛。平时是是非非很多，真碰上事情就不分是非了。没有人情味，你为它做什么事情都是应该的，那都是你愿意的，但你别指望它会知恩图报。它能对你不以怨报德、落井下石就不错了。倘若你为它做了九件好事，第十件事情没有办成，它也会记恨你一辈子。但，不要误会，文坛是文坛，文学是文学，文坛不管是什么德行，都不影响文学的繁荣，甚至有助于文学的发展。这就像农家肥发酵得越臭，越能给庄稼提供养分一样。从某种意义上说，文坛越是没有希望，文学或许越有希望，一个真正意义上的大师时代会在文坛极度弱化的时候出现也未可知。我手边的资料不足，不知中外文学史上是否有这样的例子：文坛越臭，文学越香，果实也越丰硕。

因此，可以完全不必把文坛当回事。文坛既有敏感脆弱的一面，又有死猪不怕开水烫的一面，有点狗屁大的事就闹成个“事件”，你不搭理它、淡着它，它也就知趣罢休。这就是文坛经常遭人诟病的原因。谁都可以骂，不骂白不骂，骂了也白骂，骂比不骂强，强也强不了多少。何况现实生活的波涛翻滚着正欲淹没文坛，人们对生活的感受被一个又一个的事件所取代。世界充满事件，突如其来，层出不穷，霸占了人们的想象力。现实比任何小说都更令人不可思议，更使人有陌生感，自以为结构紧密实际松散而底气不足的文坛又能给文学提供什么？能为当代文学提供精神资源吗？而恰恰是文坛反倒容易误导人们，把精神资源的匮乏或根本没有精神资源当成是文学不需要这种资源，由是造成创作的思想苍白，虚构力贫弱。

没有一个作家在写作的时候会重视文坛的，作家都是在不写作的时候才想起文坛的。文坛是要往一块凑合的领域，而文学最根本的则是寻找差异。差异是最可宝贵的，有差异才有成功的可能。作家发现了与他人不一样的东西，就发现了自己创作的价值。异常活跃的文学景观，总能证实追寻差异的必要，也才能真实地反映出文学和现实的关系。作家的差异表现在对现实生活的孜孜不倦的探索和发现上，它折射出作家对现实的人文关怀和理性思考的深邃程度，以及表达人性要求与灵魂渴望的完美程度。有精神的作家才能信赖自我，不为外物所累，并有责任、有勇气面对一切。作家们若老是扎大堆，天天抱成一团你吹我捧还硬说“文学进入了大师时代”，那就不仅仅是胡吹，而是发烧说昏话了。为此受到什么样的嘲讽都活该！

记忆与议论

从一段往事谈起

——《改革小说选》序

小说家就应该去写小说，把小说的解释权留给他人和未来。

为什么这次要轮上我十分尴尬地在这本书的前面说几句开场白呢？理由有二。

其一，提出这要求的人使我无法拒绝，不论这件工作对我来说多么不合适、多么困难，我硬着头皮也得干。这个人就是阎纲同志。

说来话长。距今整整二十年前，我是个刚练习写作的业余作者，不知天高地厚，四面出击，八方投稿。有一天下午接到一个电话，是中国一流的理论刊物《文艺报》的编辑打来的。在电话中说对我寄给他们的那篇评论新人新作的文章很感兴趣，专程从北京来天津商量这件事，请我做些修改，《文艺报》准备采用。这我真是受宠若惊，平时从各报刊得到的退稿信，往往是一个“发货票”（即铅印好的退稿单），如果编辑肯在发货票左上端空白处填上我的名字，甚或写上两句话，那就感激不尽了。如今一家大刊物的大编辑，竟亲自出马帮我修改一篇小稿子，怎不令人动容动情。我打问他的姓名，才知对方还不是一般的编辑，是经常发表文章的评论家阎纲。下班后我在工厂的食堂里吃了点饭，骑了一个多小时的自行车，从工厂所在的北郊区来到市内《河北文学》招待所，阎纲同志正在等我。这是我生平见到的第一个编辑，第一次和文学界的人物交谈。出乎意料，他没有一点架子，跟我谈了两个多小时，问了我的经历，问我读过哪些书？还建议我多读些中外当代文学作品。他说我文章中的语言风格像是搞过创作的，适合于写小说，还说了其他一些使我感到新鲜又精辟的道理

我回到工厂的单身宿舍，同室的三个人已经睡了。我悄悄躺下，却怎么也睡不着，回味着阎纲的每一句话。当时还没有买手表，不知到了什么时间，又不好为了看钟点儿去把别人弄醒。最后实在躺不下去了，就干脆起床，从床下掏出小板凳，开亮自己专用的电灯泡，修改那篇文章。也不知干了多长时间，反正改好抄清之后，天刚蒙蒙亮。心里高兴，一路飞车赶到市里，招待所的大门已开。阎纲还没有醒，他的房门却不上锁。当时世风高尚，夜不闭户。我轻轻地登堂入室，没碰到一个人，把稿子放在他的床头柜上，再悄悄退出。照旧蹬飞车赶回工厂，直奔食堂，买了两个馒头，夹上两个炸糕，就着一碗稀饭，狼吞虎咽极其香甜。上班后接到阎纲的电话。他很抱歉，不知我什么时候把稿子送去的；也很满意，想不到我会这么快就把稿子改出来了。我更满意，稿子用不用在其次，重要的是我认识了一位有见地又能真诚待人的编辑和评论家。

十四年后，我们再次见面，阎纲同志仍像以前那样热情地帮助我，对我的作品中的不足，提出切中要害的批评，常令我非常感动。这样一位同志向我约稿，我怎能说得出口一个“不”字呢？

其二，他选择的这个时机，让我无法躲也无处藏。我们正参加一个马拉松式的会议，闲工夫很多。我如果宁愿去聊大天、扯闲篇，跟着大家一同滔滔不绝地说废话，而唯独不愿意应阎纲同志之约说几句哪怕也是废话的话，也未免太不近人情了。

他现在就坐在我身边，我十分惭愧自己缺乏倚马可待的才气。只好信马由缰，不加控制，自我放松，自发议论，写多少算多少。好在旁边有个“顾问”，随时都可商量，都可请教——

“您这是强打鸭子上架，叫我写这样的文字实在不合适。往下还说些什么？”

“这就怪了，莫非写什么文章，由什么人来写，还有一定的规矩不成？你越是这样说，这篇序言就越得让你写不可。更何况编在这本书里的小说，都被大家认为是写改革的作品，你熟悉这块生活，熟悉这些作品……”

“写改革的？”什么样的作品是写改革的？什么样的作品又不是写改革的？改革是怎么一回事？作家怎样来表现它？实话实说，这一大串问号令我瞠目结舌，我一个也回答不上来。

我只相信创作不会取决于素材和主题，只能取决于作家本人，世界万物是随他的眼睛而变化的。地球只有一个，而作家却成千上万，作品浩如烟海，且各不相同，就是这个道理。生活经过作家的个性过滤之后，才能变做墨水流到纸面上。读者如果有耐性能够读完这本书，就会发觉同是反映当代生活，不同作家的作品竟有如此大的差异，并从中获得兴趣。所以什么是“改革”，不同的人有不同的理解和观察。作家是不可能按照“改革”的定义去进行创作的。“改革”这两个字的盛行，是这一两年来的事情。然而所谓表现改革的作品，却在好几年前就大量涌现了。这又怎么解释呢？文艺的历史比政治的历史更长，在没有阶级之前就有文艺。表现当代生活的作家，也并不是只依靠当代的政治概念。他们要感受人民的情绪、生活的信息。只有当“改革”实际上成了群众精神生活和物质生活中最主要的问题，正在剧烈的摇荡和改变人们的生活方式（不论政治家是否提出了“改革”的口号），才能让作家把激情和材料融合成创作之火，把虚构的人物和故事融于真实的生活旋律之中。

不管人类是否打出改革的旗号，反正历史是个永不衰老的巨人，它无时无刻不充满创作的欲望。历史本身总是处在瞬息万变、毁灭与创造的过程之中。文明不会终止，生活不会老是一个模式。因此，文学也不能老是一成不变。作家们更不会发明一种百验百灵、屡试不爽的永恒规律。世界的不断更新，就是在淘汰掉一些永恒的东西。当初人类曾借助木乃伊、雕塑、绘画来表达对死亡的厌恶、恐惧和反抗，追求长生不死，精神永存。随着现代科学文化的发展，人们对“永恒”的理解也正在发生变化。我相信，文学只有在一定的社会历史背景上才能显出它实在的含义。

活在今天，又对今天格格不入，那真是太难受了。反过来说，即便是感到难受，仍然可以进行创作。有人专写自己所爱的东西，有人则擅长写所憎恨的东西。不论爱和恨，都可以产生艺术。我看这本书里就有作家们的爱和恨。

作家们没有，也不可能在这本书里提出一个什么“改革”的模式或样板。因此，我十分惶恐地拒绝接受“写改革”的头衔。但读者可以从中看到中国的生活方式正发生急剧的改变，社会和家庭的关系，人和人之间的关系，伦理道德的概念和方式，都在发生迅速变化。中国需要改变读者感情的小说，也需要帮助读者扬弃一些旧观念、构造一些新观念的小说，这样的小说正在出现。

读者可以看到一群具有明朗的灵魂、强健而又真实的当代人物，也可以看到一群心理和精神都发生了危机，在当代社会环境中不知所措的社会动物。

作家总是试图把人表现得更接近真实的生活，既不完美无缺地好，也不彻头彻尾地坏，而且常常没有一个明确的结局。

——有的人喜欢把现代的思维和技巧，装进传统的文学模式里。有的人则习惯用传统的技巧表现现代思想。

——有的人给现实主义的敏锐观察力再加上机智的幽默、不无嘲讽的态度，甚或一点荒诞的情趣。

——有的人更喜欢经营结构复杂、层次众多、主题多义及涉及许多问题的小说。有的人却并不“精确地表现生活中的全部东西，只描绘出一种气氛、一种情调、一种感觉……”

——有的人善于通过感情表达思想，他要表现的不只是外部世界、感情世界，还有亟待开发的思想世界。表现当代题材，只有具备一定的思想高度，才会反映出时代风貌。

总之，我愿读者把这些小说称作“思考小说”。作家在创作时思考的已不是一乡一地、一时一会儿的问题，而往往是带有全局性的永久性的问题。作家不得不进行人与世界、人与宇宙之间关系的思考。现代科学技术明摆着要把自己的法则强加给世界和人类，人类就得学会适应这个不可抗拒的“陌生的宇宙”。作家们正在打破题材的传统界限，以适应这个多元化结构的现实生活。小说的哲理性的加强，正标志着作家艺术思维的不断深化……一切试验、探索都需要勇气，完全失败了也不可怕。出现这样那样的毛病又有什么关系？我们已没有别的选择，光靠原来掌握的艺术手法，远远不能表达今天如此丰富的社会生活以及当代人万端复杂的心理活动。我们不应掩盖作品中的缺点，尤其是我们小说中那些明显的缺点，想盖也是盖不住的。

我们唯一能够告慰读者的，大概就是“真实”。真实的世界，真实的困难，真实的人物，真实的感情……尽管真实并不总是讨人喜欢的，我们也无法逃避它，只能正视它，聆听它的指引。有的奔放，有的细腻，有的近于粗野，但决不是人工喷泉，“虽然赏心悦目，它的喷射却受到一个机关的操纵”。但愿有一天，我们的当代文学形成像自然界的黄果树瀑布和尼亚加拉大瀑布那样的气势。我相信任何读者的心，都能够向真实洞开……

1996年夏

面对收割

为出版《蒋子龙文集》整理自己的作品时，突然感到我正面对着的是一次人生的收割。

付出了多少心血，收成到底怎样，哪个品种歉收，哪个品种有意想不到的收获，一目了然地全堆在场院里。当初庄稼长在地里的时候，曾是那么花花绿绿的一大片。只有收割后才能一览无余地看见土地的面目，看出自己的真相。

收割是喜悦的，也是严酷的，需要有勇气面对收割后的土地和收获。

回想我和文学的缘分，开始写作纯粹是出于对文学的即兴，后来能成为作家，在很大程度上要归于外力的推促——那个年代的青年人，其他的生活理想破灭后往往喜欢投奔文学，靠想象获得一种替代性的满足。一旦被文学收容下来，麻烦就会更多，于是人生变得丰富了。身不由己，欲罢不能，最后被彻底地放逐到文学这个活火山岛上来了。

因此，我的作品关注现实是很自然的。而现实常常并不喜欢太过关心它的文学。于是当代文学和社会现实之间形成了一种奇妙的关系，文学的想象力得益于现实，又不能见容于现实。

我尝过“在全国范围内批倒批臭”的滋味，也知道被报纸一版接一版地批判是怎么回事，因小说引起了一场又一场的风波。不要说有些读者会不理解，连我本人也觉不可思议，翻开不久前出版的《蒋子龙文集》，每一卷中都有相当分量的作品在发表时引起过争议。“争议”这两个字在当时的真正含义是被批评乃至被批判。这些批评和批判极少是艺术上的，大都从政治上找碴子，因此具有政治的威慑力，破坏作家的安全感和创作应有的气氛。

值得吗？从这个角度说我是个不走运的作家。是现实拖累了文学，还是文学拖累了我？

这就是我以及文学无法脱离的时代。

说来也怪，正是这一次又一次的批判，像狗一样在追赶着我，我稍有懈怠，后面又响起了狂吠声，只好站起来又跑。没完没了的争议，竟增强了我对自己小说的自信心，知道了笔墨的分量，对文学有了敬意。自己再也没有什么可丢失的了，在创作上反而获得了更大的自由。当一个人经常被激怒、被批评所刺激，他的风格自然就偏于沉重和强硬，色彩过浓。经历过被批判的孤独，更觉活出了味道，写出了味道。我的文学结构并非子虚乌有的东西，它向现实提供了另一种形式。

当然，我也获得过许多奖励。其实批评和奖励都是一种非常表面的东西，它最大的功能是督促我去追求一种更强有力的叙事方法。

无论读者怎样评价我的作品，它都是我的别传，是这段历史时期的一个投影。我唯一能说的是对得住自己的责任和真诚。经历了争争斗斗，七批八判，如同庄稼经历了自然界的干旱、雨涝、风沙、霜冻、冰雹，仍然有所收获，仍然保留了一份坦诚，一份自然，人格文格仍然健全，我忽然又生出了几分欣慰。

艺术说到底，还不就是求真、存真嘛。

面对自己，发现这十几年来对创作的想法有了很大的变化，大致可分为三个阶段。

从1979年到1983年算一个阶段，这个阶段我写得积极严肃，快而多，我的大部分短篇和中篇小说都是在这个阶段写的。写了以《开拓者》《拜年》为代表的一批工业社会领导层里的人物和以《赤橙黄绿青蓝紫》为代表的年轻人。往往这一篇还没有被“批深批透”，我的新作又出来了，使某些人批不胜批。这个时期我的情感以忧、思、愤为主，文学的责任承载着现实的严峻，视真诚为创作的生命。尽管这真诚有点沉重，有时锋芒直露，对前途倒并未丧失信心，甚至对有些人物还投以理想的光焰。就这样，形成了这一阶段我的创作基调，或者说我已经意识到自己的风格了，并有意强化这一风格，追求沉凝、厚重。跟文学较劲，努力想驾驭文学。

自1984年至1989年，想摆脱自己的模式，扩大视野。文学不应该以题材划分，作家不应该被题材局限。这个时期写了两部长篇小说和以《收审记》为代表的“饥饿综合症”系列小说。这个时期的情感和创作基调是沉静，沉静中有反思有热望。冷静地观察和思索，并未使我脱离现实，相反倒更重视文学的现实品格了。冲出工业题材的束缚，对工业社会的熟悉更有助于我探索和表现工业人生。我的文学天地开阔了，能够限制我的东西在减少，创作的自由度在增长。

——这个阶段对我是至关紧要的。走出了自己的阴影，也走出了别人的阴影。这很难，但很值得，没有这个阶段的变化就不会有今天的“收割”。我想人的所谓的昙花一现（像昙花那样轰轰烈烈、辉煌灿烂地一现也很了不起，不应该受到嘲讽，也没有必要自惭形秽）就是不能突破最初使自己成名的风格和题材的局限，从始至终都是“一段作家”。

自1990年以后，我不再跟文学较劲，不想驾驭文学，而是心甘情愿、舒展自如地被文学所驾驭。超脱批判，悟透悲苦，悟出了欢乐，笑对责难和褒奖，写自己想写的东西。自觉正在接近文学的成熟期，进入创作的最佳阶段，各方面的准备都做得差不多了。

这次“收割”实际是在我的播种期进行的，它只占了我很少的一点精力，并不影响正常的耕作。况且，收割后的土地会渴望着新的播种。

春种秋收，乐此不疲。

1994年2月18日

甲子人语

毋庸讳言，一般人都不愿意老。不然为什么有相当多的人怕退休？甚至为延缓退休而涂改年龄，所谓“59岁现象”即是“退休恐惧症”的一种反应。所以，国人把正常退休形容为“安全着陆”，退休居然成了很不安全的事情，就如同有一架老掉牙的飞机，能够平安降落就是万幸。这时候就看出来，还是当作家好。退休不仅不会影响写作，还意味着有更充裕的时间用于写作。

话说我也终于熬到了该退休的日子，就觉呼啦一下，全身心即刻轻松下来。从此作家协会的是是非非、吵吵闹闹，文人们相轻也罢，相亲也好，谁去告状，谁又造谣，如何平衡，经费多少，药费能否报销，职称有无指标……全跟我没有关系了，感到从未有过的自由和惬意。人到60岁就有了拒绝的权利，对有些人和事可以说“不”了，不想参加的活动就不去，不想开的会就不开，不想见的人就不见，不想听的话就不听……眼不见心不烦，耳根清净心就清净。哎呀，妙，人到了60岁真好！

人一般会越老越宿命。我就越来越相信造物主的公平：年轻时得到的多，上了年纪就失去的多；年轻时缺的，到老了还会补上。我在年轻的时候就没有很好地享受青春，到老了反而开始体验自己的青春……那么，我在青春年少的时候干什么去了？这要说起来话可就长了。年届花甲，倒也不妨小结一番。

我出生于日本侵华的战乱年代，在逃难中因奶水吃不饱经常哭闹，乡亲们都藏在庄稼地里，最怕的就是有人出声。于是我成了大家的拖累，家人无奈一咬牙便把我遗弃在高粱地。但跑出去老远还能听得到我的哭声，心实不忍，大姐又折回把我抱上，算是捡回了一条小命，也是我命不该绝。俗云："大难不死，必有后福。"我虽然自小喜欢练武，沧州以练武闻名于世，我的村上就有南北两个练武的场子。可上学以后功课还不错，曾经在全区会考中拿过第一名，这下就调动起父亲的野心。他因识文断字，在村上做先生，也算是活得明白的那种农民。于是就想把我培养成才，要成才就不能耍刀弄棍玩拳脚，严禁我再到练武场上去。我眼馋就常常偷着去练，为此不知道挨过多少打。

后来稍大一些了才明白父亲的用心：我有弟兄四个，老大继承祖业，在家里守着父母；老二在天津学买卖，前（钱）途无量；老三多才多艺，成了手艺人，在天津靠技术吃饭；我是老四，留给我的只有一条路可走：万般皆下品，唯有读书高。14岁从沧州一下子考到天津上中学，还算可以。谁知16岁赶上了"反右派"，因说了一句话成为全校唯一的一个被批判的学生，并被撤掉班长职务，受了个严重警告的处分。

那句惹祸的话是："孟主任够倒霉的。"孟是学校教导主任，昨天还给我们上大课讲《三国》，今天就被打成了"右派"，让班干部们列席批判会。在散会后回班的道上我嘟囔了那句话，不过是年轻多嘴。想不到班委中有个好朋友一直跟我暗中较劲，学习成绩也跟我不相上下，老想取我而代之。这个机会岂肯错过，跑到学校“反右运动办公室”告了我一状。当时好像有说法是中学生不打右派，但没完没了的狠批臭骂却躲不过去，一直折腾了我半年多。作为回报，将我拉下来以后，那位朋友顶替我当了班长。这是我平生第一次知道了什么是小人，体验了奸诈和被出卖的滋味。沧州人气性大，我开始大口吐血……

从那时起，我对城市失去了好感，总感到堆积的楼群和拥挤的车流中隐藏着无法预知的险恶。我隐约觉得城市不适合自己，但命运又让我无法摆脱城市。后来考入铸锻技术中心学校，一接触机器便心气大畅。它冰凉棒硬，不会说话，也不会在背后打你的黑枪。但它有感情，你对它下的工夫大，它就会对你百依百顺。我也格外喜欢那种大企业的气势，在那种新奇的令人振奋的环境里，我吐血的毛病很快就不治自愈。

天津铸锻件厂青年入伍留念，前排右一为作者（1960年）

当时我还不可能意识得到，以后我小说中的气韵、风格很可能就来自这座现代大型企业，正是这种工业生活养育了我后来的文学筋骨。我如果就此平平稳稳地学技术，在工厂待下去，我的生活也许就会容易和安定得多。偏偏赶上1960年海军要招考一批制图员，我们的国家以前没有领海权，刚刚确立12海里领海，急需海洋测绘制图人员。我那时已经拿到了第一个月的工资——41.64元。那感觉恐怕比现在拿到4000元还要兴奋，实在是无意再去当什么兵了。况且还知道自己档案里有黑点儿，何必再一次去揭那块伤疤。可那个时候适龄的青年不报名是不行的，我也就跟着大家一起报了名。随后就是身体检查，政治审核，文化考试……一关关地过下来，在全市几万名应征青年中挑选出了30名合格者，根据考试的成绩排位我竟名列第一。因此负责来招兵的海军上尉让我当了这30名新兵的临时排长。

命运可真会捉弄人，挨批挨斗受处分的疙瘩还在心里堵着，怎么转眼又成了“红色青年”，又穿军装又当排长，生活的戏剧性跟闹着玩儿一样。而且我还吐过血，为什么体检没有查出来？我受过处分且家庭出身不好，政审又是怎么通过的？想来想去只能有一种解释：当国家急需的时候，枝节就变得不重要了，一切都要服从急需。谁让你赶上了这一拨儿呢？就像江心的一片树叶，水流的方向就是你的方向，想挡都挡不住。

我在部队里干得也不错，并从1960年冬天开始公开发表散文、故事，为部队文艺演出队编写各种节目，1965年发表第一篇小说。正当我做着升官梦的时候，升官的政审却没有合格，问题还是卡在富农出身上。既有现在，何必当初？此一时，彼一时，当初是国家急需，现在国家不急需了——这个玩笑可开得有些过分。

我心灰意冷，对自己的前途和未来的生活不再抱任何希望，觉得一而再、再而三地被生活所戏弄、所欺骗。由是也就不想再回到大城市的天津，便带着部队发给的复员费和全部证件坐上了西去的列车。想当然地认为凭我的制图技术，到新疆勘测大队当一名测绘员绰绰有余。在兰州倒车的时候，躺在凳子上睡着了，小偷偷走了我装着全部证件和钱的背包，还相中了我脚上的一双新球鞋，已经脱下了一只，在脱第二只的时候我醒了。可想而知，我一只脚光着，一只脚上的鞋带已经松开，是不可能追得上小偷的。最后走投无路，找到了甘肃的荣复转退军人安置办公室，他们给海军司令部打电话，经核实确有我这么一号，就给我买了回北京的车票，还找来一双半旧的球鞋让我换上。就这样，我狼狈不堪地又回到海军部队，部队重新为我补发了所有证件，怕我再自己去乱找职业，就直接把我送回原来的工厂。

转了一大圈儿又回来了，跟我一起进厂的老同学们，有的当了中层干部，有的当了工段长，在专业技术上我已经不能跟他们比了，工资也比他们低一到两级。而且，他们大都结婚成家，有了孩子，每天一进家门就有人叫好听的。阴差阳错，我把什么都耽误了，只获得了一个带有贬义的称号：大兵。有人在喊我“大兵”的时候还要在前面加个“傻”字。意思很明确，老大不小了，什么都不是，整个傻到家了！

傻就傻呗，比起那些什么好事都没耽误的精明人，我的阅历丰富，见的世面多，这恰好对创作有帮助。写作本来就是想把自己变成一个与自己不同的人，寻找另一个自我，这需要调动自己的全部生活，当然生活越丰富就越好。古人讲，从来无所羡慕者不作书，无所怨恨者不作书，非亲身经历作书也不能感人。我像着了魔，把所有业余时间都用上了还不够，经常下班后一干一个通宵。不幸的是“文化大革命”很快开始了，仿佛一夜之间全国的文学期刊都撤销了，有好心的编辑把原来准备发表的我的小说校样都寄给了我，有近十篇之多……这份打击也不轻，它狠狠地掐断了我想在创作上搞出点名堂的念头。再加上我当过厂长的秘书，在“四清”工作队帮过忙，理所当然地被打成“保皇派”和“反革命修正主义黑笔杆子”，在接受了一场万人（当时厂里有一万五千名职工）批判的大会之后，被押到生产第一线监督劳动。由此，我的脑子里也变得单纯了，什么好高骛远的想法都没有了，只剩下一个念头：活着。像其他人一样干活吃饭，接受家里的安排，结婚成家。

这实际上再一次成全了我，从最低一级的工人干起，一干就是十年。后来完全凭借自己的技术实力当上了生产工段长，不久又成了一个拥有1300多名员工的大车间的主任。生存环境稍一改善，文学的神经又痒痒了，1976年在复刊的《人民文学》第一期上发表了短篇小说《机电局长的一天》。不想这篇小说很快就被打成“大毒草”，在全国批倒批臭，常有造反斗士打上门来，天天折腾得我心慌意乱。而且批判没完没了，还不断升级，我精神乃至生活上的压力越来越大，暗自揣摩自己的命运可能和写作犯顶，只要不放弃手里的笔，命途就会老是多灾多难。于是，我又沉寂下来。渴望，忧虑，写作会遭罪，不写又难受。但总的来说，不写的痛苦更大于写的痛苦。此时我得了慢性肠炎。说来也怪，挨批挨斗是神经紧张，神经系统没有出事，处于消化系统下梢的结肠倒出了毛病。

三年后，发表了《乔厂长上任记》。我所生活的城市市委机关报对它连续发表了14版的批判文章，当时的市委文教书记在全市最大的剧场——第一工人文化宫动员计划生育和植树造林时，却把大部分时间用来批判这篇小说。这自然又闹成了一个事件，工会主席回厂传达的时候说：“蒋子龙不光自己种毒草，还干扰破坏全市的植树造林和计划生育……”偏巧在全国短篇小说评选中它又得票最高，这使评委会为难了：是该批判呢，还是该得奖？后来我看到一份文化简报，上面摘录了一段胡耀邦对这个小说的评价。我想这可能是那场风波表面上平息下去的原因。

但是，第二年的《一个工厂秘书的日记》，又有人对号入座告到了北京。然后是中篇小说《燕赵悲歌》，惹得当时的一位高层官员当着美国作家的面批评我……以后还有《收审记》《蛇神》，甚至一篇两三千字的短文也会惹起一场麻烦。到2000年春天，我的长篇小说《人气》在报纸上连载的时候还被腰斩……

粗粗一算，自“文革”结束后的20多年时间里，有五届市里的领导人物点名批判或批评过我。上面五级风，到下面就会变成八级风，可想而知我的滋味了……多亏我命硬，不然也许就真的不能“平安着陆”了。这都怪我笔下的人物往往都处在生活尖锐矛盾的中心，害得我自己也常处于社会上错综复杂的旋涡中心。

但据实以告，只有《机电局长的一天》挨批的时候我是真正紧张过，对以后的诸多“治病救人”之技，已经有了“抗药性”。说一点不生气是假的，说精神上有多大压力也是假的。后来批得我性起，每当看到报刊上又发表了批我的文章，在下班的路上就买一瓶啤酒、五角钱火腿肠，当夜必须要拉出一个短篇小说，放几天再改一遍，然后抄清楚寄走。

所以那个时期的东西写得特别多，连续几夜不睡觉是经常的事。自己写得沉重，别人看得也沉重。尽管正处在壮年，长期这样折腾，身体再好也受不了，生活没有规律，肠炎的发作也没有规律，时好时坏，总也不能根除，几十年下来真也把我缠得够呛。到后来，我很自信的腰身和四肢也开始捣乱，具体摸哪儿都不疼，虽不疼可浑身又不舒服；觉得很累，躺到床上并不感到解乏；已经很困了，想睡又睡不香甜。有时还腹胀、胃疼、食欲减退，经查是有胆结石并患上了萎缩性胃炎。据医生讲：这种病只要得上就不能逆转——这可真是黄鼠狼偏咬病鸭子！我的命再硬，招惹上这么多毛病就使生命失去了本该有的活趣，活着没趣，就说明活的方式出了问题。要反省活的方式，就不能不反省自己的创作，我的生活倒霉都倒在了写作上！创作是对生活也是对自身的感悟、况味和内省，是一种刻骨铭心的诉说。所以说作家的作品和生活其实是同样的东西，都是在追求一种生存的意义。创作的重压直逼身心，还要在重压下构建自我，怎能不累？

有一天我骑着自行车路过海河沿岸，看到有几个老头在河里游泳，心生一问：为什么敢下河戏水的都是老年人？一群青年男女倒站在岸上瞧新鲜。我脑袋一热，没脱衣服就跳了下去。河水清凉，四面水波涌动，我却感到非常舒服、安逸，全部身心好像都被清洗得无比洁净。就在那一刻，如同修禅者开悟一般，我的脑子似乎也开窍了：心是人生最大的战场，无论谁想折腾你，无论折腾得多么厉害，只要你自己的心不动，平静如常，就能守住自己不被伤害。以后海河禁止游泳，我就跟着几个老顽童游进了水上公园的东湖，入冬后又转移到游泳馆，一直就这么游下来了。人的心态一变，世界也随之变了。人原本就是在通向衰老的过程中领悟人生，学会一切。渐渐，我感受到了生命本身的快乐：饿了能吃，困了能睡，累了躺下能觉得浑身舒坦。所谓在医学上不能逆转的萎缩性胃炎竟自己好了，连纠缠了我20多年的慢性肠炎也有三年没有发作了——我想三年没有犯的病今后恐怕也不会再犯了吧？

在创作上自然也进入一个随意的阶段，已经放下了一切重负，写自己喜欢写的，每天往电脑前一坐成了一种享受。今天写得美了，可以接连痛快两三天。写作变成对生命的营养和愉悦。其实愉悦是写作必须达到的目的，不能给人以愉悦感，又谈何能给人以启迪呢？但，生命的核心——对生活的热情并没有变。有了这份热情就有写不完的东西和读不完的书。文学的全部奥秘说穿了无非就是求真，生活的真实和心灵的真实相契合，于是就产生了有价值的美，也叫艺术感染力。随着年龄越大，我就越能更深刻地感受人生的丰富。

60岁以后的最大感觉就是心里的空间大了。心里空间一大，精神就舒展强健，更容易和人相处、和生活相处。空间是一种境界，许多不切实际的渴望没有了，心自然也就能静得下来。看看周围的青年人，为了挣钱，为了职位，不遗余力地打拼，真是同情他们。即使有奇迹发生能让我再倒回去，我也不干了！

——竟然会说出这样的话，也许这就是老糊涂的表现。赶紧打住！

“重返工业题材”杂议

——答陈国凯

国凯兄：

近安！

刚分手，你突然又来这么一封“公开信”（见《人民日报》3月17日）将我一军。关于“重返工业题材”，其中的酸甜苦辣非一两句话能说得清楚，让我认真地想了一晚上。

1982年底写完短篇小说《拜年》，六年来便没有再写以工厂生活为背景的小说。我是在自己的工业小说的创作高峰突然消失的。登上了文坛，一定还要懂得什么时候离开文坛。当时我感到自己成了自己无法逾越的疆界，我的工业题材走投无路。它不应该是这个样子，它束缚了我，我也糟蹋了自己心爱的题材。工业题材最容易吞食自我，我受到我所表现的生活，我所创造的人物的压迫。可爱的读者像“学雷锋”一样在现实生活中推广和寻找我虚构出来的人物，闹出许多可哭可笑和哭笑不得的悲喜剧，使我有负疚感。我感到作家的责任太大，文学的自由太少。

1983年，城市改革逐渐起步，大工业的改革不同于农村的分田到户。我所熟悉的工厂生活会变成什么样子？无法预测。没有把握，没有自信。与其勉强地拙劣地表达，不如知趣地沉默。更何况改革之势迅速异常，“改革文艺”风起云涌，文坛已经热闹起来，少几个凑热闹的没有关系。尽管我在创作的时候最信赖的还是虚构，在观察和剖析生活时关心的却是现实，企图能把握现实的命运，在现实中找到自己的深度。让现实的深刻养育自己的思想，让现实的荒诞激发自己的想象力。工业题材是险象环生的。在企业里，生产活动中的关键人物，往往也处在各种矛盾的中心，他们多是领导干部。政策性强，时代感强，难以驾驭，有强烈的政治色彩，随生活的变化而变化。很难把中国这种特殊的政治变为美，至少比把其他生活变成美要难。把他们创造成有长久生命力的文学形象更难。自瓦特发明蒸汽机掀起第一次工业革命，至今快两百年了，剧烈地改变了世界的面貌，飞速地推进人类文明的进程。可是反映工业题材的巨著有多少？

艺术家们心安理得地享受大工业的成果。对大工业又缺少应有的兴趣，甚至不屑一顾，摆出贵族对工人的傲慢（当前因经济原因主动跟企业家联姻是另一回事）。

工业当然也是人类文化的产物，它包容着人的内涵。但人的形式肯定要被技术改变。六年前，雅克·艾吕尔的书给我造成的刺激至今还有印象——由现代科学技术武装并推动的工业，是一股强大的集权主义力量，它对人类生活进行脱胎换骨的改造，巧妙地侵入到生活的各个领域之中，形成一个不可抗拒的陌生的宇宙。它把自己的法则强加给世界并消灭一切反抗。自我长存，成指数增长，方向无法扭转，人的干预算不了什么，倒是人的选择必须要受到它的限制。它漠视文化和意识的差异，控制了经济的发展和社会的进步。人仍然是统治者，同时也受到技术的统治。贫穷、污染、战争、社会混乱，构成对人类的真正的打击力量，会使人逐渐地丧失原有特性。怎样找到工业带来的现代物质文明，到底是工业的胜利，还是人的胜利？这些问题困扰着我不知该创作怎样的“工业人物”。

扯远了。但这些都是我当时的真实想法。我需要暂时与工业题材拉开点“历史的距离”，对工业生活及自身进行一番感悟、自省和玩味。

既然这是个解构和重构的时代，每个作家就不可能不思考，不怀疑，不探索，不否定，不重构。几年不写工业题材的小说，不等于跟工业题材一刀两断。我是来去自由的，笔跟工业拉开了距离，人并未拉开距离。命中注定要承担体验、观察和剖析工厂生活的角色。何况还有人不让我逃离工业题材呢！他们说我是工业题材的什么，是“改革文学”的什么。我受宠若惊，受之有愧。我写工业题材小说时还不知“改革”为何物，至今也搞不清“改革文学”的概念。中国的许多概念就是这样起哄式地想当然地产生的：工业题材等于改革，写工业题材就是写“改革”，写“改革”就是“改革文学”。“改革”本身还没有章法，“改革文学”的口号倒喊得震天响，一哄而起，一窝蜂，中国又向来不缺赶大潮的和反潮流的勇士。于是既弄臭了“改革”，又弄臭了文学。人们一见到表现“改革”题材的文艺作品，先在心里打个问号。倘若不是实在没有别的东西好看是不愿问津的。

我没有什么“主义”好谈，创作中主要是信任自己的直觉。我也找不到一种现成的理论能解释今天的社会时尚，能解释当代文学现状。理论再好也只能充当催生婆，现代理论雄心勃勃大有取代有情男女自己做产妇的架势。然而，工业题材仍然处于半禁区的状态。时髦人物、优雅潇洒之士、追求永恒的人物是不会光顾的。工业题材成了短命题材，吃力不讨好的题材。题材决定论者不喜欢它，说它决定失败；反对题材决定论的人也不喜欢它。真是“好汉子不干，赖汉子干不了”。尽管每个当代人的生活里都离不开现代工业产品，文学似乎离开工业社会仍能卓然独立。

现代社会时尚是圆巧，是瘪熟、烂熟，不是饱满的成熟。文学想变成这种时尚的附庸，或者把自己变成一种新的时尚。会豁达，会玩世不恭，会深沉，会说话，会造句，会做人，会慵懒，会幽默，会尖刻，会漂亮，会享受……什么都会。可见贫困的不单是工业题材，而是人的品格，是文学的品格，是社会的品格。当代作家愧对当代。享受当代可以，表现当代则显得捉襟见肘，力不从心。现实生活折磨当代文学就像上帝嘲笑萨烈瑞：“随处可见的聪明的庸才们，我只好赦免你们，阿门！”

对不起，再回到工业题材的话题上来。你不要把离开工业题材和返回工业题材看得像过节日一样隆重。作家写哪一篇不是重新开始？这是最要命的。不管写什么都要调动自己的全部生活。写工业题材也不是只懂工厂生活就足够了。

自然界存在盈虚起伏的法则。比如：呼吸吐纳，日夜更迭，冷暖交替，潮涨潮落，等等。写作的生活也要张弛有致，不断调节频率。这几年我发表了两部长篇小说、六部中篇小说和一批短文，轻松自由，心境平和。从南到北调查了许多企业，访问了许多企业家。我本人非常重视这几年的感觉和收获，不是“带劲”或“不带劲”所能概括的。为什么又要“重返工业题材”？理由很简单，近两年对工厂生活恢复了感觉的自由。没有新鲜的感觉就离开，有了感觉再回去。我重视自己的感觉，而不是题材。我不认为题材对自己有决定意义。我不是大作家，我的作品也不可能永恒。因此我便没有包袱。套用娜娜·莫斯科莉的一句话：工业题材是我的毒品。

在工业题材这片过去严肃的文学领地里，总有一种我不属于自己的感觉。首先想到的又是为同行们所不爱听的责任。目前是有作为有责任感的企业家和踏踏实实耕种的农民在支撑着中国艰难但还有希望的经济，国家找他们要税利，职工找他们要奖金，社会找他们要高质量的工业品和消费品，他们还要受到官倒、私倒以及各色经济造反派的胁迫——这经济造反派的破坏力不亚于“文化大革命”中的政治造反派。考虑到社会和经济的现状、企业的现状、职工的情绪，作家有哪些权利，没有哪些权利呢？无法回避对工业现实的困惑，也无法回避对社会道路危机的批判。

我还要找回以前那种坚定昂扬的热情，但不想当“镜子”，也不想当“鞭子”。我要依据自己的心理格局重新找到审视和感知工业题材的文学视角。尤其应该勇于正视和改造精神现实，而不仅仅是真实地复制工厂生活。即使有酒精壮胆，我也没有说出对工业题材充满信心的豪言，因为还要清醒地估计到工业题材对你是否也充满信心。以全新的内容和全新的艺术形式，开辟一条工业题材的新路——谈何容易。

还有一位批评家这样评价一部小说的优劣：人物形象深入人心的程度如何？是否能成为读者长期的精神伴侣？是否真正掌握了人们的思想？我猜新潮作家很可能对此标准嗤之以鼻。这标准对过去的大作家不算什么，对包括我在内的许多当代作家来说确乎是高不可攀。既然达不到，不如把标准本身给否了，骂它个狗血喷头。不要任何标准，重建自己的价值观念，或干脆不要价值观念。批判和扫荡是很省事的，但文学的扫荡永远都不会出现扫荡者希望出现的局面——身前身后一片白茫茫，唯它屹立。工业题材的标准是什么？文学的标准就是它的标准，不该再有新的标准。

小说的震撼力不是靠题材，而是靠表现题材的方式。我如果只在写大企业的时候才“雄浑”、才“带劲”，那“雄浑”和“带劲”的是大企业，而不是我。工业题材也未必就只能豪放，不能婉约。我倒以为，表现工业生活更需要细腻的感情，更需要痛快淋漓地发挥创造性想象，更需要体现当今社会的一种整体的灵魂。

工业题材也无法回避这样一个事实：在当今这个多灾多难的地球上，经济落后的国家即便不会轻易沦为发达国家的政治殖民地，也必然会成为发达经济和现代科学技术的殖民地。人们舒舒服服地接受这个现实，享用现代人类的文化成果。社会形态变了，人们的心态变了，大企业就是大文化。从文学意义上说，题材的界限越来越模糊。文学不会再有“世袭领地”。

我不向别人也不向自己许诺什么。正像通俗歌曲里唱的“跟着感觉走，牵着梦的手”。梦是没有用的，创作却不可无梦。如今尚在梦中，待梦醒了再来评说其吉凶祸福吧。

话一扯开就收不住了。今天可没有酒精的成分。你烦了？困了？就此打住。愿你我都睡个好觉。

握手！

子龙

1989年3月28日

中国当代产业文学散论

没有大大小小各式各样的产业，就没有一个国家的经济。而经济总是选择适合自己的文化，不是相反。

现代文学史上许多优秀的作品取材自产业活动。反映产业题材的文学作品，在每个历史阶段都产生过很大的影响，占据一块不可缺少的文学位置。产业界向文学界输送了一批又一批优秀的作家，而产业内部总是不断出现一批又一批的文学新军，遍布各地各行各业之中，这是一支庞大的稳健的创作队伍。

《中国当代产业文学大系1980—1990》是对这支队伍的一次检阅。

产业文学作家对文学和文学所要表现的生活有着执著的热情。冷寂时不自卑，热闹时不气傲。不标榜新潮，也不抱怨新潮。无论文学潮流怎样起起伏伏、聚聚散散，产业文学仍保持着沉健自信、厚实雄劲的品格和气韵。

产业文学以其强大的理性把握着现实世界的入口处。多采取近距离的表现，辅以长远距离的映照。总之是入世的，而不是玩弄所谓“贵族般枯燥高深的虚无”。

产业文学作家习惯于用自己的眼睛观察世界，不放弃社会感。因之从这些作品中可以看到处于变革时期的社会争搏、人生变幻，人的建设和物的建设是如何的错综复杂，真实的人物、真实的情感、真实的情节……

努力使现实更接近于真实。生活的真实和心灵的真实相联系，便产生了产业文学的美。

这《大系》展示了生活的厚重与质朴，而质朴又是文学最可宝贵的品格。

产业文学另一不可忽视的特点，或者叫成绩——是站在了当代工业文明的最前沿。

现代科学技术突飞猛进地发展，推动了产业革命，使物质财富成指数地增长，物质文明无止境地发展，也因此使某些现代人产生了对工业文明的恐惧。

他们认为，科学技术造成了现代世界可怕的复杂和复杂的可怕，技术形成了一种自我长存的势力，技术的方向不可扭转，成了人类靠自身力量控制不了的一种东西。比如：核武器对人类的威胁，现代化立体战争的强大摧毁力，工业技术对生态环境的破坏致使大自然开始对人类实施报复，人类甚至不得不忍受自身许多莫名其妙的无法医治的疾病的残害，等等。科学技术水平的发展不仅和人类生存状态的改进不成正比，相反倒剧烈地影响了人类的生存环境、生活方式、伦理观念、心理状态、生理状态，使人类这个地球的统治者陷于被统治的境地。技术不害怕人的干涉，反而限制人的选择。

许多当代作家陷入了这样一种尴尬：享受着现代物质文明，津津乐道于现代物质享受，要表现这个工业社会、这种现代文明，面

作者在工厂大门口

对现代技术人、城市人，却显得力不从心，只能知难而退，退到“人类蛮荒时代的蒙昧的原始野性中”去寻找灵感、激情和深度。

现代作家却没有能力信任现代文化。

然而，现代工业文明是现代人精神文化的物质载体。不敢直面现代工业生活的文学是不健全的，更谈不上强大。

产业文学在这方面则做出了可喜的努力。文学创作附丽于社会生活环境，这些作家首先是现代工业文明的建设者，被历史和现实的主流所推动，最敏感地触及现代工业社会的得失和困惑，有条件做出权威的表述。

在现代科学技术的本质中可以反映出人的历史命运。

现代人能建设生活，也应该能建设人性。

大可不必做悲天悯人的技术悲观主义者，更不必非要倒回到原始中寻找人性。弗洛姆说：“人一旦从自然中分离出来，就再也不能回归自然了……人类只有不断进步，途径是发展自己的理性，寻求新的和谐，即人类的和谐，而不是找回那注定要失去的人类之前的和谐。”

人们称富裕的西方国家为发达国家，他们所以致富是因为科学技术发达。大多数东方人能够吃苦耐劳，但由于科学技术落后而贫穷。这贫穷落后并没有成全文学艺术得以繁荣发达。倒是经济发达国家的文学艺术敢于正视现代工业社会，并从中获得了丰富的题材、深刻的创意和取得了多种形式的实验的成功。

产业并不排斥文学。文学躲避产业，是不成熟和脆弱的表现。《中国当代产业文学大系1980—1990》的问世，至少显示了当代作家的不想愧对当代的勇气和力量。

产业是现代意识的诱惑，对社会精神文化也有着举足轻重的影响力。

产业文化理所当然的是当代文学的一条重要命脉。产业职工大军中多层次、多种样式的文学活动，丰富了产业文化。

文学是产业文化的一部分，不用多说。甚至不可设想，一个优秀的企业可以不要文学、不培养自己的作家。许多企业里都有自己的文学出版物。有一个现象，早就被人注意到了，但尚未被深刻认识和寻出其中的规律——一些著名的企业，几乎都产生了自己的作家或有著名作家在那里深入生活，写出过优秀的作品；大企业里业余作者和文艺爱好者就多，几乎找不到一个没有业余作者的大企业；企业的历史、性质、规模、气势，极大地影响着自己作家的创作风格，来自不同企业的作家有着迥然不同的文学个性。

《大系》是流派纷呈的产业文学的大展，也是各种不同类型企业的文化个性的大展。

深知自己的企业，是产业文学作家的优势。这优势也往往麻痹和局限了他们。风格恰恰是在限制中形成的，只要你别被限制死。

现实生活有时比任何虚构都更令人不可思议，给人以强烈的陌生感和震撼力，超越了作家的想象，但不能代替作家的想象。相反，反映产业题材需要作家有更大的想象力。

现实生活有时又是枯燥的、漫长的、毫无新意的。人物失去了一种强烈鲜明的外部动作，熟得不能再熟了反而腐蚀了作家的想象力，即所谓“熟极而油”“熟视无睹”。这时需要一种能出新的

“生”，生花的想象，生分般新奇，生光的视点，生发般彻悟，一股生气，一种生趣，创造有价值的生命的真实。

产业文学属于现实，也属于未来。因为它是文学，便超越了产业本身，是文学地把握产业。

产业文学作家可以不受文学圈子所囿，这是他们的幸运。根基深厚，披坚执锐，莫管别人怎样议论“文学的贫困”或“文学的低谷”，无论世界上发生什么样的危机，产业不会消亡。文学家会死的，文学不会消亡。

《大系》不是“贫困”或“低谷”的产物，它是一种追求、一种理想的表现，有助于强壮文学的筋腱，推动创作的繁荣。

《大系》就应该大，大睨雄谈，大气磅礴。

1990年初

温暖的记忆

作家的职业是写书，而出书很有点像生孩子，有人相貌一般，生出的孩子却很漂亮；有人相貌堂堂，其孩子却一般化。我指的是外表，不是内在质量。作家出书也一样，在样书拿到手之前，像父母等待孩子出生一样，完全不知道自己的孩子会是什么样子、是否漂亮。生孩子靠上辈人的遗传基因，书出得漂亮与否，就要靠出版社了，看作家遇上了什么样的责编和装帧设计。

我称这种出书的运气为“书缘”。

孩子是自己的好，谁的孩子谁爱。有些父母甚至对残疾的、生活失意的孩子更为关爱和牵挂。作家对书就不一样了，同样都是自己写的书，对装帧设计大气漂亮的就格外喜欢，赠送友朋也拿得出手。出得不漂亮的书，就压在箱子底儿，一般不会拿这样的书送人。我最早的几本书都不是自己心目中想要的那种样子，却又不能怪出版社，只能怪自己的“书缘”不好。至今我还是这种心态，出版社给你出书是看得起你，抬举你，没有一家出版社会故意把书出难看，与其那样不如根本就不出你的书，还节省了稿费，岂不更好？同样是一个出版社，为什么给别人出的书就很漂亮？

这里确有个作家本人的运气问题，运气就是缘分。

到1984年，我终于时来运转。上海文艺出版社一年中连出我两本书，封面设计都很新颖别致，摆在书架上分外醒目，令我很满意，甚至出乎自己的想象和期望。一本是小说集《拜年》，采用了当时刚流行的大32开本，显得既厚实又有个性；另一本是创作札记《不惑文谈》，为长32开本，清雅可心。

这两本书的问世，给我最大的鼓励是对自己的“书缘”有了信心。而“书缘”自然又引出“人缘”，由此开始了跟上海文艺出版社及该社诸多编辑数十年的交往，有些成为终生朋友，念念不忘。赵南荣先生是位谦谦君子，温雅多智，那个年代没有网络，打个长途电话都是很奢侈的事情，许多单位要事先申请，需获得领导的批准。赵先生从来都是用书信指导我编集子，他的信字体工整，用语精当，我回信时就格外用心，一笔一画，规规矩矩，不敢稍有马虎或草率，觉得那是一种浅薄和不敬。跟这样的编辑通信，会长见识、学规矩。

丘锋先生则是另一种性格，说话语速极快，是上海人中的豪爽派。几十年来没断了联系，但也不常联系，去年收到他两大卷新书，立刻放下手头的事，翻看他的著作，里面收录了他以前写的文章，读着读着仿佛回到三十年前，回想起许多当时的人和事……其中也有评论我的文字，甚至比当年更让我感动。那个时候我忙于写自己的小说，对别人的评论不大在意，无论是批评的还是鼓励的。现在读来却别有一种温暖和启迪。

在商品社会，恐怕唯有作家与编辑的交往还能接近“君子之交淡如水”的境界，因为这种友情本身就很独特，有点像师生，又可以像朋友，以精神层面为主，然后发展成友谊。很干净，却不失温馨，不一定有多么亲近，却没有一个作家会忘记编过自己稿子的人，留在记忆里的是一些美好的片断。

也是在上个世纪80年代中期，上海文艺出版社的老编辑王肇岐先生，曾编过我一部中篇小说《碉堡》，他对这部小说给了应有的鼓励，但对小说的核心情节，或者说是我的想象力，一直心存疑虑，觉得有点离谱：有人在一个战争年代遗留下来的旧碉堡里开办歌舞厅，那个时候开歌舞厅是非常敏感的，经常会遭突击检查甚或会被突然查封。而大碉堡“易守难攻”，攻和守、开和闭的纠葛就有戏剧性，小说的故事便由此展开……现在还有碉堡吗？围绕着它进行虚构，似有点邪乎。

有一次，肇岐先生到北京公干，特意提前在天津下车看我。我带他来到天津北郊城乡结合部，在一条更名为“0号路”的土堤上，还保留着几个大碉堡，里面还都住着人家。有的虽然歪歪斜斜，但十分坚固，唐山大地震时也纹丝未动。当时整个天津市恐怕只有住在这些大碉堡里的人，才没有在外面另搭抗震棚。我每天骑着自行车上下班，都要走0号路，从几个大碉堡下面经过，曾留心观察过住在碉堡里的人，也寻机进碉堡里参观过。

记得当时王肇岐先生非常惊讶，直说没有想到在一个大城市里居然还保存着这种东西！我告诉他这可能跟碉堡里还住着这么多人有关，他们大多是度荒时被疏散到农村，后来在农村难以生活又返回城里，无处安身便以碉堡为家。政府如若炸掉这些碉堡，该怎样安置他们？恐怕要牵扯到一大堆问题，包括国家的政策……

借此我诚心诚意地感谢他对小说《碉堡》情节设置的疑问，这就是大编辑的水平，虽然没有直截了当地批评，却促使我不能不反思这部小说的构思，也不能不承认这部小说没有写好。如果不纠缠在办歌舞厅上，将重点放在写碉堡的历史以及所有在里面住过的人的命运上，可以肯定地说会更有意蕴、更有分量。我跟他表示，得空时当重写这部小说。

自那以后，每年中秋节，如果王先生有机会进京，必定先在天津下车，送给我一盒上海的高档月饼。若没有机会北上，就将月饼寄来，年年如此，从未间断。这份情谊、这种长远劲儿，令我无比感动，会永远铭记于心。最近的一次通电话，询问他退休后的情况如何。他说很是轻松自在，身体也很好，每周要跟几位老朋友聚会两三次，打牌、聊天，最后由赢家做东请大家吃饭，不亦快哉！听得我也哈哈大笑，感到很开心。

借上海文艺出版社成立60周年庆典，我由衷地祝福这家书出得漂亮、能给作家带来“书缘”的出版社及其尊敬的编辑们!

2012年6月

著作的“权”与“利”

——在伊斯坦布尔国际作家大会上的发言

大会主席希望我以中国作家的体验，做一个关于著作权利的讲演。我接受他的建议，愿意向关注中国作家权益的各国同道，介绍一点中国传统文化中是怎样看待著作的“权”和“利”的。我从1960年开始发表作品，至今恰好过去了半个世纪，确实经历过没有稿酬和低稿酬的时代，我的小说被改编成电影、电视剧，也可以不通知我。还经历过以购书券代替稿酬的年代。1976年以后，中国恢复稿酬制度。直至1990年，中国人民代表大会通过了《著作权法》。

应该承认，首先是天分给了作家创作的能力，而《著作权法》则在一定程度上保护了创作的权利。著作权也就是文字保护权，文字从来就是神圣的，驾驭文字是一种神圣的权利。中国民间自古就有一种传说：文字是圣人造的，是不可亵渎的。以什么来实现这种对著作的保护？一个非常重要的方式，就是“利”。数千年前古人就以一种别致的方式，赋予著作以特殊的权利，那就是将文字刻在龟背上或牛的肩胛骨上，文字也因此得以流传下来。

古人云：字字千金。以“千金”比喻文字乃无价之宝。因为有了这些文字，才传导了人类有价值的思想，记录和描述了人类的历史实践和想象。圣人之情见乎辞。有些文字的经济价值，也确乎是“字字千金”的。汉武帝的皇后陈阿娇，失宠后被贬长门宫，终日以泪洗面，悲苦难熬，遂以百斤黄金，求得辞赋圣手司马相如一篇不足千字的《长门赋》。其赋铺张扬厉，哀婉凄绝，感人至深，并打动汉武帝，陈皇后复得宠幸。唐朝著名文人皇甫湜所撰《福先寺碑》，折合现在1200元一个字，高于现代著作权法所赋予的效益。

作者（左）跟外国作家交流（2000年）

著作权利是对历史和文化的尊重，象征着文化的独立。保护文字、保护著作权，代表了一个民族的文化自觉。中国正是得益于这种历来就有的尊重文字的传统，才得以保护了几千年连续不断的文脉，使文化有了空间上的盛大和繁荣。说起来有趣，这种著作的权利最早还是文人自己争取来的。据《隋书·郑泽传》记载，郑泽为皇上拟诏书，由最初的笔走龙蛇，转而迟滞枯涩，旁边的人提醒他说“笔干了”。郑泽答道：“不得一钱，何以润笔？”于是“润笔”便成了稿费的代名词，并一直延续下来。至唐代“润笔”之风大盛，成为文人堂而皇之的写作收入。到宋朝太宗时期，朝廷竟设专款做“润笔费”。

当中国进入最后一个封建王朝清朝时，“润笔”之风更烈，一些知名人物，可以将自己的文字或书画明码标价出售，如清代郑板桥就著有妙文《板桥润格》，其实就是一篇绝佳的字画价目表。“画竹多于买竹钱，纸高六尺纸三千；任渠话旧任交接，只当秋风过耳边。”这种只认现银，不认六亲的姿态，虽惊世骇俗，却传为美谈。当时郑板桥的一大幅画作的价钱，可买米千斤。更有人把手中的笔视为“银行”，随用随取，到需要时动笔就能来钱。明末清初的诗坛盟主、东林党领袖之一的钱谦益，晚年卧病不起，无力为文，自知来日无多，然丧葬费尚无着落。某日恰是文章大家黄宗羲来访，钱命下人将黄反锁于房内，开夜车代替自己写了三篇文章，换得1000两白银。不久他便故去，正好以此银救急。

但是，在中国文化传统里，还有一种“文以载道”的传统，视文章为千古事，应为民立言，为史存真。因此才成全了周文王被囚演《周易》，屈原遭贬赋《离骚》，司马迁受宫刑乃作《史记》的佳话。那些成为后世经典的著作，都是没有“润笔”的。甚至有人说，如果曹雪芹有稿费，就写不出《红楼梦》。谁知道呢？或许凭着“一把辛酸泪，满纸荒唐言”，写出更多别的“梦”，也未可知。

正是受这种传统的影响，我之所以写作，除去兴趣，还想借助文字表述自己的思想和故事。甚至因写作被批判，遭歧视，也觉得这是作家，特别是一个关注现实的作家所应该付出的代价，并以此宽慰自己，缓解精神压力，度过了那段困苦的日子。《著作权法》的出台对我是意外之喜，生活境况有所好转，写作条件得到改善。当自己的著作权益受到侵犯时，常常无可奈何，求助法律太麻烦了，耽误不起工夫。1999年我出版了长篇小说《人气》，一家书店请我去签名售书，他们买进的2000册书竟全是盗版。最为可笑的是有人盗印我的书，却又把我的名字写错。2002年社会上流传过一本《将子龙随笔精选》，里面的文章全是我的，但把我姓氏头上的草帽给摘掉了。我打电话询问书上标出的那家出版社，人家说根本就没有出过这本书。

最后只好不了了之。许多中国作家对待盗版现象，也大体跟我的态度差不多。我欣赏书法家启功先生的幽默，有人拿着别人假冒他的大名写的字请他鉴定，他一笑了之，并说这个字比他自己写得好。这或许让外国同行不能理解，与文化上的差异有关。中国伟大的学者李大钊说过，西方文化是一种动的文化，中国文化是一种静的文化。陈序经在《东西文化观》一书里也说，西方文化是一种“游而求食”的“动物文化”，而中国文化更像是“植物文化”，对其最大的爱护就是让它深深地根植于自己的土壤，根深而叶茂。

不可否认，《著作权法》保护了作家的劳动成果，是人类文明的一种进步。进步需要一个过程，我希望从有了《著作权法》，到能很好地执行这个法的过程，越短越好。

2010年9月3日

寻找差异

——在早稻田大学的讲演

毋庸置疑，现实正欲淹没文学。

因为人们对生活的感受被一个又一个的事件所取代——像一个“9 · 11”事件，居然被认为“改变了世界，改变了每一个人”。

世界充满事件，突如其来，层出不穷，霸占了人们的想象力。现实比任何小说都更令人不可思议，更使人有陌生感。喜事和丧事同在，盛世和末路并存，无法预测，无法把握……

于是，人的概念悄悄地在改变：机器人并不是人，在某些方面却比肉体凡胎的人还要能干；克隆人是人，却比任何妖魔鬼怪都更令人类忧虑和恐惧……人的概念的宽泛，带来了文学概念的无限宽泛。

作家的全部才华就是感觉的新颖。世界为空，人乃一切。世界不过是人的灵魂的影像，人的自身就潜藏着支配万事万物的规律。作家要信赖自我，不为外物所累。只有自己才是主体，并有责任了解一切，也敢于面对一切。

感觉就是思想，艺术的核心秘密是活的灵魂。文学的成熟就表现在个性强烈，色彩纷呈，形成了庞大的各具特点的作家群落，有自信和历史对话，也和现实对话。

用一句话概括，文学史记录了文学和现实的关系。文学是一种社会意识形态，必然为社会的现实存在所决定。现实生活有张力也有矛盾，有机会也有困难，急剧变化的本身就有着巨大的社会批判功能，也会营影响到文学进程的推进。

现实对人一直都在进行着雕刻乃至扭曲，因此现实主义文学也不是简单地复制现实。作家对现实生活的探索和发现，应该符合现实生活本身的规律，又折射出作家对现实的人文关怀和深邃的理性思考，表达了人性的要求与灵魂的渴望。

现实的本性是变化，世界在变，生活在变，人在变，文学在变，其实文学就从来没有停止过变，也从未因内容与形式的变化而停滞。过去的文学给人类提供的是出类拔萃的精神和情感。任何时代能够流传下去的，也只能是精神和情感。在今天这个物欲极度膨胀的商品时代，人们最缺乏的恰恰就是精神和情感。因此，文学的命运不是将被取代，而是变得更加为人们所需要。

作者像

地球上居住着60多亿人口，而每个人终其一生所认识的人也不会超过万人，可我们居然在这个大厅相识了，这无疑是一件令人愉快的事。中国有一句老话概括这种情景："有缘千里来相会！"缘，是一根丝线把人连起来，这根丝线就是文学。

文学是一种吸引，一种融合。在爱尔兰的舞蹈中可以看到非洲黑人舞蹈的影子，在非洲的黑人舞蹈中又有着明显的白人文化影响……现代世界纯而又纯的东西已经消失了，都是你中有我，我中有你。你落后了，就要吸收先进的东西；你太优秀太独特了，就不可避免地要被世界吸纳。每个人或每个民族，又会在吸纳中加进自己的东西。而人类的艺术就是在这种交融中进步，你在吸纳世界的同时，也被世界吸纳。

人类学家经多年考证，研究了五大洲160个国家和地区三万年前的语言遗迹，得出结论：在人类进化到智人阶段时，存在着一种全人类通用的原始母语。也就是说，当时全世界的人使用一种共同的语言。各地原始人类最初所能表达的事物范围都极其狭小，也非常一致。在那之后，受到地形、气候、食物和社会组织等条件的影响，概念、语言和艺术等领域内部的分化才渐渐开始，不同的文化由此形成，现在世界上的所有语言都是在此基础上发展起来的。随着人类的进化，语言越来越精确，分化成许多种，因此隔阂也产生了。

这时候，对文学来说最重要的就是寻找差异。差异是最珍贵的，因为有差异才有存在的必要。作家发现了与他人不一样的东西，就发现了自己创作的价值。

这也是今天我来到这里来的原因。

2003年9月

苏联解体带给文学的思索

前不久我同陈丹晨、杨匡满诸同道参加敦煌笔会，一路上匡满兄不停地引吭高唱苏联的歌曲。或用汉语，或用俄语，或一段汉语一段俄语：《山楂树》《喀秋莎》《列宁山》《三套车》《红莓花儿开》……同车的人有时合唱，有时跟着哼哼。30岁以上的人似乎没有不会哼几句苏联歌曲的。大家吼得痛快，得到了一种满足。追忆杳远的旧梦，唱出了一种怀旧情调——当然不是怀恋已经垮掉的苏联，而是怀恋各自的青少年时代，怀恋已经逝去的美好年华。这一代人当年是唱着苏联歌曲上学、长大，或参加工作，或投身革命的。

岂止是音乐，在文学上又何尝不是如此。当代45岁以上的作家有没有受过苏联文学影响的吗？即使有恐怕也不会太多。

中国大陆新时期的文学史，也可以称作是努力想摆脱苏联文学影响的历史。

在60年代之前，中国曾机械地照搬苏联的政治模式和经济模式。当时有一句很流行的话："苏联的今天就是我们的明天，我们的今天就是苏联的昨天。"文学所植根的土壤太相近了，连他们的错误中国都要重复。看苏联的小说或电影，觉得亲切可感，如同发生在中国土地上的事情一样，无非更深刻、更激烈，顶多是有点提前发生罢了。而许多中国作家根据自己熟悉的生活创作出的作品，却常常被认为是受了苏联文学的影响。我的一部中篇小说《赤橙黄绿青蓝紫》，写了一个姑娘改造一个汽车运输队的艰难过程。这部小说被认为是受了苏联一部电影的影响，那电影讲的是一个女政委收编一群土匪的故事。我至今还未看过这部电影。某作家写了在劳改营饥饿的感觉，有人就想到索尔仁尼琴在《古拉格群岛》中对饥饿的无与伦比的刻画。该作家写一个汽车司机的爱情故事，又被人拿去和艾特玛托夫的某部作品对号……

王蒙在一篇文章里开出了一长串受苏联文学影响的中国当代作家的名单，其实还不止这些。一个国家有这么多作家受另一个国家文学的影响，不是有点奇怪吗？这种现象在世界文学史上恐怕也不多见。

苏联文学不仅影响过中国作家，还普遍地影响过中国的社会和广大读者。苏联对中国最成功的规模最大的援助就是文学艺术的输入。

高尔基的《鹰之歌》《海燕之歌》以及许多苏联作家的作品编进了中国的学生教材。一大批苏联小说中的人物成了中国青年人崇拜的偶像。如保尔·柯察金、夏伯阳、巴特曼诺夫等。奥斯特洛夫斯基那段著名的话："人最宝贵的东西是生命，生命属于我们只有一次。人的一生应当这样来度过：当他回首往事时不因虚度年华而悔恨，也不因碌碌无为而羞耻……"当时的青年学生像"文革"期间背诵毛泽东语录一样来背诵它，作为朋友结婚、外出或参加工作时的赠言。马雅可夫斯基的阶梯式政治抒情诗也曾风靡中国，谁能说以后中国出现的阶梯式政治诗是作者的独创呢？苏联文学给中国当代文学提供了许多现成的口号、表现形式和创作方法，比如：现实主义、“文学就是人学”、报告文学是文学的轻骑兵、写阶级斗争、塑造理想化的正面人物、写全景式的史诗般的作品——如同列昂诺夫的《俄罗斯森林》、肖洛霍夫的《静静的顿河》、西蒙诺夫的《生者与死者》等三部曲、恰科夫斯基的《围困》、斯塔德纽克的《战争》等等。苏联文学中追求史诗规模的作品太多了。苏联作家喜欢纵观全局和编年史式地描写，渴望创作出完整的艺术作品和巨大的典型性格。史诗情结至今还纠缠着一批中国作家，陕西作家路遥撰文介绍他写作百万字的长篇小说《平凡的世界》时，明确地想追求一种史诗的规模和价值。其实，有才气的作品其意义本来就是多方面的。

甚至中国文艺界在搞政治运动的时候，也不能忘记苏联文学。60年代初，一场大规模的“反修防修”运动，矛头直指苏联，各地却组织共产党员、共青团员内部观摩根据柯切托夫的长篇小说《叶尔绍夫兄弟》改编的话剧，据说这部小说是“反修防修”的有力武器。中国反腐败反贪污要看苏联电影《伟大的公民》，中国人看得很解气，觉得无产阶级政权内部的矛盾和斗争太复杂了。作为“文化大革命”的前奏，中国戏剧界先对斯坦尼斯拉夫斯基体系进行了长时间的围剿。驱逐索尔仁尼琴，《日瓦戈医生》风波，以及后来的苏联文学“解冻”，都给中国文坛造成了一次又一次的冲击和震动。因为中国当代文学和苏联文学联系太紧密了，有许多地方彼此太相像了。即使有一段时间两国在政治上交恶，也未割断两国在文学上的相互影响。

进入80年代，西化风尚勃兴，中国开始接受西方文化的轮番轰炸。一批年轻的先锋派作家，效仿福克纳、萨特、马尔克斯等人的写作技法，热衷于表现曾经荼毒了一代欧美但在尚未进入发达工业社会的中国还不被人觉察的紧张、变形、迷惘、绝望、孤独，因而没有获得社会和读者的广泛响应，变成了新潮人物的文法实验。但它对消除苏联文学的影响却起了很大的作用。此时苏联文学强人已逝，未见新机滋生，影响力已日渐微弱。

1985年我发表了中篇小说《收审记》，一些批评家朋友就说已彻底摆脱了苏联文学的影响。其实，我过去也不是自觉地想接受苏联文学的影响，现在也不是有意识地要摆脱这种影响。我想大多数所谓受苏联文学影响较大的中国作家，大概跟我的情况也差不多。先不说这种影响好与坏，批评家的话表达了当时中国文坛一种普遍的心态和感觉：中国当代文学已消除了苏联文学的影子，有着辉煌历史的中国当代文学也理应有自己强大独立的品格。

问题是苏联文学的影响是不是真的彻底消除了？有这种影响的存在就是坏事吗？

任何一个民族的文学总要受世界文化的影响，也会对世界文化施加自己的影响。这影响无非是有大有小、有正有负罢了。当今世界科学技术、通讯工具极端发达，难有封闭的民族文化，都是你中有我，我中有你。各种不同的文化有交融，有冲突。

由于中国和苏联有着特殊的历史渊源，在文化上的相互影响非同一般。现在回顾和对比两国当代文学，有益且有趣。至少我以为下面几个问题就有点意思。

一、苏联垮了，苏联文学为什么不臭？

“四人帮”垮台以后，人们对“文化大革命”时期的文艺作品十分厌恶。中国每搞一次政治运动就扶植出一批“运动文学”。到下一场运动到来，不仅要否定前一次运动，还一并否定与前一场运动相配合的文学。文学紧跟运动，运动毁灭文学。“大跃进”取代了土地改革运动，“文化大革命”否定了前十七年的所有政治运动和文学，改革开放同样也彻底否定了“文化大革命”及革命文艺。

苏联解体了，一个经营了70多年的庞然大物在一夜之间突然垮掉了，这就说明它应该垮掉，早已脆弱不堪。世界上为此感到痛苦和惋惜的人不多，倒是怒责者有之，笑骂者有之，讥讽者有之，幸灾乐祸者有之，七言八语，一笔勾销了苏联关于共产主义的试验。但是对苏联的文学却嘲骂不起来，难以一笔抹杀。抹杀它也是无益的。因为它并未逐波而去消失了踪影。苏联文学中有偏激、有虚假，同时也有强有力的东西。曾产生了三位诺贝尔文学奖的得主，拥有一批具有世界意义的艺术家。苏联对文学虽也有冰封雪冻的时代，但他们的文学对政治还保留了相当一部分独立的品格，没有完全丧失对社会的批判意识。在冰冻期有人可以不为发表而写作，有十年磨一剑、藏之名山传之后人的自信和静气，一旦解冻，立刻就有一大批优秀作品问世。甚至在冰冻期也能出现像索尔仁尼琴和帕斯捷尔纳克这样的大手笔。与之相比，处于政治运动中的中国文坛，不是过于沉寂，就是过于浮躁，文学中的假、大、空也更胜于苏联老大哥。

二、现实主义是否已经过时？

在当今文坛，现实主义似乎是个很古老已经落伍的概念，甚至有许多人还在使用这一古老的创作方法却不愿打它的旗帜了。而各种新浪潮的实验，虽出过风头，不过是“各领风骚三五年”，终未成大气候，也没有把传统的现实主义赶尽杀绝。至今仍旧靠大量的现实主义作品和纪实文学支持着沉重疲惫而又躁动不安的文坛。近两年显得有点生气的所谓新写实主义，其实并未溢出现实主义的范畴。大家对长久的沉闷和松懈感到厌烦，都想出新。以前也曾不断有人想给现实主义赋予新的内涵，如“革命现实主义”“历史现实主义”“社会主义现实主义”等等。变来变去，也离不开“现实”。人们发现现实主义这块招牌虽陈旧，要彻底丢掉它还不容易。因为从整体来说，文学同现实生活一直保持着密切联系。

比起中国文坛，更难被西方现代主义全面占领的是苏联文学。现实主义在苏联文学中根深蒂固，极一时之盛。载浮载沉，并未风流云散。苏联在政治上经济上有一套模式，在文学上也有模式——现实主义就是最大的套子，至今尚难彻底摆脱这个套子。现实主义传统如同社会主义的遗传基因一样摆脱不掉。更主要的是苏联的政治体制，社会生活没有给现代主义提供良好的生长条件。现代主义也并非西方人的突发奇想，空穴来风，要借助西方社会这块肥沃的土壤才能生长，是现代工业社会对人类灵魂挤压、扭曲的产物。现代主义尚未在中国文坛成大气候，也跟缺少这种土壤有关。现在中国则开始积累这种土壤了……

苏联人认为现代主义不过是擦拭现实主义身上灰尘的一块抹布。各种文法实验及雕虫小技，壮夫薄而不为。苏联文学有大致的整体风格，格外推崇厚重庄严、劲健沉雄一类。在现实主义旗帜下，把文学推向伪现实的也是苏联文学。甚至提出了“第三现实——将来的现实——没有第三现实，我们便无法理解什么是社会主义现实主义的方法”。要求文学成为指导社会的大政治学，成为整个社会主义阵营的大政治学。在这种原则指导下，按社会主义的政治模式从事创作，使文学变得可笑、虚假、低劣。

文学的真实永远来自生活的真实，而不是来自急功近利的政治现实。难道苏联不是真实地存在了70多年吗？有许多表现这种真实存在的文学，在今天看来却显得极不真实。正像现在读中国“文革”时期的文艺作品或反映“大跃进”、合作化的小说感到虚假可笑一样。而马尔克斯的《百年孤独》，也是近20年内的作品，却让人觉得像经典著作一样——苏联作家也不能不承认这一点。

苏联一垮，似乎文学的大地也塌陷了。一批文学人物失去了存在的价值和意义。这是现实的尴尬，还是现实主义文学的尴尬？

如果说西方现代主义艺术表现的是人类“失败的总和”，那么苏联文学则想表现人类“成功的总和”。表现失败的未必失败，表现成功的未必成功。可见文学不姓“资”，也不姓“社”，只姓“文”。

这一点同样也值得中国当代作家深长思之。

三、阶级斗争和理想主义的破灭

大部分苏联文学有个共同的永恒主题：新社会是在激烈残酷的阶级斗争中诞生的。现在是否应再加上一句：作为新社会的苏联，也是在激烈残酷的阶级斗争中解体的。

苏联文学敢于写苦难。优秀作家的苦难意识，对苦难的成功描述，成全了其作品的深刻性。当今世界的苦难并非一条阶级斗争线就能串起来的，如：灾害、战争、疾病、贫穷、暴力、犯罪、生态环境的污染和破坏。成功的作家都是自觉或不自觉地以人类意识，取代了阶级斗争观念。我一直奇怪，中国自1949年至“文化大革命”这一阶段的文学，专写阶级斗争却没有学会写苦难，而善于描写苦难是苏联优秀作家成功的原因之一。

他们敢于利用沉重的阴影来突出人物，让人物站在至苦、至悲、大灾、大难的境遇中，寄托其生存的勇气和力量。苦难、理想、正面人物，构成了苏联文学的图腾。

没有理想则难以支撑社会主义文学的主体。要表现英雄主义的精神根源，写出精神上的诞生，唤起人们积极地对待生活的愿望，从心里对未来充满信心。恰恰又是苏联的现实主义文学理论，认为现实比文学更辉煌有力。现在的事实是一批优秀的然而是缺乏理想主义色彩的文学作品似乎比现实的苏联更有力。由于有了这样一批作品，使苏联文学还在世界文坛上占有一席之地，而作为20世纪最伟大的神话——苏联共产主义则成了泡影。

历史向苏联开了个大玩笑，也向苏联文学开了个大玩笑。

理想主义文学曾经使人们狂热地相信，自己是历史的主人，自己的所作所为都是在创造历史，历史意识急剧增强。现在人们则没有这种自信了，不再认为眼前是真正的历史，总觉得是一种过渡，是一个历史阶段的序曲或尾声。需要重新安置失衡的心灵和文学，慢慢地调治因无法与历史对接而产生的失落感。

共产主义理论认为追求理想是人类的特点，代表这种人类理想的是正面人物。经过理想化的正面人物便成了社会主义文学的胎记。苏联文学在塑造正面人物时有一套办法：表现崇高的精神走向——所选择的生活事件亲切感人——经历不可想象的痛苦和磨难——人物疯狂般的勇敢，罕见的紧张和乐观，可歌可泣的忠诚，难以置信的坚韧——精神空前高涨，对未来充满信心，表达了一种勇敢的真理，塑造高大的民族性格。

人物经过这样一个工艺流程的处理，无法不正面、不英雄了。让这些人物具备现实启示性和当代启示性，展示了地球上被称为社会主义的存在状况，且不回避其存在的无比艰巨性——这是苏联文学的重要贡献。曾经影响了一代社会主义阵营，所表达的思想在当时被视为是时代信仰的创造，其精神的感召力是深厚的。

与此相比，江青让作家把自己强置于一个真空般的环境里，然后按照“三突出”的创作方法，任意编造各类矛盾冲突：在所有人物中突出正面人物，在正面人物中突出主要人物，在主要人物中突出英雄人物。搞水涨船高，而不是水落石出，则显得更为公式化，矫情、拙劣。

即便是在苏联文学中，由于重视寻觅建设新社会的力量，忽视寻找建设人性的力量，最容易失败的常常正是作者下工夫最大的正面人物，而有些反面人物倒结结实实，有血有肉。

苏联文学是理想和现实结合的创造物，宿命般地以为社会主义消灭了使人的天性不健全的畸形化的根源——这正是产生正面人物的土壤。有些表现群众的集体主义本质的作品，当时看是成功的、感动人的，却经不住时间的筛选。这涉及一个古老的争论不休的命题，即文学和人的关系。

美国作家辛格说过，小说总是关于个人的，你不能写关于群众的小说，共产主义作家已经尝试过，但他们从未取得成功。这话很武断，还带有西方人的傲慢和偏激，但苏联的解体验证了辛格的话。文学有自己的选择，这选择是六亲不认，甚至是残酷的，正像有的作家表达了自己对生活的绝望，恰恰是这绝望成全了他的深刻乃至不朽。不可以政治的选择代替文学的选择，倘若文学选择为政治服务，就是选择短命，甚至是选择非文学。现在重读当年表现社会主义理想的作品，会感到滑稽可笑，无法卒读。既无文学价值，又无历史价值，只有文学的虚弱与贫乏。于是令人想到历史的感叹：为什么艺术之神给一个国家或时代更多的天才，而给另一个国家或时代的天才很少？问题不是艺术之神对天才的分配不公正，而在于某一个国家或时代是不是具有产生天才的条件。

四、苏联文学就这样无声无息地消失了吗?

我无法对苏联文学尽其机微，只能略陈一点自己非常表面的看法。有一点感到奇怪：苏联解体所造成的冲击波，完全淹没了人们对苏联文学的关注。

苏联文学作为一种庞大的文学现象，曾在世界上存在了半个多世纪，人们怎么会不研究它，不议论它呢？它的产生、壮大以及突然的消失，对世界文坛尤其对中国文坛会产生什么样的影响，人们怎么会不感兴趣呢?

过去中国和苏联，曾重复过彼此的错误。苏联的解体使苏联文学所依存的组织形式也消亡了。创作本来是个体性劳动，从社会主义诞生的那一天，作家们就必须被一个组织管了起来——正是出于对这个组织的惧怕，帕斯捷尔纳克才不敢出国去领诺贝尔文学奖。现在这个组织不存在了，但文学不会消亡。属于苏联的文学将会有怎样的变化？以什么样的面目重现于世？我在满怀兴趣地等待着。

苏联文学本来是以“明白”著称的，是一种明明白白的文学，作家一般不写自己不明白的事物，似乎能准确无误地找到现实世界的入口处。这回是否出现了迷惑？现实世界的入口处是否不那么容易找到了？有些不朽的巨著，本身就是一团神秘，写的是不明白的事，别人读不明白，说不明白，然而魅力无穷，成了一门玄学，人们更要读它，说它。如《红楼梦》，兵家从中读出兵法战策，史家从中读出历史，道家读出道，儒家读出儒，佛家读出佛。苏联文学莫非因苏联的解体将给人们留下一个谜团？苏联作家曾对生活表现了极大的勇气和真诚，想写出全部真理。然而他们讴歌的生活最终被发现不过是一场海市蜃楼，这难道就能全盘否定他们所付出的努力吗？海市蜃楼不能算是欺骗，那么是谁浪费了作家的才华和真诚？作家可能是深刻的、偏激的，和政治相比是否总是幼稚可爱的？如果说政治、军事、经济是阳刚的，文学艺术就该是阴柔的吧？

无疑，苏联的解体将给文学提出许多疑问，留下许多思索。

1992年12月

创作与反思

关于《蛇神》

《蛇神》是我的第一部长篇小说，像长房长子，自然格外重视。

小说由1986年第1期《当代》长篇号发表，然后由我一向非常推崇的人民文学出版社成书。不想它生不逢时，也遗传了我多灾多难的文学命运，在本该是像过生日一样只说“好话”的《蛇神》讨论会上，竟遭人发难，随后升级到中央一级的大报上。

河北省一爱嚼舌根的人，竟将北京的种种闲话传播到天津。为了不破坏跟心目中“皇家出版社”的关系，我只能写信给当时的社领导，取消出书的计划，采用“肉烂在锅里”的策略，将书稿给了天津百花文艺出版社。天津不是批我吗？反正臭就臭在天津了！

许多年以后，天津的版权一到期，应相识多年的编辑包兰英君所约，就又将此书拿到人民文学出版社重新出版修订本，算是了却心愿。

这是一部纯虚构的小说，我有意把故事的大背景放在南方的山区，不想竟引得四面八方来对号入座。那是一个对文学神经过敏、多疑多虑的时期，人人都喜欢对号入座，又极端恐惧和厌恶被对号入座。天津人民艺术剧院把《蛇神》改编成大型话剧，由当时的院长孔祥玉演男一号，公演后几乎每个有名有姓的角色都有人对号。有些掌握一定权力的人，想借小说中对“文化大革命”的描写制造一场政治事件，以期阻挠话剧的演出……过了很久，我才偷偷地买票去看了一场。

在所有被牵连到《蛇神》风波的人中，有两个人的态度让我感动和崇敬。一位是河北省梆子剧院被吴祖光先生誉为“国宝”的演员裴艳玲，有人风传《蛇神》中的女主角写的是她，她听了只是微微一笑，不置一词。为此我又专门写了一部关于她的纪实小说《长发男儿》，在整个采访过程中她也只字不提《蛇神》的事。我之所以写后面这部纪实小说，就想告诉读者一句话：《蛇神》中的花露婵不是裴艳玲。裴艳玲身上那种吸引我的、独特的东西，一旦变成花露婵就不复存在了。如果按裴艳玲的气质来写花露婵，《蛇神》将是另外一个样子。

另一位是张贤亮。在当年的中国作家协会主席团开会的时候，一位副主席当着我的面问张贤亮：“看了子龙的《蛇神》吗？里面的邵南孙就是写的你。”张贤亮哈哈一笑：“邵南孙是子龙心目中的男子汉。”何等智慧，何等气度，不愧是见过大阵势、境界不俗的张贤亮。

写一篇小说引起一番争论，甚至酿成一场风波、一个事件，也许有人认为这是一种幸运，我却感到烦了、累了。我希望人们忘记我和我的作品，让我安静而从容地生活、写作、休息。当时的新潮小说出尽风头，像我这种角色正好躲起来喘口气，好好调整一下自己的步伐。想不到总有人要拿我磨牙……

或许作家可以算作感情上的运动员，要经受各种感情运动的锻炼，全面提高感情素质，才有可能在某个项目中取得好成绩。创作就是一种激情，作家的全部技巧还不就是打开闸板、疏导感情的激流、让自己顺水而下吗？幽雅和精心雕琢往往会成为真实和诚恳的障碍，而诚恳对作家来说是至关重要的。别的不敢说，《蛇神》是诚恳的。

当代心理小说中已经没有理想的地盘了，理想人物更是声名扫地，甚至会受到责难。作者在感情上钟爱备至的人物，在艺术上却常常会给这个人物帮倒忙，下不了绝笔，这就是由于我格外珍惜花露婵，反而局限了对这个人物的刻画一样。看来创作不仅是一种激情的宣泄，作家还要有一种超感觉的能力，有时要超越自己的情感，服从艺术的规则。

当时那些急于否定《蛇神》的人，读的还都是《当代》上发表的删节本，那是个掐头去尾的《蛇神》（被删掉了两万字左右）。这种砍削很可能是一种有好处的整形和修理，把小说的缺点和当时被认为敏感的东西都砍掉了。但我更希望他们能根据全须全尾的《蛇神》发议论。着什么急呀，等到单行本印出来，甚至可以放它两年再说。文学不是信奉“在所有批评家中，最伟大的，最正确的，最天才的是时间的论断”吗？

倘若命中注定在创作道路上不会有安宁，那么我就高高兴兴地接受这个现实：人们可以咒骂它或颂扬它，厌恶它或喜欢它，只要不轻视它，不无动于衷，不是不屑一顾，作家还有何求？我喜欢就作品论作品，没有人规定谁应该写什么，不应该写什么，我不想以简单的格式和各种习惯性的规范把自己的小说束缚住。

否定自己的昨天来肯定今天，同肯定自己的昨天来否定今天一样愚蠢。创造的本质就是要变，要动，不可能死抱住一种模式不放，作家也和生活一样是不断发展变化的。文学的概念同世界的概念、人的概念一样变得无比复杂了，社会对艺术的选择越来越多样化，艺术对生活的选择也应多样化。

多元是这个时代的理想呢，还是标志着失去了理想？我想当今的文坛也是这样：“二八月乱穿衣”！《蛇神》是我这条蛇正在蜕皮时的产物，不管读者认为我是毒蛇还是无毒蛇，蛇蜕却是无毒的，可以入药。当然不能排除我一辈子也许都蜕不下这张皮的可能性。我不想丢掉自己，只想认识自己。

《蛇神》如果引起议论，最不安定的因素大概就是邵南孙了。他独有的荒诞的命运不是我有意安排的，我无权说生活应该怎样，不应该怎样，我只能说生活就是这样。一切荒诞都来自现实，邵南孙行为中那种种出人意料的落差，并不比这几十年我们生活中的反复无常更令人惊奇，想想我们所经历的一切，觉得中国人无论做出什么举动都是可以理解的。我以为用荒诞的手法写荒诞已不足为奇，用现实手法写荒诞则使荒诞更烈更深更真。

我就想通过对邵南孙命运的感受来体验和理解历史送给我们的礼物。现实就像梦和雾一样捉摸不透，小说中有梦的生活，花露婵则是一个生活的梦。把梦的生活和生活的梦纠葛在一起，或者说把“文化大革命”中疯狂的正常和正常的疯狂融为一体，就有可能使小说达到应有的真实和深度。

鬼知道每个活人的心灵的内在辩证关系有多么微妙，邵南孙的性格始终处于变化和矛盾之中，在他身上有许多相对立的因素，嘴上说的不一定是心里想的，外在行为不一定都标明他的内在品质，性格和行为总是有矛盾，当然也有统一的时候。我想写出一个非常复杂、非常矛盾的真实生命。

我小心翼翼但又渴望能揭示当代知识分子复杂的心理活动、复杂的性格，包括毫不隐瞒地解析自己的灵魂。人们已经厌恶了压抑、虚伪和贫乏无知。我想邵南孙身上那股压抑不住的报复心理会让一些人难于接受，不知从什么时候开始中国人推崇宽宏大量，认为报仇是奴隶的感情，是弱者的表现。宁肯在底下暗争暗斗、阳奉阴违，唯唯诺诺，没有个性。这是消磨民族精神的一种瘟疫，一百多年来给我们酿成了多少灾难！创造阿Q形象的鲁迅先生却是极端鄙视“精神胜利法”的。

但愿不会有人误解我是在宣扬报复主义吧。

我不推崇复仇主义，只想分析生活的质量、人的质量，艺术应该具备现实的真正的品格。邵南孙的报复情绪来自对生活的恐惧，当他经受了一系列的精神摧残之后，十几年来禁锢得很紧的感情，突然像炸弹一样爆炸了，强烈得连他也不能自控，我更无法左右他的行动。其实世界上到处都有报复的言论和行动，发生在邵南孙身上真的那么不可理解吗？何况他又是个狭隘、自私的家伙……

文学作品应该深入到民族的心理层次，作家有权选择文学自身的时代意识，我塑造邵南孙这样一个知识分子形象的目的就在于此。不要把知识分子都看作是“受难的圣者”，当代社会心理潮流不是强调认识自我、强化自我吗？只有敢于剖析自己才谈得上“认识”和“强化”，才有可能提高人的质量和生活的质量。

我找不到一个好的形式来表达自己心里想要表达的一切，就采用两个时间层次，这是最省事的办法。“过去的故事”不单指“文化大革命”，“现在的故事”也不只是眼前发生的事情，历史和现实互相映照，互为因果。这样写跟小说的内容相符，一幕一幕的，戏剧舞台就是社会大舞台的缩小。我写不了史诗，也不想把小说写得很长——拉开长篇的架势，细针密线，广为铺陈。即便如此，我也是前半部写得从容，到后面就有点急躁，也许是邵南孙把我折磨得不耐烦了。我追求紧凑、集中，把所有别人能够猜到、能够想到的东西全部省去，作家跳跃再快也没有读者的想象快。马拉美曾说，一个作品里本质的东西正在于不能表达里。

重要的是内容，无论如何不能让形式束缚内容，但形式选择不好就会妨碍内容。只要有助于艺术思维的深化，能加强故事的哲理性，能从新的角度展现人的性格、挖掘新的情节纠葛，能给人一种新鲜的艺术感染，管它是老套子还是新花招，统统可以拿来为我所用。要么不写，要写就应该有一点新东西，或人物，或故事，或思想，即使失败也不要躺在别人的尸体上。只要有生命、有变化、有不加美化的真实就行。

记不得是哪个外国人提过这样一句口号："作家不应该有什么理论。"脑袋要长在自己肩膀上，不能长在别人的胳膊上。否则人家一抡胳膊你就得发晕。我的本分就是按照自己所看到的那样认识世界，而不是按照别人能够理解的那样去描写世界。

写到后来我也拿邵南孙没办法了，仿佛不是他走投无路，而是我陷入了绝境，"美只有一种"，而包围它的有一千种丑。照此写下去我只能从三楼的阳台上跳下去了！幸好小说结尾的时候邵南孙又回到大自然中去了，大自然养育他，保护他，抚慰他，也许还会净化他的灵魂，他舍此别无更好的出路。至于他能否在铁弓岭长期待下去，能否跟柳眉幸福地生活在一起，只有天知道。

关于《一个工厂秘书的日记》的断想

遗传学用令人信服的科学根据，说明了孩子为什么像父母，为什么有其父必有其子。创作也是一样，作家的气质、性格、禀赋直接影响他的作品，即所谓“文如其人”。

根据我的情况，是不是只能写一些“乔厂长”之类的人？风格就是人，人不变风格也不会改了？我的老师曾为此高兴过，也担心过，也提醒过我。

种什么籽，结什么果，土质不一样，只是收获的多少不同。是现实生活孕育了“乔厂长”，他是社会的产儿。一母生十子，一子一个样儿。搞创作似乎也应该打一枪换一个地方，不断地在内容上有所发现，在形式上有所变化，做各种各样的尝试，失败也不怕。不钻别人的套子，也不钻自己的套子。其实，作家只要是根据生活写作，而不是坐在屋里编故事，在写作过程中有时就会不得不抛弃一些已经用熟了的手法，不得不抛弃一些吃透了的思想，而根据生活的面貌，构思一些新的东西。于是，我无法赶开老缠着我的那些

“金厂长”，我想试一试。

谁知由于我对生活里的金厂长非常熟悉，也许是生活中金厂长的确不少，这篇作品倒产生得异常顺利。这篇小说的成败得失我不管，有一点鼓了我的劲；我也可以生出和自己的性格、气质完全不同的“孩子”，叫他们一个人一个样。

金凤池不是个理想人物，也不能简单地把他称为“大滑头”。他是时代的产物，时代按照自己的需要改变人的灵魂。金凤池在社会生活里不是个别的，也不是孤立的。我们不想培养这种人，甚至厌恶这种人，事实是出了不少这种人。如果说他是当今社会孕育出来的一个怪胎，实在不应当由金凤池个人负责。

如果说文学典型就是通过鲜明的人物个性反映生活本质和生活的某种规律，金凤池不正是在这十几年里被扭曲了灵魂的一种典型吗？

不管写成小说以后典型不典型，不管别人怎样看待金厂长，我一旦发现了金凤池这个人物身上有某种典型的东西，创作冲动就上来了，要想不写他是不行了！

我写《一个工厂秘书的日记》决不只是想痛痛快快地鞭打一番像金厂长这样的人。他办的一些事情实在够“滑”的。但他为什么会变滑？他要不滑行不行得通？为什么“滑”成了人的一种自卫和处世的本能？他身为厂长，要讨好上级讨好同级，还要讨好下级。为工人办好事是讨好，那么不为工人办好事倒是正确的了？奇怪的是他八方讨好并不是为了个人升官发财，以前是厂长，现在还是厂长，他想把工厂搞好，把生产搞好，让工人们都得点实惠。他的家庭并没有因他的神通广大而得到什么好处。我写他家庭一节，写他“酒后吐真言”一节，就是为了刻画这个人物性格的复杂性。

如果不敢当乔厂长，为什么不可以当金厂长？这总要比那种只会当官不会做事，不关心群众，只想为自己多捞一点的人要好吧？

作者像（1980年）

我也是矛盾的。我对金凤池这样的人物是非常熟悉的，写作的时候他就像站在了我身边。小说里所有细节没有一个不是从真实的事件改头换面提炼来的。我不满意金厂长的某些做法，可又同情他，理解他。

他是个人，是个复杂的大活人。我没有让他按照典型人物标准的行为守则去行动，我不想写根据某种思想概括出来的抽象的生活。现实生活不给作者让路，也不给金凤池让路，生活按照它自己的规律发展。我只好努力去反映这十分复杂而又充满矛盾的真实生活。我事先无法为人物安排行动大纲。金凤池一出场就左右我，而不是我左右他。

屠格涅夫说过：准确地强有力地再现生活的真实和现实，对于文学家来说是莫大的幸福。甚至这个真实不符合他自己的同情也不要紧。

这个“准确地”和“强有力地”是高标准，我需要在这方面下很大的工夫。文学作品只有符合生活真实才能存在。不要按自己想看的去看生活，要按生活的本来面目去看生活，感受生活，感受生活中的多种人的变化。要深入精细地写出人物的内心世界。

为什么要写生活，写真实，写这种很沉重的东西？写一些远离生活、不疼不痒而又轻松愉快的东西，不是更好吗？大家都可以皆大欢喜，何乐而不为？

作家是以他的人格，替自己的人物在社会上做担保的，这就更加重了创作的责任。如果作家笔下的人物曾丢过作家的人格，他对这种责任会看得更重大、更宝贵。

现在的读者要求文学深入到社会生活里去，“进攻生活的致命的要害”。这就要求作家必须首先读懂生活这本书，然后才可能选择符合生活真实的矛盾，反映真正能触动千百万人思想和情感的现实问题。

随着时代的进展，金厂长的个性和社会发生了矛盾。同时，他的个性又是社会的一个组成部分，许许多多的金厂长对社会演化发生了重大影响。作家应该是“刻画社会和人的心理变动的艺术家”，我常常为达不到这种火候而焦躁！我做过热情的呼喊，也做过自以为是深沉的解剖，都是为了要达到这种目的。

我采用了日记的办法，就是想有话则长无话则短，尽量写得更像实际的生活。用对自己的心灵可以无话不谈的方式，从平凡的日常的事物中，表现一些典型的东西。让冲突符合现在社会上人与人之间相互关系的逻辑，符合人物性格发展的逻辑。当然，这种写法也有缺点，铺陈琐碎，刻而不深。

作家应当不断为自己寻找表现新内容的新形式。形式和技巧是为了更好地表现生活，而不是为了掩饰和打扮自己贫乏的生活、迟钝的思想。天生一个胖孩子，穿什么衣服也是活蹦乱跳；一生下来就是死的，穿戴再好也不会喘气。我在创作上最怕生这样的“死胎”。

什么样的时代，就产生什么样的生活形式和斗争形式。金厂长的办法不也是一种斗争形式吗？生活中人们的斗争方法千奇百怪，花样翻新。和生活相比，我深感自己的文学表现手法太不够用，花样太少。钻头的样式千百种，都是为了对付各种不同的岩层和土质，为了钻得深、钻得快。作家手里流墨水的钻头，也应该是为了透过生活的表面深入到它的最深处，而不是为了其他。因此，我要经常磨钻。

先有对生活不厌烦的探索，创作上才有可能长进。看到了生活矿层里的宝，才能下钻，才能取出宝。有了丰富的生活这摊活水，就不必求救于编故事，凑巧合。当然，不可忽视编故事的作用。找到了矿，还得会开采，不能乱开乱采。有经验的作家说我浪费材料，糟蹋矿石，常常大材小用。我想这话是有道理的。创作也要讲究剪裁下料，综合利用。我在这篇“日记”里试了一下。

回想写《一个工厂秘书的日记》前前后后，断断续续，想了一些问题，就记下了这些。驴唇不对马嘴。

1980年1月

谁的心里不鸣奏生活的“交响”

任何人在生活面前都是一个小学生，作家想要有所长进，就不能逃避这个严师。其实如果想躲避现实生活，就如同想躲避自己的影子一样困难。

生活把一个又一个问号提到了所有人的面前——经济上出现了市场调节、自由竞争，各种各样的责任制，五花八门的大包干、小包干。现在还出现了许多令人眼花缭乱的个人发家致富的典型，一个农民一年竟可以收入上万元乃至几万、十几万元。许多过去不可想象，认为绝对不可能出现的事物，现在出现了。大家也自然而合理地接受了“一部分人先富起来”“发财光荣”这个事实和道理。有好人发富，有正当的发财之道，也有坏人捞大钱，走邪门歪道发财。捞不了外快的人中有没本事、蹓尖滑蹭的懒汉，也有老实巴交的百姓。金钱是上帝和魔鬼的使者，能使人上天堂，也能使人下地狱，它能影响社会的精神面貌和人们的心理状态。国家政治生活的动向发生了变化，许多概念都不一样了。有些口号依旧，其内涵也有了根本性的改变。宪法改变了，婚姻法也改变了……

这一切牵扯到每一个人，影响着每个人的生活。作家不可能逃避这一切，用双手捂住脸装做什么也没有看见是不行的。然而，要叫作家直接去表现这些东西也是相当困难的，闹不好就会图解政策，变成一时的宣传工具，条文一变，作品就完蛋。如今谁能打包票对生活的变化就吃得那么透呢？政治家和经济学家尚且不能大包大揽地拍胸脯，作家又怎能信心十足地表现眼前还正在发生着的事情呢？心里拿不准，手就提不起笔。

于是，靠雕虫小技，玩花活，借以躲开现实，还可以不中断创作。但会说的不如会听的，会演的不如会看的，读者和精明的批评家一针见血地指出了这种不能令人满意的创作倾向：文学显得空了，虚了，发飘了。作品中生活的浓度淡了，像酒里兑水，淡而无味；作家表现得有点捉襟见肘，靠花架子以支撑门面。这意见尖锐而又中肯，作家无路可躲。因此，每个人都在想自己的辙儿。

我怎样走自己的路呢？投石问路，今年夏天写了《锅碗瓢盆交响曲》。关于这部小说的成败得失暂且不论，那是读者和批评家的事情，在创作上允许探索，也允许失败。重要的是我自己要有个清醒的认识：步子这样迈可不可以？

盯紧人，而不是紧跟某些事件；拥抱现实生活，并不等于描写现时的政治和经济政策；探索现代人的心灵世界，反映人们之间的各种关系。

作者像（1983年）

社会政治生活的现状改变了，

群众的舆论改变了，人们的兴趣和追求也起了变化，新的憧憬与旧的习俗发生了冲突，新的观念与传统的道德发生了抗争，新生活要破坏旧生活的轨道，有人积极去适应新的现实，有人则更喜欢旧的秩序。爱情、婚姻、家庭、伦理、道德、法律、风俗等观念都在有所改变，生活处在一个十字路口，人们的精神世界也处在一个十字路口。这不仅不会使作家感到为难，反而给文学提供了可纵横驰骋的广阔天地。

我决定走一条描写现实、拥抱生活、揭示人的内心秘密的创作之路。

我把着眼点盯在了青年人身上，他们经过了一段痛苦和思考，受住了精神上的空虚和思想上裂变的折磨，逐渐地都在走向现实。这个现实不再是与世界隔绝的死水一潭，现代人的生活视野和思想视野要比从前开阔得多了。于是，我在生活中发现了《锅碗瓢盆交响曲》里的主人公——牛宏。

他天生是个不吭不哈的“牛琢磨”，但是生活使他的个性发展渐渐由内向转为外向。这也是我为这个人物设计的灵魂的内核。敢于战胜自己，才能战胜命运，战胜生活。

我在生活中还发现了这样一种有趣的现象：那些能够打开局面的单位，其领导有一个共同的特点——具有新的思想，新的方法，新的风度，新的魅力。而那些在工作上打不开局面的人，在生活上则喜欢采取守势。但是在个人的问题上倒常常是春风得意的。而那些勇于开拓新局面的人，在个人的生活上往往不是胜利者，却是失败者，但在做人的方面，在做个真正的人上，他们是成功的。人应该过这样一种有内容的生活。牛宏正是这样的人，当我发现这一点之后，高兴极了！

可见，有了对现实生活的生动而又充满激情的感受，才能引爆创作欲望的火花，才能产生文学构思。作家的全部创作劳动无时无刻不在接受生活的检验，也只有生活才能纠正作家思想上的错误和偏见，改变作家探索的方式和内容。我如果不发现“康乐冷饮店”的负责人，就不会开始《锅碗瓢盆交响曲》的艺术构思。这一发现打乱了自己原来的写作计划，我毫不觉得可惜。

我不否认，生气勃勃的创作思想也是至关紧要的，它能使生活发出光芒，这光芒反过来又能照亮作家在文学上进行探索的方向。我在生活中找到了牛宏，似乎也明白了自己所追求的是什么：让文学成为当代人精神生活的透视镜。这就要求小说必须出人——写出人物来，深入精到地写出人物的内心精神世界。每个人的心里都有自己的歌，作家的责任就是让自己笔下的每个人物都能唱出他们的歌，合在一起，再配上和弦，就是当代人的命运交响曲。

作家要解释自己的作品总感到有些困难，但是可以讲出一串与这些作品有关的故事。

我和《锅碗瓢盆交响曲》中的主人公——牛宏的相识，就颇有点戏剧性。每个人都不可能不跟饮食行业打交道，我也一样，而且家住市郊，饮食公司虽然设了点，但它们的职工不愿意到离市中心那么远的地方去工作，因此这些饮食店的服务质量就可想而知了。时间一长，我肚子里积存了不少感慨。不论你多高兴，走进饭馆吃饭，常常会怄一肚子气；不论你脾气多大，买早点排上一个小时的队，也把你的性格磨没了。更不要说服务员叼着卷烟给你盛菜，擤完鼻涕为你拿馍了。饭馆里外不讲卫生，服务员个人里外也不讲卫生，谈吐粗俗，神情冷漠，官商官办，大爷买卖，是店就欺客！我的观察如果到此为止，就写这些现象，那就是写事不写人。作家的职业也是喜欢琢磨人。久而久之，我发现有些服务员根本不拿自己当人，自轻自贱，看不起自己的职业，进而瞧不起自己。作为这种心理的变态反应，则是把火气撒到顾客身上，用傲慢掩盖卑贱，看不起所有来吃饭和买东西的人（因此才有《锅碗瓢盆交响曲》中牛宏要求他的职工都要让生命开花，牛宏不卑不亢地在汽车上卖票等情节）。

尽管如此，起先我并没有想用小说反映饮食行业的打算。我有两个已经想好的中篇，一个是表现一女电子科学家的，另一个是反映一位生命快要结束的领导干部的，都等待机会动笔。牛宏所以诞生在他们前面，因为有两件事情刺激了我。

第一件，某食品店，经理大偷，职工小偷，大家心照不宣，你经理还往家里拿呢，别人岂不是不拿白不拿。每到快下班的时候，经理站柜台，他的同伙必来买东西，花一块多钱买一斤糕点，却找回来二三十块钱。店里有个穿衣打扮不甚叫人喜欢的小伙子，对这件事实在看不下去了，又知道经理势力很大，按一般的规矩去告状或揭发检举是不顶事的。于是他按照自己的智力采取了行动，邀集了店外的三个哥儿们，埋伏在小胡同中，当场抓住经理监守自盗的同伙，人赃俱全，痛打一顿，然后拉到公司。公司领导二话不说，光批评小伙子态度错了，方式不对，打人是侵犯人权。小伙子大骂三声，扬长而去。从此他就开始“耍”了！

令我震惊的是：经理是一店之主，尚且不把办好食品店当成自己的职责，更不要说其他的人。于是乎大家只有一种心气：不偷白不偷，不拿白不拿。扩而大之，社会主义所有制岂不是变成了没有主儿的所有制。国家的商业怎么能搞好？然而，再往深里问一句，这能完全怪罪那个经理吗？是制度上有漏洞，还是官商官办的土壤就适合长这种坏苗？

第二件，我六岁的小女儿，到夏天喜欢吃冰棒，在家门口买的冰棒常会赶上苦的或咸的，不吃不知道是苦是咸，咬了一口人家又不愿退换。所以每逢我要到市里去，女儿便叫我从市里带几根冰棒回来。我有一个大保温杯，装上四根还有富余。有一次到“康乐冷饮店”去买冰棒，服务员居然替我装进了八根，下面四根把儿朝上，上面四根把儿朝下，严丝合缝，充分利用保温杯的空间。这是小事，可是反映了服务员很聪明，会做买卖。他态度也相当友善，言语柔和。我买东西常常看人家的白眼，这次简直有点受宠若惊。他多赚了我四根冰棒的钱，我还很高兴。随后我走进了冷饮店，店里顾客很多，秩序很好，店内装饰清雅整洁，墙上挂着字画，醒目的地方有盆景，二楼和三楼是雅座。“鸳鸯冰激凌”一份六角钱，“四喜丸子”（也是一种冰激凌）一元两角一份，花样很多，名字起得也很新鲜。一楼是大路货，二、三楼是高档产品。这个店懂得顾客心理学，现在大家兜里都有点钱，心里也想得开，愿意吃点新鲜的，用点新鲜的。特别是现代青年人，不论是陪着女朋友，还是小哥儿几个下馆子，敢吃，敢花钱，有好不吃次，吃了是赚的。因此，现在各种市场上，有独特风格的高档产品都供不应求。我兴之所至，采访了这个冷饮店的职工和负责人，负责人竟是个二十七岁的小伙子，以前是个老实巴交、不爱说不爱道的人，越是这样的人，偶尔蹦出一句话更有分量。现在则是个嘴茬子相当厉害、头脑精明、作风泼辣的领导干部了。地震时，“康乐”和它旁边一个食品店的房子全被震坏了，那个食品店修了两年，“康乐”在这个年轻人的带领下只用了九个月就盖起了新楼，开张营业，而且很快就使上缴的利润超过了同等规模的基层店。但是，这位年轻人却经常受到上级的批评，向公司写过三次书面检查。有一次把小伙子实在惹火了，他说：“我知道怎么样干能叫你们高兴，可那样会使国家少赚很多钱！我可以做检查，但这是为国家两肋插刀，给你们当官的一个台阶！我一分钱的便宜没占过。我犯的是正大光明的错误，斯大林还三七开呢，我是草民，五五开就行！”

“五五开就行！”这句话把我的心烧起来了，一下子点亮了我心中关于饮食行业的全部材料。社会把它巨大而复杂的投影投射到每个人的心灵上。作家的责任就是把人物心灵上的社会投影展示到稿纸上。我决定放下其他的东西，着手写《锅碗瓢盆交响曲》。

至于“政治哑巴”“阶级斗争脸儿”之类的人物，写出他们几乎用不着费什么力气，在我周围这样的人物很多，你不去找他，他会找你。我的努力是应该控制自己的感情，不要给他们乱起外号。记得1980年我写过一部中篇小说叫《开拓者》，里面把一个青年人叫做“业余华侨”。以后这顶帽子就满天飞。有个青年来信挖苦我，说“发明‘业余华侨’的专利权”应该属于我。这不是我发明的，是生活发明的。我感到惭愧，因为我不愿意伤害青年人。

不管作家对生活所做的研究多么独特，多么深刻，多么具有认识作用，仍然不能因此就对生活中的冲突不再进行艺术构思，不再着意刻画人物。生活不能代替艺术。作家的全部努力应该使对生活的探索达到艺术上的发现，艺术上的发现是作家表达对世界的认识的唯一手段。掌握了这种手段，才能对生活进行具有道德意义和美学意义的表现；才能在理解现实、反映现实上不平铺直叙，而充满想象力；才能使作品蕴涵丰厚，使生活的画面具有一种史诗般的味道。

然而，艺术上的发现何其艰难。作家可以为此付出最高的代价——最大的想象力和最大的勇气！

1982年12月24日

领奖词三则

一、《当代》文学奖

《当代》问世的时候，我曾赞赏这个刊名起得好。“最重要的是今天”。没有当代，就没有未来；当代是一切希望的根基。我喜爱当代，看重当代。以“当代”命名的文学奖分量太重了！它使我不能不反躬自问：你真实地描绘了当代吗？你的创作有没有愧对当代。

一切奖励都只能说明过去，而不能证明将来。但是它像一项新的纪录一样，把文学创作的水准又标在一个新的高度上。想到今后的创作将不得不以这个高度为起点向新的高峰前进，不能不感到压力沉重、责任繁难。

然而又别无他路可寻，逃避这压力就只有退坡，文学的全部滋味都在这不断的开拓之中。一个人的智慧总是有限度的，但生活的力量无穷，当攀登文学的峰峦感到筋疲力尽时，可以借助生活的力量。要面对当代，不要蔑视现实，也不要看到一点不如意的事情就装模作样地把脸扭过去。

中国人的传统精神是现实越严峻，越是要勇敢地进行挑战。我们活在当代，食当代人间的烟火，要建设当代。想象是真实的姐妹，没有足够的幻想就不能建设今天，幻想改变着世界的面貌。

我接过“《当代》文学奖”的奖章，仿佛接过了一份新的考卷，上面分明写着：应该怎样表达当代的精神、当代人的希望？怎样反映当代整个社会的风貌？

1982年5月11日

二、全国中篇小说奖和全国短篇小说奖

人应该懂得什么时候开口，更应该懂得什么时候闭口。获奖后就应该闭口，而不是开口。记者真是把我逼到了墙角，在不该说话的时候让我开口。

获奖是好事，可对获奖者来说，今后的日子会更难过，而不是更好过。特别是今年，我的《赤橙黄绿青蓝紫》及《拜年》，同时获得了全国中、短篇小说的双奖，使我比别人更添几分紧张。

荣誉是空的，压力却是实实在在的。

一纸奖状可以成为路障，也可以成为继续攀登的阶梯。创作劳动总有曲折迂回，有时“疑无路”，有时“又一村”。智者应该不断寻求这“又一村”的境界。

作品不中奖，人们多看到它的长处；作品获奖，人们理所当然会议论它的短处。获奖的妙处就在于“热闹中着一冷眼”，增添许多真意味，冷静地思考今后的路。

这便是我在并不想说话的时候心里所想到的，可称作是获奖时的“意识流”。

1983年3月24日

三、2009年度好书奖

获奖总是好的。

特别是这个年度好书奖，对我来说简直就像从天上掉下来的一样。在此之前，我完全不知情，没想到。秋天出书，冬天获奖，太出乎意料了。

如今还有这么省心的奖，令我感动多于高兴。可见还是有真正热心于文学的人，他们给了文学以鼓励和希望。

关于《农民帝国》这部小说，我不想再多说什么，它上市还不足三个月，年度好书奖的评委们就注意到它，并选择了他，这给了我很大的温暖和鞭策。因为这是一部我无法不写的书，中途曾萌生过想放弃它的念头，越想放弃才发觉自己必须要写完它。

它不是简单地反映现实，再现真实的生活，还熔铸了我的理想和痛苦。我赋予这部书的责任是创造生活，浇铸人生。

这个奖让我有一种遇到知音的感觉，心血没白费。

谢谢此奖的主办者，谢谢评委！

2009年2月5日

悲剧的强大

也许我应该把《悲剧比没有剧要好》，说成是我创作生活中过渡时期的作品。前个阶段的创作已经画了句号，下一步怎么迈，尚未下决心。正处于不停地寻觅、试探、犹豫、努力之中。生活中不存在固定的轨道，作家又怎能循规蹈矩，老走一条路呢？就在这最不想动笔的时候，天津要办《小说家》，编辑约稿，盛情难却。我又在天津生活，为天津刊物写稿似乎是义不容辞的责任，于是就产生了这部小说。原想写五个表面毫不连贯、内里却血脉相通的故事，定名为《在四面八方发生的事情》。由于发稿时间已到和其他原因，写完了"中篇"无法再按原计划写下去，只好把"下篇"再拉回到宫开宇身上，就算收场了。题目也改成了现在这样一句绕口令。

当初，虽然有某些生活事实、事件、人物吸引了我的注意，激起了我的创作想象，并且逐渐形成了关于这部中篇小说的构思。形成一部小说的艺术构思，往往要在头脑里经过痛苦的探索和深思过程才能获得。但是到真正动笔的时候，已经想好的构思常常会发生变化，甚至是重大的、根本性的变化。这是不足为怪的，原因也是多方面的和复杂的。因此，我总是不大满意自己的作品，似乎每个作品都有可遗憾的地方。如真要想改掉这些缺陷，却又不是一件容易的事情。所以说，写作真是一种苦恼人的工作，老是不能完美。写，有苦恼；不写，苦恼就更大。“悲剧比没有剧要好”——对作家本人来说又何尝不是如此！探索，试验，失败，总比原地踏步或回头走老路要好！

悲剧是崇高的东西。

经典作家是不是说过类似这种意思的话：历史的真本是悲剧，它的抄本才是闹剧或其他。社会的进步，有很大一部分动力是来自带悲剧色彩的人物。不管作家的艺术概括多么高妙，多么具有“历史的重要性”，但不能代替或超过历史的创造、生活的创造。生活中的主人，总比他们投在小说中的影子“要丰富、优美、复杂得多了”（爱伦堡语）。因而，生活中的某些事实，可能是集中了许多人，甚至是千百万人的智慧，经过长久的酝酿，处心积虑，明争暗斗，或者突然爆发，明枪明刀。这种人世间集体的创造，有时比作家呕心沥血的概括更集中，更典型，更富有强烈的戏剧性。

一般的成年人，都希望自己年轻几岁，恨不得变六十三岁为三十六岁。我结识了一个人，他曾发出这样的感叹：“我为什么是四十五岁，而不是六十岁？倘若再增大十五岁，也许我也学圆滑了，不会为该着急的事情动肝火了，不会再担心什么事业呀，前途呀……”这是发牢骚，其实他活到九十岁，也学不会通过平庸达到高升的那一套“当官秘诀”。他是某造船厂厂长，把工厂起死回生，打开局面后，利润每年增一大块。本应给他记功，却突然被撤职了（不要误会，不是由于政治问题或经济犯罪行为，纯粹是做了复杂的、现代化的人事关系的牺牲品）。他下台不久，这个船厂的生产也开始走下坡路。因为我们还没有创造出一套严密的先进的管理体制，一个单位能否打开局面，在很大程度上取决于那个单位的头头。往往会出现人一走，茶就凉的事情。

这是明降明撤，还有明升暗降，调离要害部门，削掉手中实权，等等。这一门学问也复杂得很。我又不想写“问题小说”，所以对这门“权力使用学”未做过多的研究。只想探索一下在权力下各种各样的灵魂变异。在描写人物命运千变万化中捕捉心灵的阴晴风雨、快乐和悲苦。

作家不应该光看到人间在办喜事，还应该看到人间有时也会办丧事。尤其在社会发展的转折时期，作家对社会的观察力更为重要。作家无法回避人和命运的斗争。这“命运”的含义远远不是古人所理解的只是个人的悲欢福祸，不应该用宿命论来解释它。生活中确实存在着一种很强大的惰性，一种腐朽的势力，它自己腐烂还要影响周围的东西发炎，对一个人的毁灭有时比帮助一个人成功来得更多，更快！

准确而强有力地反映现实，是一种责任，也是一种幸福。这样的反映不是消极的，无可奈何的。作者的社会立场不会忽略像宫开宇、呼从简这些人物心灵里的阳光，不论是作为人的质量，还是他们过的那种生活的质量，都是优等的。正因为如此，他们身上所具有的、在工作中所表现出来的那种超群的能力，似乎是同代人最不能饶恕的罪孽，不可避免地受到了排斥和挤压。生活中这样的较量是很多的，就看谁的力量更强大，谁表现得更坚硬。有时被排斥者是块大石头，照样能把包围他的铁丝网扎个大窟窿。即使这些人在自己的命运里演了悲剧，他们的事业将被群众记录下来，他们的功绩不灭。人民对那些为历史的进步做出牺牲的人，是怀着深沉的敬佩和爱的。

我也力图用这些人物身上那种崇高而壮美的悲剧精神，鞭打阴暗，冲涤污浊。

急剧变化的社会环境和现实生活，推动着作家在艺术形式方面也进行方法的探索。但我写不漂亮，只能争取写得有生气。在有些地方完全可以放开手脚，舞文弄墨一番，我却尽量表现得简洁。写作就是摆脱文学俗套，其目的不在于出作品，而在作品的价值及其作用。作家应着眼于创作的目的，而不是创作本身，这大概才能使作品具有真正的深度。

想得蛮好，是一回事，毕竟还不是十分困难。写出来如何，那是另一回事。要在创作实践中，完全实现自己的想法，完美地体现自己的艺术追求，那就不是很容易的了。如果一个作家在创作过程中，心能应手，手能应心，那岂不是进入“化境”了，即“出神入化”了！

遗憾，我还老是留在人间。

1983年8月20日

《不惑文谈》后记

我极佩服只埋头创作不发议论的作家，而且很想效法。遗憾的是，在当今文坛上我还没有碰到这种“沉默”成功的作家，因而自己的效法也很不成功。

作家若因为自己的作品陷于毁誉交于前、荣辱战于心的境地，那是“罪有应得”，不该有丝毫抱怨。但是，在“轰轰烈烈”的年代，我常看到有些作家是因其讲话、发议论、写理论文章而倒其大霉。这似乎有点“划不来”。作家应以创作发言，不应画蛇添足地解释自己的创作。所以当我走上文坛之后，决心当个“哑巴作家”。可是社会的意志往往比社会动物的意志更坚强，随着社会的活跃、文坛的活跃，加上编辑的盛情、朋友的催促、师长的启示，原来“横”下的一条心，渐渐“竖”了起来，原来是“宁可得罪朋友也不写什么体会文章”，渐渐不愿得罪人了。写了一，就不能拒绝二，自己破了戒，只好自作自受。

现在竟然要把这些七零八散的“豆腐块儿”编成一本书，心里难免忐忑。康达先生在二十年前就给我看稿子，帮我改文章。那时他常被报社请去做特邀编辑，帮助编辑看稿子、辅导业余作者。我就是被辅导的一个，我们虽是同龄，他却曾为我师，对我创作上的这两下子了解得很清楚。现在他看出了我心中的惶惑，却偏偏为这本小书起名为《不惑文谈》。我感激他良苦的好心。

然而，要想“不惑”，谈何容易！文学是活的，生活不断向作家提出新的问题，生活要求文学跟着历史一同前进。

历史又从来不是个脚步蹒跚的老人，它在自己迂回曲折的历程中，不断轻装，不断更新。它的行进速度不是越来越慢，也不是等速度，而是有点像巨石从高空落下，是加速度。

人类的祖先在农村生活了几千年，乃至几万年。到1712年纽康曼发明了可以使用的蒸汽机，只用了两百年左右的时间，人类就完成了具有世界规模的第一次工业革命。第二次工业革命却只用了几十年，当前西方发达世界已面临第三次工业革命。用美国人阿尔温·托夫勒的话说，世界正在从危机中“迅速出现新的价值观念和社会准则，出现新的技术、新的地理政治关系、新的生活方式和新的传播交往式的冲突，需要崭新的思想和推理、新的分类方法和新的观念”。

因此，我虽然在年龄上进入了不惑之年，但能否真正做到“不惑”，实在没有多大把握。就像不能把握这个世界、把握生活一样。今天，我们还没有全部碰上发达国家遇到的那些烦恼，不等于今后就永远碰不上。宁可在前进中遇到数不清的烦恼，也不应该在落后守旧中求得安稳。文学创作又何尝不是如此?

人类从来不会满足生活中某些成就而停滞不前，总是勇往直前地积极创造新的生活。

历史的进程是不可抗御的，历史充满了创造的渴望。人类如果不创造，就没有火，没有文明和历史，至今还在茹毛饮血！

历史是由一代又一代生活的创造者写成的，作家总是面对着新的各式各样的创造者。人类的历史远未结束，创造者的故事不过刚刚开始。文学必须尝试着改变自己的节奏，去适应新的生活节奏，尤其是明天生活的节奏——创造的节奏。

生活在前进中不断扬弃一些旧观念，构造一些新观念。文学要前进，作家在写作过程中，也需经常抛弃一些旧观念，建立某些新的观念。编辑《不惑文谈》，实际就是想对自己的一些创作观念来一番筛选，搞一次“回头看”。回头一看，有愧有惊，原来是这样走过来的？！回头，是为了让头脑更清醒，便于今后抬头看得更远。总结过去的创作，裁判过去的创作，为了更坚定地走向未来。也就是说今天如果还做不到“不惑”，希望今后能渐渐达到“不惑”的境界。

明天的生活不是今天生活的扩大，正如发明飞机是从鸟得到启发，但飞机不是放大了的鸟。文学也应该有一个使命：预见一些新的事物。在平凡或不平凡的生活中发现新的种子，而且指示出这新的种子就是未来果实的萌芽。用艺术的全部触觉感受它，发现它，表现它，发展它。这新的东西——是否可以说就是生活的创造者的足迹。

这“足迹”是我们的希望，是我们通向理想境界的阶梯。为了发现这宝贵的“足迹”，作家恐怕要拿出探险者的勇气、力量和智慧。“有奇事方有奇文”，不必搜尽枯肠去编造新的天方夜谭；也不必故作多情，对生活发出一声又一声微弱的叹息；更不必哗众取宠，以雕虫小技赚人。今天，生活的海洋掀起了巨大的波涛，无疑会淹没掉许多东西，也会腾起新的文学征帆。

文学无法对生活下命令，却可以灼烧生活的灵魂。作家袒露自己的心灵与人民的心灵对话，用自己燃烧的心去感染读者。因而，那些与作家内心无缘的东西，只会导致麻木和沉沦。

千百年来，人类为创造的欲望付出了巨大的代价，这太值得了。生活不是一个笼统的概念，不是一句空洞的口号，不是千篇一律的美好称呼。它代表着千百种各不相同的生动的灵魂，千千万万各具特征的活人。把生活和群众纳入“标准化”“同步化”“直线化”，是不足取的。创作不能把活的搞死，把复杂的搞简单。如果老是作假，文学还有什么希望！

不写典型似乎难以写出人物，然而人比任何艺术家笔下的典型都更高。读者往往也希望作家拿出比典型更高的东西。表现当代富于创造性的有丰富内涵的人物，表现作家独到的深刻的认识，就要有丰富的形式和多方面的技巧。文学理应异军突起，用全新的内容和全新的艺术形式，与历史相适应。

我们的生活越来越和工业密不可分了。如果说以前凡是作家无不从农村大地汲取过乳汁，那么今后，作家们都不可能不从工业化和技术领域中获得营养。这就是说，不管你愿意不愿意，那些推动着我们的生活向现代化迈进的劳动者们，一定要干预你的生活，从精神生活到物质生活。谁能逃脱历史赋予他的命运呢？以前还有一句具有嘲讽意味的现成话：“提着自己的头发想离开地球。”现在离开地球是可以的，但要借助于现代化的宇航工具。

我之所以要写下这《不惑文谈》里的最后一谈，就是想告诉读过这本小书的读者，赶快忘记它，扔掉它，应该着眼于未来。以一个“文学宇航员”的眼光，寻找一下自己的发射场，设想一下中国文学的未来吧。

文学不应该被历史甩下，也不可能被生活甩下。

1984年1月17日

“悲歌”之余

——关于《燕赵悲歌》

你叫我说什么呢？

我真心地羡慕你。你远远地躲开了那些所谓的重大题材、尖端题材，致力于琐小题材，多写那些能引起所有人兴趣和同情心的所谓普通人、小人物。你写得典雅优美，娓娓动听，远离政治和一切是非，却有引人入胜的消遣性和娱乐性。它充分显示了你纵横驰骋的才气，它是真正的艺术品，想必能传之久远。

群众需要典型，而作家需要人物，尤其是中间或偏后、偏小的人物。这是很时髦的，所以不论理论家、作家还是读者，都很喜欢你，敬佩你，原因也在于此。

以前曾经很时髦的重大题材、英雄人物，现在却大大的背时了。甚至一提起这些就很容易引起人们的反感，有人就说看文学杂志不看头条小说。这话是否有点偏激，且不去管它，它暴露了群众的一种情绪：对假文学的厌恶和报复！这种文学现象也是对假文学的一种反动。

如果生活中老是作假，这种生活就没有希望了。对文学来说也是如此。

但是，因题材而对文学分类，给作家排队分等级，却是不足取的。创作从来不取决于题材，有人能把大题材写小，有人也可以把小题材写大。作家的个人因素极大地影响着对题材的选择和运用，“应该按自己看到的那样来表现生活，而不必按别人看到的那样去写作”。任何事物都会随着不同作家的不同眼光而变化的。

我从来不特意追求重大题材，也不成心去追求琐小题材。什么事物燃起了心里的创作之火，就抑制不住想去探索和表现这一事物。我何尝不佩服那些凭可靠的资料、丰富的专业知识写作的“学者型作家”，而我往往只能依靠自己对生活的感受和思考。我何尝不佩服那些客观的、冷静得趋于淡漠的、无动于衷的、不露声色的表现生活的幽默型作家，我甚至也用类似的笔墨写过一些作品。但是，当潮水般向前涌进的生活把我卷进去以后，我便不能再保持冷峻和漠然的态度。因而也就暴露了我的弱点：离生活太近，太实。所有麻烦都来自这种“近”和“实”。

即使前面有个是非坑，身已至此也非往下跳不可。仿佛有一股强大的力量在身后推着自己，这力量像浪涛拍岸，石破天惊。它是什么呢？

生活像史诗般宏伟壮大，气势磅礴。它像大浪淘沙，又像显影液，分明能检验出各种人物的本质、价值和能力。也许我们正处在一个行动上最为活跃，思想上最为复杂的时期。我深深感到手里的笔是这样软弱无力，写出的文字缺斤少两。我当如何？逃避吗？退缩吗？自知写不好，不如趁早绕开，也许不失为聪明之举。然而我始终没学会驾驭生活，却常常被生活所驾驭，可谓鬼使神差……

在大兴安岭白桦林中的作者

再看这些人物，他们坚强有力，异常复杂，极端敏捷，充满自信，身上又交织着各种矛盾。特别是中国的农民，他们的命运就是中国的历史。经过多少年的大起大跌，终于勃发了新的生命力，农民的智慧、农民的力量，让世人感到惊讶！千变万化的生活，带来人的千变万化，变换着人和世界的关系，真令人瞠目结舌。在一个个这样强烈而真实的人物面前，我有时真感到无能为力，仿佛是由他们牵着我的笔，我只好信马由缰，不能控制。

生活如此，我们为什么不能把小说写得新颖而丰富呢？

文学只有在特定的社会历史背景下，才能显出它真正的含义。作家应当捕捉住生活的跃动，那才是人物生命的旋律。只有感觉到了这种节奏，才算是开始理解生活了。把情节融于真实生命的旋律之中，让激情和素材熔于一炉。没有激情，思想就会打蔫儿，情绪激动起来，就会把思想推向前进。

真实的生活是检验作家思想的燧石，作家敢碰这块燧石吗？表现自己对生活的思考，表达生活中某种先进思想是作家的一种责任吗？

请你不要误会，别把这番话拉扯到“改革”上面去。不要用“改革”的概念去套生活，更不要用“改革”的概念去套文学。何谓“改革”？何谓“写改革”？一个生气勃勃的社会，怎么可能设想会有一年甚或一月的停顿呢？生活必须有不断的前进。把正常的发展，应有的进步都称作“改革”，大事小事都冠以“改革”，喊得响则响矣，其含义是不是有点用滥了？热热闹闹，说得多做得少，岂不有“君子动口不动手”之嫌？日后有个一差二错，又把罪过全部推到“改革”上！每逢听到别人说我某一篇作品是“写改革”的，我就手足无措，诚惶诚恐……

笼统地说，我实在不知道应该怎样“写改革”。最初引起我创作冲动的往往不是所谓“改革”的事件。就以《燕赵悲歌》为例：物质文明使农村的伦理道德观念发生了很大变化，家庭现代化了，家庭关系也发生了变化，夫妻间、父子间、同村的乡亲父老间也起了微妙的变化。钱多了，不可能不带来各种精神上和文化上的后果。我所熟悉的农村变得陌生了，许多年来最少变化的农民的形象正在发生巨大变化……这才是激我深思的地方。

对作家来说，只能到人民的心灵里去寻找生活的答案，或者说是“改革”的答案。

新颖丰富、复杂多变的生活给我们提供了哪些方便？人物是生活中尖锐冲突的中心，包括他们的自我冲突在内。他们复杂的经历和种种精神上、道德上的磨难，便于我们写出人物丰富的、真实的、深刻的思想性格。挖掘新的感情纠葛，从新的角度展现人的思想性格，这种具有宏伟规模，富于魅力的人物性格，对我们难道没有吸引力吗？还可以把个人生活与社会生活联系在一起来表现，尽量让作品蕴藏着哲学的严肃性和新鲜丰富的想象力。

这太难了！现实已经够让人目不暇接的了，文学还能唤起人们新的激情吗？人们知道的道理太多了。所谓能“看透”的人也太多了，文学还能说出新鲜的有味道的话吗？写鲜为人知的生活就自在多了。表现大家都熟知的现实，难于藏拙和避短，只好硬碰硬。我自知缺乏奇想、幻觉、双关语和哲言，又怎能让读者感到在智力上是一种享受，在心里引起深思呢？

你可能会说，我的话前后充满了矛盾。的确，我有时觉得自己的头脑就是一个矛盾的综合体。如果什么事情都看得太清楚，也许就没有情绪写作了。

你问我关于《燕赵悲歌》的写作情况，我却东一榔头西一棒子说了这许多不沾边的话，你不会怪我所答非所问吧？最后实实在在地回答你关于这部小说的表现手法问题。我有意采用相声的结构，忽而跳进，忽而跳出，让人感到是真的，无非是想增强作品的感染力。其实小说多是虚构的，包括作者自己跳进去说的那些话，目的是吸引读者把这个故事当成真的，这也叫虚晃一枪吧。

有位大学老师把它叫做“报告小说”。我不懂什么叫“报告小说”，我们的口号已经够多了，小发明新的也够用一气的了。我写的是小说。但他的意思使我很高兴，他把我虚构的人物当成真人真事了，我要的正是这种效果。读者相信它，才能接受它。如果头一眼就叫人看出是假的、瞎编的，那就完蛋了！只有真实才是美好的，在粗糙的真实中比在细腻巧妙的谎话中，有更多的美。我自知在写作上才拙力薄，这叫做用一“真”遮百丑吧。

“自古燕赵之地多慷慨悲歌之士”，悲者，壮也！不知你以为如何？

1984年8月28日

著书不为丹铅误

世界难得有纯粹的艺术，各种艺术都难以胜过或取代生活这一最伟大的艺术。但是，提倡文学艺术致力于伟大的生活艺术是不是有些过时了呢？

至少是不那么时髦了。这种观点容易让人感到正统观念和保守思想的没落气息。

于是，各种各样的文法实验，超脱于外部世界的自我探索……当文人们自鸣得意、热热闹闹的时候，忽然被一片奇怪的文学潮水包围了：五花八门的报刊，铺天盖地的纸张和油墨的污染。你可以说它不是文学，比下里巴人还下里巴人，但它用的是文学的形式。否则它怎么会抢走文学的纸张和读者，推波助澜地使中国当代文学又一次陷于困境——严肃的文学期刊的销售量大跌，读者减少，以至于使那些一向瞧不起正统文学的人，也标榜自己是正统的作家，为了好跟那些“野文学”划清界限。严肃的文学作品是不会被那些“假文学”或“野文学”冲垮的。不是已经有人开始又到中华民族雄厚的文化和历史沉积中去获取灵感了吗？

这难道不是一次阴错阳差吗？这种奇怪的文学现象，不能归罪于严肃的作家，更不能归罪于严肃的文学作品。但不能不引起我们一点深思：我们的文学是不是多少出了点毛病？是不是有让人民失望的地方？

端出“人民”来，这也许又是一个不太叫人喜欢的正统的名词，可你总不能把所有群众都斥为下里巴人。如果我们的文学真的不考虑人民，那肯定是出了毛病，让那些庸俗不堪的东西把读者抢走就不足为怪了。用行政命令的办法把那些东西封闭，严肃的文学也不一定就会繁荣。群众如果从当代文学中看不到“当代”，只为了消遣、娱乐和寻求刺激，自然不如去看那些神聊的东西。

笔端进入神秘的主观，是美妙的、深刻的、令人叹服的。人最不了解的就是他自己，人类对自己大脑的开发和认识，远远落后于对外部世界的开发和认识。老实说，中国这样的文学作品不是多，而是少；不是深，而是浅。但是这不能成为理由，让当代文学的主流离开现实。

近两年我也发生了兴趣转移，写东西很少。《阴错阳差》是三年前的题目。去年被朋友相逼忍痛写了篇报告文学《伉俪偕行》。甚觉不过瘾，于是又写成这部中篇。运用的手法也不是更“出世”，而是更“入世”。但愿不要造成错觉，以为我主张什么“阳盛阴衰”或女人就该弱，男人就当强等等。

生活中阴错阳差的事是很多的，我甚至认为生活本身就是一连串的阴错阳差。这其中藏着可怕的难以把握的人生精髓。

今天的现实转瞬就变成历史，历史就是昨天的现实，所有历史都是后人写的，所有后人都有权重写历史……当今时代的社会意识，犹如汪洋大海，时有风云突起，变化莫测。作家如何驾驭这艘原始的以笔作桨的感情的小船呢？

只能用美学和道德这两只眼来审视社会心理，尽可能沉入到历史意识和现实意识的深层结构中去。这里最难的是超过自己的精神局限和感情局限，超脱到“写意”的地步，却又不能全部丢掉“写实”。没有“实”，写意就失去了依托和目标。现象就是本质，本质就是现象。无现象的本质或无本质的现象都是极少的。

应该用现代语言记录现代事物，但不想丢掉具有我自己个性的表达方式。顶多是尽力躲开往常的方式罢了。我重视艺术的凝聚力，却不想否认艺术的社会调节作用。每当我拿起笔来，总感到稿纸上有两条路：一条通向人生的舞台，一条进入自己的主观世界。

前者要透视生活的真蕴，把握人生的哲理，处理各种纷繁的事物，安排人物在社会结构中的位置。浅了不行，邪了不行，假了不行，还容易陷入传统手法的老套。

后者则可以让想象自由驰骋，把自身当做工具，通向人物的心灵。这个过程也是艰难而又痛苦的，深入自己的意识深层，自己容易从中得到文学的享受，却难以被读者完全理解。如果文学以不被理解为荣，何必要写出来？

所以我想借助于自己对生活的实践经验和内心体验，尽量在小说中体现人生境界和精神境界的结合。我不相信文字真的能复制生活，但相信小说表现社会生活的巨大潜力还远远没有被开发出来。

我真怀疑自己，这些年来是不是在原地画圆圈。毫无长进，起点就是终点。那么，终点不同样也可以是起点吗？

1985年8月21日

以男人形象闻名于世的女人

前辈成功的作家不乏这样的事例：把一种生活、某个事件，先写成短篇小说，以后再将这同一个故事写成中篇或长篇小说。《长发男儿》的产生正好相反。

我在一部长篇小说里用相当多的笔墨表现了戏曲演员的生活，我认识许多演员，女主人公身上自然也吸收了裴艳玲生活中的某些素材。长篇小说的创作主要依靠虚构，稿子完成之后大出我的意料，它不是我原来想象的样子。女主人公成了另外一个人，没有一点裴艳玲的影子。我不满足，裴艳玲身上最早吸引我的地方没有表现出来。于是不顾有可能受到“重复自己”甚或“自己抄自己”的指责，又写了《长发男儿》。

裴艳玲吸引我的是什么呢?

她在台上是真正的男子汉大丈夫，没有一丝脂粉气。卸了装，立刻就淹没在其他女人中间，即使旁边有三个女人，别人也不会猜出她是大名鼎鼎的裴艳玲。深沉，贞静，娟秀，说话轻声细语。经常是默默地听着别人讲，你不问到她，她是决不会主动插嘴的。上台很自信，下台很自卑；在戏曲舞台上是大家公认的名角儿，在生活舞台上却不会演戏。她今年还不到四十岁，自中国解放三十七年来的每一场政治运动中，她几乎都挨了批判或是陪斗。她所遭遇到的事情比同样年龄的人要多得多，所以她的性格就像个谜。

戏曲界还有一种说法：傻子延年，谁在艺术上开窍早，谁倒台得就早。裴艳玲五岁登台，十来岁挑班，不能说开窍不早，现在不仅没有倒台，反而在艺术上已臻炉火纯青，戛戛独造，自成大家。经过十年浩劫，正值戏曲舞台上青黄不接，像裴艳玲这样一批刚步入中年的名角儿挑起了大梁，不能不说是一件幸事！我酷爱中国戏曲，从感情上怎么也接受不了“戏曲必然消亡”的论断。也许这是“没落的哀鸣”。

艺术变形越来越受到人们的重视，甚至是一种很时髦的东西。变形就是写意，就是升华生活使之具有审美价值和认识价值。戏曲的许多唱腔就是一种变形的艺术，一句腔儿拖得老长，如同抻面条。抻面条、包饺子不就是变形吗？戏曲的变形为什么就应该被淘汰的呢？能征服人的艺术就会有生命力，裴艳玲身上恰恰有这种征服人的强大力量。对她来说，形式本身只是路，而不是墙。

为什么在小说中端出了裴艳玲的真名真姓呢？

我的回答是：只能如此。否则就写不出这种味儿！

如果我虚构一个女武生，没有人会相信，“瞎编”这顶帽子是脱不掉的。生活的真实性和离奇性要比作者所能够创造的有意思十倍。天才人物的本身就是历史和社会的天才创造，任何杜撰在这样的创造面前都会显得虚假和拙劣。因此，许多表现名人生活的艺术作品都采用传记的形式。我也只能实实在在地端出裴艳玲的大名，首先让人们相信中国有这样一个人物，然后才能对她发生兴趣。

但是，《长发男儿》不是报告文学。我加进了许多自己的想象。裴艳玲本身就是一个完全称得上是主人公的人，她有某种独特的吸引力，我的想象无非是促使她成为读者的注意力和兴趣的中心。

我也不想否认，使用裴艳玲的真实名姓也给创作带来一定的局限性。比如小说的后半部分，应该比前边更有劲儿。因为现在的裴艳玲已经成熟，正处于艺术生涯的巅峰状态。生活丰富多彩，人事关系和斗争也更加错综复杂，我完全能够把小说推向高潮，事实是我把这些好东西都舍掉了。理由很简单，不能为了一部小说的艺术质量而给一个不可多得的戏曲表演艺术家增加不必要的麻烦。就从这点看，我也不配当作家。在小说写到一半的时候才意识到这一点，想改弦易辙已经来不及了。

现在这样写是不是就没有麻烦呢？我不得而知。

1986年3月2日

《收审记》补缀

有位年轻的警察坦诚地说：“真的，犯人要逃跑的话我是不会管的。你信吗？”

我信。

但是，他的话仍然震动了我。

我不是对大墙里面发生了什么兴趣，《收审记》也不是什么“大墙文学”，什么“法大呀还是权大呀”也一概闹不清楚。我只不过做了一个梦，梦见自己被关进一座类似监狱的建筑里。这是一个用现实手法写出的荒唐故事。

世上真有这样的收审站吗？这不是丑化“公检法”吗？

我如果回答说没有，只能是越描越黑。我希望读者不要用“丑化现实”或“美化现实”这种简单的概念来对待《收审记》。

“人能变成甲虫吗？”——谁也不会用这种问题去责难卡夫卡。

外国人无论怎样怪诞都是没有问题的，都是可信的。因为他们人本身就怪，生活怪，社会怪。艺术理应也怪，不怪才怪呢，怪得和谐而统一。

我们就不一样了，人是规规矩矩的人，生活是规规矩矩的生活，不能为了唬人故意作怪状。我选择了一般读者习惯接受的形式，把怪事写得不怪，像真的一样。

我与生活很容易处在一种“无隔阂”状态，此乃天性使然。因此笔触很容易进入到真实生活的框架之中，使读者忽略了小说本旨的荒诞性。以前已经造成许多误会，让我吃尽了苦头，但本性难移。生活中的丑和美我都爱，有点“嫁鸡随鸡，嫁狗随狗”的味道。倘若我也能搞点“解放”，便不会让自己的小说这么逼近现实。

中国人见了面喜欢问一句：“吃饭了吗？”

可见吃饭是头等大事。从前被饿怕了，才养成见面先问吃的习惯。现在温饱已不成问题，但不等于说现代文明人类就没有饥饿现象。许多在国内很有身份的人，一走出国界就不能维护起码的自尊自信。甚至为了尝点洋荤、捞点洋货不惜大丢其人。对某一个人来说做到人穷志不短也许并不是很困难的，要求一个民族、十亿人口都做到这一点就难乎其难了。于是我看到了各种各样的饥饿的人流……

精神饥饿、人性饥饿、感情饥饿、皮肤饥饿、消费饥饿、土饿、洋饿、不饥不饱或半饥半饱的饿、什么都不想吃的饿……饥饿有多少种？实在难说。种种私欲、色欲、贪婪、仇恨、妒忌、误解、恐惧，构成现代人的“饥饿综合症”。

我解释不了这种“饥饿综合症”现象，也提不出治饿的办法，只能表达一点自己的感受。

以精神道德反映社会问题，用现实手法写出现实的荒谬。没有荒谬就不称其为现实了，水晶般纯洁透明的现实是不存在的。

不论作者还是读者，用愤怒和偏见代替思考总是无益的。

我取“收审站”这样一个环境是觉得它更能体现现代生活的压力，容易反映人和环境的尖锐对立。

人在绝境中完全去掉了伪装，变得赤裸裸了，袒露出自己的痛苦和弱点。“收审站”里考验着人性。文明的规则不大适用了，每个人都彻底表现出本来面目，人性中丑恶的那一面变得更可怕了。

牢房像织机一样把许多本不相识的人的命运之线交织在一起，每一条线又有自己的秘密和麻烦。生活充满了变化，什么都会发生，同样也都会消失。人一进了收审站一下子对虚无莫测的命运就看得清楚了。我希望《收审记》能包含人生的复杂性、神秘性和丰富性。

任何怪诞都是人类精神的产物。什么耗子呀，野猫呀，蚂蚁呀，种种精灵都是从人的自身世界中幻化出来的，是人的世界在绝望孤独中的变形。

现代人各种饥饿症状全是人的心性的表现。仅仅成为犯人还不算太可怕，可怕的是文明人倒退成野蛮人，相互吞吃同类的灵魂，吃掉自己的人性。一个人的内心生活的避难所——神圣不可侵犯的东西——被彻底摧毁了。即便是一群野兽被困在干燥的沙漠之中也会发疯的。

我不想复制真实的世界。

《收审记》充其量不过是个体现了某种感情与感觉、意念与想象、人格与自我的艺术世界。

我想写一个具有譬喻性的故事。我有意把一些细节构筑的象征性图像，凡象征性图像才更有多义性，因此只能叫“综合症”——它不单是一种饥饿现象。

从“综合症”中，我感到更重要的是应该反省人类自身的“内宇宙”。

人物不断相互折磨，也折磨自己；控诉环境，也控诉自己。真正的牢房是人体自身，对人类威胁最大的是人类自己……

小说写完了，我自己的意识深层仍旧是朦朦胧胧的，为自己的想法感到震惊，自己对自己产生了一种神秘感。这种奇特的感觉不是常有的，我说不清楚，也不想说清楚，甚或是越说越糊涂。作家不可避免地要成为自己幻想的牺牲品。

写到这儿突然发觉这篇短文真正成了废话，或许应该把题目改成《补赘》。

1986年9月5日

小集小引

这本书里的主角儿：一个“犯人”、一个商人、一个演员、一个科学家和一个农民。他们都肩负着生活的重担（也许是历史的重负）走过自己的时代。而且，他们都处于人生最有力的阶段：中年。这是人生的辉煌时期，生命的制高点——我是这样认为的，也是这样表达的。因此他们的命运中那种“悲剧性的真实”或曰“真实性的悲剧意义”就不那么简单了。

他们的经历有许多喜剧因素，但更多的是一种悲剧、一种浪潮、一种倾诉、一种呼唤，对我有着无法抗拒的魅力。尽管他们不是英雄，不是完人，各自都有着不好克服的局限性。对一个完全坦率的人来说，任何缺点都是可以原谅的。我也是这样原谅自己的作品的。否则就没有勇气把它们拿出去发表。

生活中让我迷恋的故事太多了。

这里不是巧合构成的世界，这里无规律可言。它决不仅是我“想象的狂舞”，相反倒有点像周围的现实一样平淡无奇，像紧张而又懒散、充实而又无聊的生活一样紧张、懒散、充实和无聊。

我不需呕心沥血地去挑选语言和寻觅精彩情节，也用不着费神伤情地结构故事，信笔写来即可。生活是现成的，故事自然也是现成的。到后来连语言、细节、人物都无足轻重了，流到笔端的是我的感觉，我的印象。现实赋予我每个思想以一种象征。事实本身反而显得不那么重要了。多么奇怪，最初激动我的明明是现实……

我和我的思想变成了生活的一种工具。收在这本书里的五部中篇小说中，我除去不敢进《收审记》，其余四部里都有我。

生活的历史面貌和精神面貌是这样难以捉摸。我们民族的钢铁般的世代相传的良知受到了考验，我和书中的人物们一样都难以保持心灵的平衡。

我寻求能够净化自己和人物的灵魂的烈火。

现实越来越具有讽刺力量。不是作家非要使生活充满哲学意味不可，而是生活使作家不敢简单，不得不采取凝练多变的叙事手法。我以前所习惯的那一套方法顷刻间便被这严峻多变的现实吞没了。

在这样的生活面前，靠运气不行。甚至连聪明也成了作家的障碍，才气成了自己敌人——容易使小说沙龙化、神秘化、洋化、诗化（连诗都淡化了，小说何必非要诗化呢？）。用集中、概括、典型的办法使小说高于生活，也就不是真实的生活了，自然也失去了生活原有的巨大的生命力。硬造的小说越膨胀，吹得越玄虚，在真实的生活面前显得越单薄，越虚假。

有局限的是作家，没有局限的是生活。

任何一种旗帜、一种宣言、一种浪潮，都要受到周围现实的影响，都要受到时代面貌的影响。我丢失了现成的口号，甚至放弃了曾沾沾自喜的自我，反而自由了，丰富了，胆气足了。所爱所憎所喜所忧所不以为然者都可以入笔。表达自己想表达的一切，勇敢地面对复杂的现实，破除一切信条。

让文学的小舟沿着真实生活的航道航行，反倒进入了一个自由驰骋的境界。

谁也无法否认当代现实承担着史诗性的重负，可是目前还没有人对现实进行史诗性的综合。我但求自己的小说能够紧凑、集约、饱满、多一点含义。我厌烦透了臃肿和拖沓。

清谈艺术是很容易的，聚成一个圈子相互说说好话也很愉快。但是诚实呢？

诚实对文学来说是绝对的要求。要盯住自己的眼睛，看看自己的心灵，不要回避自己曾用来观察别人的眼光。游戏人生是一种罪过。我同样也厌恶主观性和观念性。思想意识越多，行动就越会受到妨碍。

我相信“最好的小说是生活自己写出来的”。我的小说之所以不是最好的，就因为它是我的。

这几部小说还有一个很容易发觉的弱点：我感受当代人的痛苦和困难比较多，因此表现他们艰难的不公平的经历就较多。非是现实没有光明，而是我的心理世界不够强健和明朗。

这序言是我对自己的认识、理解、同情和希望，负不起引导读者的责任。

1986年10月24日记

找到“流泻”的形式

心里似有苦苦的创作欲望在涌动。脑袋却又是木木的，仿佛被文学的盐水腌得久了，反而更僵。浑身懒懒的，关节像疼又像酸。也许既不疼又不酸，只是生命的惰性超过了思维的活力。有几个现成的题目等待去做出，有一些想好的东西只要抖擞精神往稿纸上写下就行了，不知为什么，我突然极端厌恶写作这鬼行当!

窗外小贩的叫卖声不绝于耳。高音喇叭把平素和气而又认真的街道主任的声音扩大得格外威严，让我想起“文化大革命”，徒增一股惕惧的烦躁。我住的这叫什么地方？过的这是什么日子？或许我自己也得了“饥饿综合症”！

在床上翻过来滚过去，恨不得跟自己打一架。

世界是不可知的，一部分是现象，一部分是本体。理性低于意志，在创作过程中没有什么实际的意义——这是谁的意思？康德的，还是康德研究者的？我何必烦恼，为什么不把自己此时的感觉记录下来？尽管我还算不上是康德的迷恋者，我的小说也和康德学说风马牛不相及。

《情知不是伴》就这样开头了。

朋友们找上门来讲述他们在生活中遇到的困难，老同学向我哭诉自己的遭遇……这一切我本不打算写进小说。此时我突然意识到这琐细的、近乎荒谬的、七零八碎的东西，才是真实的日常生活。东一扫帚，西一耙子，飘忽不定，郁闷烦乱，这情绪也像真实生活一样松散和自然。

我感受到强烈跳动的现实生活的神经，一气流注生活的动感。何必苦思，何必巧想，何必在形式的探求上气喘吁吁、紧张而又窘迫。就来它一次“感觉高于思想”“直觉高于逻辑”和“行动高于沉思”又何妨！

我不知是预感，还是恐惧，总觉得读者（包括我自己）对虚构越来越不大信赖了。人世间的事件层出不穷，繁复多变。而费尽心思想出的各种各样的“主义”往往受到自身的局限，显得单薄。也许中国是事件的大国，想象的小国。

艺术的手段和目的在于自己说明自己。我试用事实本身说明自己，通过事实认识世界，认识时代，认识人生。我不期望完美，也不可能完美。我的优点几乎都藏在缺点里。

这样“流泻”下来，虽然显得平淡琐碎，但更真实，更像人们日常生活中的对话，用不着矫揉造作。小说的结构、时空的运用反倒轻松自如了。

最大的缺憾是，小说一完成，人物就相对地固定住了，而生活是不会停止前进的。我交出稿子就会发觉生活中的颜芳、侯玉屏的新的性格侧面，为自己的肤浅而汗颜。也许是小说的现实品格限制了我，对熟悉的朋友下不了辣笔，透视才不深刻。

1987年5月31日

走出碉堡

我心里有个碉堡，躲进去感到安全，它同时又禁锢我。我想构筑自己的碉堡，又想摧毁它。

碉堡是有形的，矗立在十里之外的炮楼，在我稚嫩的记忆屏幕上投下不灭的阴森恐怖的黑影。当我住进大城市以后，在我楼房的对面、一条无名无号的公路边（人称“0号路”），又看到两个极不协调的有些歪斜但又甚为坚固的碉堡，里面住着自由自在的能引起别人好奇心的一户人家。没人管他们，他们也不管别人，免缴房、电、水费，旁若无人地生活着，我不知该同情他们还是羡慕他们。印象是那样深刻，也许写写他们才是我唯一能够做的。

碉堡又是无形的，每一个敏感的心灵都需要自己的碉堡。因为敏感的东西往往脆弱。碉堡是现在的我，我对自己构筑的属于自己的这个文学碉堡老是不满意，“饥饿综合症”系列就是想冲出这个碉堡——说不定这意味着又进入一个新的碉堡。

我喜欢有关碉堡的遐想以及能构成这部小说的材料。它构思于1985年，老想等一个好机会，有从容的时间从容地完成它，把自己偏爱的东西写得能让自己满意。痛心的是我的时运不佳，也影响了自己小说的命运。老是匆匆忙忙，很累很烦。过一段时间回头一看，许多值得干的事情没干，无数不值得干的事情倒是非干不可。无谓的消耗，稀里糊涂拖到1987年，在某个睡不着觉的子夜，我忽然心急起来，作家不作，我为谁忙乎为谁愁？还是先为自己愁一愁吧！热的已经放温，再拖下去就全凉了。以前有多少好东西被我放凉了，丢掉了。

《碉堡》是我1987年创作责任田里的独苗，我自然珍视它。让土地恢复地力，休整一年，可望来年会有好收成。收获越少，希望就大，收获希望也是一种收成。希望生于自信。

1988年1月18日于深圳创作之家

阴阳枕

时间宣布任何永恒都是虚无。只有死可以对时间发出最有力的挑战——死是一种永恒的强大。

最终的胜利者是死神，中国叫阎王爷，别看它在封神榜上没有名号。

人死如虎。死者为大。

都说明活人怕死人。人死如灯灭，不会再对任何人构成危险，人还是害怕死了的同类。如同怕魑魅魍魉，怕因果报应，怕阴气晦气，总之还是怕死亡突然降临到自己头上。

人类恐惧死亡，就衍生出许多关于死亡的神话。于是死就有了魅力，成了墨人骚客永恒的创作题材之一。永恒的还是死。

吃死人。各种各样的吃法。

——拿死者做文章。作者里有死人的亲属、朋友、同事、善良富有同情心的人、险恶奸诈的宵小之辈。人一死，围绕着他的人或站在远处旁观的人都可以据此做文章。各有巧妙不同，诡异谲秘，一波三折，唱念做打俱全。一把鼻涕一把泪。

一死百了，了不了。

许多问题活着无法解决，等人死了最后盖棺定论，最后摊牌，最后总爆发，总解决。死后算账。

不是死人跟活人算账，还是活人折腾活人。

没有一个单位、一个人，对一个死人长期在殡仪馆里躺着会无动于衷。

“入土为安”——不“入土”死的不安，活着的也甭想安生。

于是我要发明一个词：“死道主义”。

阴阳交接过程中的故事太多了。这也是优越社会制度下的优越性，对每个人都负责到底——到底就是到死及死后的“入土为安”。

死，就很有学问，很有讲究了。

幸运的人不仅会生，还要会死，死得其时，死得其所，讲究死道。这也是我对阴阳交接的故事感兴趣的原因。

它不在“永恒”的范畴。以往表现生死题材的作品，多在生和死的价值上做文章。忽略了阴与阳的对接过程。把阴间搬到阳世。阴阳混沌，以死人整活人，阴盛阳衰。这是近年间才激烈起来。其间的人面与鬼面、公心和贪心、生道与死道、官场与葬场、肃穆与滑稽、文明与愚陋、热闹与凄凉，极尽阴间百态和人世百态。惊死活人，笑活死人，不记录下来既对不起死者，也对不住生者。

又一个吃死亡的。

战争减少，物质发达，人口暴长且寿命越来越长，地位级别越来越高，阴阳交接的事情会越来越复杂，越来越多。君不见火葬场的灵车每天来往穿梭，各种级别的治丧委员会、治丧小组如雨后春笋……

死道大有可为。

创作《阴阳交接》的时候，我仿佛得到了一个包拯的阴阳枕，躺上去就能自如地来往于阴间和阳世。自觉笔端有了鬼气，写起来容易得很。

谁若不信，不妨一试。

治丧委员会（或组）就是这样的阴阳枕。

1990年6月22日

死的幽默

——再谈《阴阳交接》

我相信这部小说会使熟悉我的人有一种陌生感，不熟悉我的人当然更会感到陌生了。

尽管我们仍然被现实牢牢地抓住。

现实本身是不稳定的、飘浮的，难以捉摸和把握的。创作同样也是不患变，而患不变。

但，万变不离其宗。宗就是自己的文学世界。不能把文学变没了，把自己变丢了。

现实的沉博、深刻和芜杂，构成了我的表现世界。逃避这些就失去了我——这不是在谈什么“主义”，我实在是无“主义”可谈。

以前可能注意现实的沉重和责任较多。现在也不想无视这沉重和责任。但作家对现实的感觉，并非真实的世界本身。现实世界培养各种情感。作家感知生活的方法不同，情感结构不同，精神走向不同，所以在同一个天底下生出许多绝不相同的作家。

不仅批判现实，还要理解现实，欣赏现实。看到现实对思想的校正、戏弄和宽容，以一种超越的力量投身于现实，便生出变化，生出幽默。即便不能构成大气象、大规模的幽默效应，有一种冷峻的机智、一种坦诚的荒诞、一种宽容的轻松也是好的。

幽默是作家从现实中熔炼出来的金子，熠熠生光。

只有感觉被幽默激活，才能发现现实生活中的幽默，智慧才能从沉重的束缚中溢出。

幽默是现实生活给创作提供的一个契机。发现它，还能摆脱现实给艺术把握带来的困难。

比如，还有比死更沉重的吗？然而死又是人类进步所不可缺少的。设想如果只生不死，这个世界受得了吗？死是一种美，是生的另一部分。

1990年8月8日

流向何方

春节前夕，朋友送我一株盆栽小橘树。树身不高，但枝丫繁茂，造型坚挺，叶子墨绿而浓密，金黄色的果实累累缀满枝头，灿然耀眼，送出阵阵清香，使整个房间熠熠生辉，生机盎然。有客来访总是先看见它，欣赏它，议论它。令我惊讶的是许多人说的第一句话竟是：

“嘿，真棒！是假的吧？”

北方的严冬没有绿色，更不会有鲜活的果实。猛见这青枝绿叶，托着金灿灿挂着水珠的橘子，太美，太鲜，太真，就生出怀疑。以为真的不会这么好，好得像假的一样。

真的太好变成了假，假的太好可以乱真。

到了真假难辨的境界，真假也就无所谓了。重要的是一种氛围，一种生命力，一种丰富的动感，一种光辉。美得强大而具征服性，连同枝叶和果实，当它们完成了这氛围的营造任务之后也消失在这强烈的美的艺术氛围里。同样，也有很多人问我《寻父大流水》的故事是真的还是假的。

我只能反问：你信不信？真的就怀疑，假的就相信？还是我说真的你就相信，我说假的你就怀疑？

它是真的又有假的，它是假的又有真的。

出国是什么？

是中彩？是中举？是押宝？是投资？是各种幸运的综合体现？

也许比这些还重要，也许只是历史的或命运的一种捉弄。

于是我找到了鲁杨·麦德的故事。他是美国人，彻里彻外更像中国人。

人最大的悲哀是不知道自己是谁。他寻父实际是寻找自己。

其实，坐不改姓，行不更名，对自己的祖宗八代知道得非常清楚的人，就一准知道自己是谁吗？

鲁杨·麦德超越了他的故事本身。

“人类是不会相容的。”

第二次世界大战已经结束四十多年了——人们轻而易举就能作出这样的结论。其实未必，从人的意义上来说，第二次世界大战并未结束。

广岛刚出生的畸形儿可以证明这一条。去年又抓获了一名希特勒的重要的刽子手，也可以证明这一点。

鲁杨·麦德至今仍然独自承受着第二次世界大战的灾难。战争阴影仍然笼罩着他，几乎涵盖了他的一生。

战争之所以可怕，它不仅让许多人死于炮火之中，还让许多人毁于精神崩溃。鲁杨·麦德的妻子是疯耶？痴耶？抑或不疯也不痴，很正常？

本来嘛，何为正常？她的生活里贯穿对现实的困惑和对历史的困惑。战争和人类不相容能说正常吗？社会疯狂能有正常的人吗？也许在她眼里别人才是疯子，她的疯恰是正常。

费希尔说：“世上没有绝对常态的人。”

梦是正常的神经病。做梦就是让每个人每天夜晚都能安静地安全地发疯。何况她做的是一连串的噩梦。

文学不应该舍弃人性的使命和精神的使命。

当代文学也无法回避现代社会和现代人的新内容。“大流水”的故事不过是一抹历史的投光，显出现代人的某种迷惘、孤独，甚至扭曲和绝望。

历史之光并不照亮过去，而是照亮现在。抓住历史就能学到许多东西。

历史就是人生。

在战争中获胜的集团，得到了赔偿，拿到了想要的东西。在战争中受难的鲁杨·麦德却得不到赔偿，这就是崇尚人权的时代所谓对人的尊重——在发达的现代商品社会人成了最不值钱的商品。

通过战争灾难——其实是战争遗留下来的灾难，体现人物的精神痛苦。

文学喜欢在苦难中升华，深刻崇拜苦难。

采用“大流水”的方式又有可能冲淡“苦难意识”。

我正是不想要这样那样的“意识”。叙述，交代，像流水账一样枯燥，也许还有点账目不清。忠实得有点呆板，不讨人喜欢却牢靠。

历史丰富鲜活的灵魂会告诉人的一切。

人性的美善和痼疾无不藏在人物的命运里。

“大流水”正是这样流动……

1990年11月

生活需要随笔

去年初，《文汇报》要办扩大版，副刊的主编邀我在随笔版上开个专栏。盛情难却，倒也不妨一试，于是当起了“专栏作家”。

我给自己的栏目取名为《净火集》——有感于社会精神需要净化，人需要一炉冶炼灵魂的净火。

有意无意间道出了我对随笔的理解和追求：它应该是入世的，而不是出世的。很有可能要把自己卷进当代生命的万有之链，而无法悠闲地单纯地鉴赏生命。

紧接着，天津《城市人》杂志也要我开了个专栏，名为《城市人语》。山东《知识与生活》的主编同样特为我开了个栏目叫《生活纵览》……

这下不得了，专栏是有固定时间的，时候一到必须交卷，宁可把别的工作放下也得先写随笔。原本是想调换一下情致，随心即兴地写点随笔。现在却不能不认真对待，去年成了自己的“随笔年”。

写了几篇之后，意想不到地收到很多读者来信，有的篇目还被人复印散发，甚至压在办公桌的玻璃板下——不知是给自己看的还是用来对付别人？还有的人向我提出了一些问题，诸如爱情欺负什么人、现代多恋症等等。

“随笔效应”使我跟读者、跟生活的关系，一下子拉近了。它有别于小说和生活间的那种纯文学关系。

原本是大众文学的小说，似乎成了小众文学；原本多在知识界流行的随笔，倒成了大众文学。

近几年来各报纸纷纷办扩大版、周末版，仿佛唯此才能显示出自己的办报水平和编辑才华，并以此赢得读者，扩大发行。而凡有扩大版和周末版，就离不开随笔。有些以发表小说为主的纯文学刊物，也开辟“随笔专栏”，甚至办“随笔专号”。

随笔为什么会“热”起来呢？

人们在随笔中得到了在其他文学形式中所得不到的东西。“冷”和“热”，都是有原因，有规律可循的。

人们厌烦了现代生活中无孔不入、无处不在的虚假和仿造，甚至包括对文学中那种低劣的大同小异的虚构。随笔恰恰是真的。情是真的，感是实的，思是新的，来不得虚伪和套子。即便是谈天说地，话人述情，讲神论怪，最后还得拉回到真实中来。有那么一点现实启示性，给生活提一点建议。

所以，现代生活需要随笔。

它破墨而出，并不掩藏自己的锋芒，比喻鲜巧，文字简约，观察独特，遐搜博采，目骛八极，说出一种强烈而真实的东西，触动生活的某根神经。哪怕是一孔之见、一瞬之想、一滴之得，也有别于一般人对生活的理解，对一种生活、一种命运、一种感情进行概括。聂绀弩有名句：“文章信口雌黄易，思想交心坦白难。”

随笔正是给当代社会提供了真诚和坦白。

流行就是生活。

文学不可能长久地大面积地拒绝时代意识，时代也不可能不需要文学意识。文学和时代不是相互拒绝，而是相互选择。随笔敢于面对这种选择，不逃避，不扭捏作态，也不牢骚满腹、孤芳自赏。

随笔鲜活的经验正可医治思想的贫乏。

人是太阳系中最为复杂丰富的生命体，所以人对人最感兴趣，对自己的生命最重视。人生是个古老的、重复的、永恒的话题。人类对自己的命运谈论了几千年，出现了不少大智大圣。有关人生智慧的文学车载不下船装不了，说出了许多极精辟极珍贵的人生道理。人生之谜忽而被说透彻了，忽而又被重新迷住，也许永远说不透。正因为不能完全地说透，所以才常说常新，各种格言警句才有市场，人们才喜欢对人生的大道理永远谈论个没完没了。有时候让人厌烦，有时候又给人一点启示。可谓“境由心造，一念之间可以一沙一世界，一花一天堂”。

作者（中）与缅甸军人合影（1993年）

人是需要不断重新创造自己的。

文学也应及时地深刻地反映这种创造，闻到生命本身那种清新、健康的芳香。

随笔能更快更直截了当地表现一种对生存的憬悟，充满感情和智慧，亲切可感，有强烈的生命感。不需要浮丽的夸饰，信笔蔓延，心契神会，也许会豁然有所感悟，开通人生境遇。

作家何必凝固了自己的视野，拒绝生活中各种各样丰富鲜活的灵魂呢?

触类旁通，从心所欲不逾矩。

我在写了几十篇随笔之后，突然又渴望虚构，渴望写小说，重回以小说创作为主的生活。感到那又是一种新的享受，又有许多新的体验。

写随笔的时候没有想得太多就动手了。现在要结集出版，编辑又统一要求每位作者在书的前面自拉自唱一番，我便不得不努力去想什么是随笔。于是有了上面这一番话。可见这番话不是事后的体会，不是总结。只能算是今后随笔创作的设想，或者叫规划。

它有助于自己多体味一番，多想一些，让读者多了解一些。

1993年7月

专栏的成全

当今无报无专栏，甚至一报多专栏。正是这遍布各地、五花八门的专栏，推动了近20年来的散文随笔热。

上个世纪90年代之初，各大报纷纷恢复早在“文革”时就停掉的副刊。《文汇报》副刊主编肖关鸿先生约我开个专栏，每周一篇，篇幅可长可短，以两千字为宜。我没有立刻答应，当时满脑子都是小说，觉得自己的任务就是写小说，无暇他顾。但肖关鸿不放弃，偏他口才又极佳，最会说服人，有一条理由让我动心。他说你多年经营小说，一定剩下不少无法用于小说的边角余料，顺笔成文就开以开辟一个专栏。再说你写了那么多年的小说，就不想换换口味？目前其他报纸还没有开专栏的，我们设专栏不是没有压力、没有风险，需要朋友们的支持。话说到这个份上我再不答应就不够朋友了，他以前主编《文汇月刊》时就编发过我一些稿子，有的曾引起过争议，既是盛情难却，又是“患难与共”。

交出第一篇专栏稿《小人效应》后，觉得离交下一篇稿还有七天的时间，便又回到小说中。一进入小说就不大容易出来，常会忘记开专栏的事，那个时候没有网络，也不用电脑写作，每到快发稿的时候，肖关鸿下班后就给我发个催稿的加急电报。加急电报要连夜送达，从上海到天津需要六个小时，送达给我的时候正好是半夜一两点钟。当时我住在大理道一个大杂院里，送电报的摩托车嘟嘟一响，在深更半夜格外刺耳，随后邮递员就高叫一声："蒋子龙电报，拿戳儿！"一下子就把全院的人都喊醒了，极大地调动了邻居们的想象力，误以为单位失火或哪儿闹地震了。这样被教训了几次，我再不敢耽误专栏的稿子了。

更没想到的是专栏的效果令人鼓舞，《小人效应》被多处转载，《光明日报》一著名记者将此文复印26份，每个办公室放一份，推荐给同事们都要读一读。一机部的老领导孙友余，读了《寻找悍妇》后写来长信……于是我的专栏一写顺手就收不住了。《文汇报》的专栏结束后，又在多家报刊上开专栏，给《经营与管理》的专栏竟写了11年，在《晶报》的专栏也开了两年多，后来还发给我一个"最佳专栏作家奖"。获奖总是一件令人高兴的事，我甚至很看重这个奖，因眼下正是一个"专栏时代"，数不清的博客就是一个个的私人专栏，每个人的手机、电脑也是专栏，此奖可谓"生逢其时"。

专栏体现了现代媒体的一种文化形态，协调着媒体与生活、与人生、与艺术的关系。专栏关乎着一个报刊的品质，甚至会成为那个报刊的面孔。比如五四时期，鲁迅等文学大师的专栏文章不仅是"投枪和匕首"，同时也促进和繁荣了新文化运动。许多报刊因某些专栏办得好，而声名大噪。专栏文章甚至成了一个报刊的标志。眼下之所以说是"专栏时代"，是根据专栏这种形式特别适宜当下的社会现实。专栏文章在广义上属于散文的一种，类似随笔、札记，篇幅可长可短，立意可庄可谐，题材无所不包，天地君亲师，神仙老虎狗……笔随心，心随笔，信笔写来，随心流淌，感觉应笔而生。完全自然，完全诚实，表现出一种与现实生活相契合的丰富感、变化感和幽默感。

现代人心散、神散、情散、事散，而专栏文章的题材虽散，却要提供真情，提供一点思想、一点智慧，乃至一点事实。这正适应了现代人的生活节奏，最为灵活便捷地反映了现代人掩藏在散漫外表下的紧张、浮躁和不信任情绪。所以，一个作家倘若写不好专栏文章，便很难跟这个社会交流，也很难说他是关注现实的。我以为能写好专栏文章是一个作家成熟或正在走向成熟的标志。专栏不仅需要“专”，还要“杂”，所以邓拓以“杂家”自称。“杂”其实就是“博”，写得好的专栏还要“精”和“深”，只要看看那些专栏大家的文章，就知道写好专栏是多么的不容易了。邓拓就以一个专栏《燕山夜话》立世，乃至不朽。鲁迅终其一生也主要是在经营杂文……

这些年来为写好专栏文章不能不大量读书，查阅不计其数的资料，绝不敢以想象代替事实和论据。作为收获，专栏写作甚至代表了我近年来的主要写作兴趣和写作状态。十几年下来，除去出版了三部长篇小说《人气》《空洞》和《农民帝国》之外，其余的数十本书，都是收集专栏文章编汇而成的散文、随笔集子。由此，就不能不感谢专栏。

2009年12月

《我说你看》前言

上个世纪末的某一天，和朋友聊天时我提到，世纪之交世界变得越发怪异了：公鸡下蛋、母鸡打鸣，普通的鱼塘旁边蹦跳着三条腿的蛤蟆，粮仓里的老鼠赛过小猪……不仅动物畸变，人也不甘落后。东北一男子的鼻子里长牙，南方一女人的舌头像巴掌一般长，更有人耳朵长得可以塞进自己的嘴里……朋友忽然心血来潮，要我在报纸上开个专栏，专栏的名目就叫《我说你看》。

开个专栏倒不是不可以，我刚交出去一部长篇小说书稿，正需要换笔休息一段时间。但觉得“我说你看”这个题目有点强加于人，你想说什么那是你的事，为什么还要叫别人看？人家若不想看呢？朋友说，不想看就拉倒啊！说不说、怎样说在你，看不看、怎样看在人家。但你要想办法说得让人家想看，爱看，不看白不看，看了不白看，看得有趣儿，看得有味儿。

——这个标准可是不低。

我抱着试试看的心态就让《我说你看》的专栏在《今晚报》上

开张了。并跟朋友订下君子协议，什么时候他或者别人对我的专栏烦了，不愿意看了，立刻就停。

不料这一“说”就“说”了一年多，朋友始终不说一个“停”字，我也就一直“说”了下去。到今年秋天，我有一部已经准备好的长篇小说等着动笔，只好自动闭口停了专栏。停了专栏却收获了这本书。收在此书里中的大部分文章都取自这个专栏，因此还保留“我说你看”作为书名。

人有说的需求，不然还要嘴干什么？人也有看的欲望，不然还要眼睛干什么？一个“说”字，就有了谈天说地的自由和轻松，一个“看”字就有了冷静客观的选择和思考。说的自说，看的自看，说的要说自己想说的，看的要看自己想看的，会说的不如会看的。因此，我尽量说一些别人尚未看到，或看到了还没有太留意的东西，落笔于方寸之间，呈现的却是世情百态。不停留于表面的社会现象，切忌浅层心理，尽可能给看它的人提供一点思索。

而生活的变化总是令人震惊，常常会打破人们的预测和规划，每个人的周围都有许多现象值得关注和研究，每天都有一些是第一次发生的事情，让人有全新的感受，就看你留心没有，感受到没有？

生活变得怪异了，我们该怎样把持现实和自己的心境？

世界看似有太多的不协调，但诸多不协调又统统存在于大的协调之中，所以至今世界还没到末日，宇宙也并未大爆炸。

其实，生命本身就是一个矛盾着的运动过程，将个人的生命体验经过文字的过滤，给自己的生活提供一点智慧的烛照，是一种愉悦。但愿将这些短文结成集子后，也能给读到它的人带来程度不同的愉悦。

2002年春节

《一见集》前言

近三十年来，我的创作主要可分为两部分：一是小说，虚构了许多人物和故事；二是散文、随笔，记述了一些真实的人物和事件。

而真实的人物与事件别有魅力，常常能给人以更强烈的冲击。

编在这本书里的，就是现代各色人物“集锦”。有的难得一见，一见难忘；有的百闻不如一见，获益良多；有的虽无缘谋面，却似曾相识，企盼一见……世间最能打动人的，还是人的故事。

所以才有许多的“一见如故”“一见钟情”……

故称《一见集》。

2006年5月9日

《一瞬集》前言

为什么古人要说，“人之百年，犹如一瞬”？

就以最常见的“人生公式”来看：青年希望，中年竞争，老年悔悟……百年何其漫长、何其辛苦，怎能“一瞬”？

我以为，“一瞬”之说，有两层涵义。其一，与人类生存的地球以及茫茫无际的时间和空间相比，人的一生确乎是“一瞬”。奄忽若飙尘，去若朝露晞。

其二，说百年如一瞬，指出了人生最大的特点：难以把握。看似迅捷简单，实则复杂多变；看似自然而然，实则神秘莫测。快如一瞬而逝，绝不重复，无法更改，没有规律可循。

于是，人生有了悬念。

千百年来，人类无时无刻不企图破解人生之谜，却始终没有人能解得透，至今人之百年仍如“一瞬”。也许正因为解不透，人们才越要解，人生的魅力也尽在这里边。

成长和死亡，愉悦和痛楚，成功和失败……苦辣酸甜，百感交集，每个人的“一瞬”都是“难以把握，绝不重复”，就更有了无穷意味。

生活中常有这样的情况，本来对身边发生的事情并未特别在意，一经别人写出来，从文字上再读到那件事情，觉得味道就大不一样了。人生的意蕴，就在于体味，在于感悟，在于“事后诸葛亮”或“旁观者清”。

鉴于此，我从近两三年写的散文、随笔中选出了二十万字，编为四辑：读史、识人、省世、解情。想从这四个方面寻找“一瞬”现象的种种意趣，故名《一瞬集》。

倘能在一瞬间给阅读它的人带来些许趣味，我愿足矣。若清汤寡水或味道异常，令人厌弃，也不过是一瞬间的事。让它消亡于“一瞬”，也是《一瞬集》题中应有之义。

2007年底

《人气》前言

50年代初，我从农村考到天津来上中学。住在哥哥借来的一间“篱笆灯”式的小平房里，那间小屋给我的感觉是除了能挡风和遮露水，没有任何安全感可言。惹急了一脚就能踹个窟窿，甚至连声音都挡不住，或许还能从里向外扩音。

无论我在屋子里做什么，比如说了什么话，哼了什么歌，哪个同学来找过我，乃至夜里起来几次……左邻右舍无不一清二楚，洞若观火。旁边就是我一个同学的家，他经常拿我夜里的活动取笑：昨天晚上你又说梦话了不是？白天你就不能少喝点水，昨儿个夜里起来一趟又一趟，搅得我妈妈一宿没怎么睡！

原来我那位同学的母亲神经衰弱，晚上关了灯就专听着我的动静。当时我正是生龙活虎的年龄，一间小屋子哪够我折腾的，于是就成了她老人家的“好莱坞”。

从那时起，我就体会到在城市里没有安全感，随时都有“小打听”“小报告”……

当时我的许多同学都住在这样的平房里，分布在天津西站附近：西域庄、邵公庄、同福庄、西北角……我刚到天津的时候还好生奇怪，这大都市里的地名怎么跟农村一个样，不是这个“庄”，就是那个“角”？其实这些地方并不是市郊，而在市区内。

我对城市的同情也是从那个时候开始的。城市里有着繁华的大街、堂皇的商店和大电影院，然而城里人却住在与他们说话的神态和穿着打扮很不相称的地方，说实话还不如他们鄙视的农村人的牲口棚宽敞。

刚开学的时候，天津市的学生往往都瞧不起从农村来的学生，他们根据我说话的口音给我起外号，“小侉子”“小沧州”等。我在他们面前却有自己的骄傲，一是入学的考分比他们高，这是老师在开学第一天指派班干部时讲的，因为我的考分最高才让我当班长。另外就是我在老家住的房子比他们好，这就是农村的优势，他们城里的学生又怎么会知道。

就说我们家，有前后两个院子，光是正房就有十几间，高房大炕，随你怎么折腾都要把得开。即便是放粮食、堆柴火、养牲口以及磨面的南房，都比我现在住的这间小破屋强多了。难怪农村学生的考分普遍都比城里的学生高，城里人住在这样的破房子里，你听我的墙根儿，我扒你的窗户眼儿，心里能清静得了吗？心里不清静又哪来的健康心理？

难怪城里人的心眼儿都曲里拐弯的花活那么多，是是非非也特别多。听说谦德庄有条胡同，住着不足百户人家，却有20多个在精神和智力上有缺陷的人：疯子、傻子、抽羊角风的、得撞客的……人的变异，在一定程度上跟居住条件有关系。

当我正年轻、敏感、记忆力最强的时候，却在那间小平房里一住就是三年，给我留下的记忆太深刻了。只有在放寒暑假的时候才能回到农村老家，于是每学期从一开学就盼着放假，放假了则希望永不开学。经常想家就会经常在梦中回家，久而久之竟养成了一个做梦还乡的习惯。不想这个习惯一直陪伴了我大半生，至今我做梦最容易梦到的还是家乡的事情，极少会梦见城里的景象。除非是做噩梦，故事才会发生在城市里。

我想这就是当年住“篱笆灯”的后遗症。但，对个中的缘由却想不透彻。因此，关于那段住平房的生活，我一直封存着没有使用。

一晃40多年过去了，我看到了城市里大面积的平房改造，要拆掉的大片大片的棚户区，正是当年我住过的那种“篱笆灯”。想不到我的感受竟是那么强烈，外部刺激和内心积存的东西相呼应，勾起了对过去住平房的回忆，结合长期以来对城市和城市人的思考，找到了一个使自己迷恋的故事……这就是《人气》。

居住着近百万城市最底层居民的一个个平房区，像一摊摊膏药贴在城市的各个部位上。你不揭它，虽然难看，有时还会难受，但由于时间太长了大家就都能忍受，见怪不怪，也都能看得下去。一旦揭下这一帖帖的老膏药，便露出了发炎、发黑、肿胀变形，甚至还在流脓流血的地方。一片片几万、几十万平方米的平房，住着人的时候再难看也还是房子，一旦人搬走，偌大的一片住宅区立刻就不再像房子了……这让我无比惊奇：到底是房子护着人，还是人护着房子？

明明是人需要遮风蔽雨才搭建了这些“篱笆灯”，可是人气一散，房子不拆自毁，变成一个个巨大而阴森的垃圾场。这似乎是在证明，人需要房子，但房子更需要人。

人气，人气。我们在生活中，能一场场地度过许多灾难，原来是靠磅礴的人气在支撑。恰恰正是棚户区这些人的生存状态、生存勇气和韧劲儿让我感动，让我看到了最普通的人生命的壮阔和悲怆。

就在那一刻，我获得了一种内在的激情，给自己的小说定名为《人气》。

《人气》，是一种生命的旋律。

我想写一部属于现实、属于生活的小说。实实在在地写点实实在在的东西，有真切可感的情节，有别于当下流行的“软性小说”。倘若虚虚乎乎地编织一些男人和女人的流行故事，恐怕撑不起这样的题材。

这就需以诚恳的态度进入生活，我自己首先要被说服。写作需要想象力，也需要判断力，先要能看得见自己的思想。假如你有思想，并能赋予思想以血肉。

我希望自己的小说能有这样的厚重：有底层群众的至苦至乐，也有各类官员和商人的命运冲撞。他们都有自己的弱点和强大之处，像普通人一样会想些只属于自己的奇奇怪怪的事情，同时还有相当多的人相当困难地干着自己应该干的事情。现代人并非如民谣中所挖苦的那般消极和不可救药。

然而，现实又有其飘忽不定和难以捉摸的一面，从不同的角度和不同的人眼里会看到不同的现实，得出相反的结论。有时还很容易被迷惑，把事实看歪了，看浅了，甚或看不懂。因此我也写了一些自己不理解和不能接受的人物，就像现实生活本身。你既然生活其中，就很难回避一些问题，看明白了要活着，一时看不明白也还得要活着。

现实不像历史那么善恶分明，却有一份切己的意蕴。

于是在小说完成后我郑重声明：《人气》是一部纯虚构小说。我写的是“人物”，而不是生活中的某个人。无论小说中的人物身上有着怎样的缺点乃至罪过，无论他们比生活中的人更坏或更好，他们都是我的创造，骨血和肌肉都是我给的。

小说中的空间是主观的，尽管看起来很像现实的世界，其实它只是作家想象的舞台。

我一向是同情现实的，从不推卸自己对现实的责任。很高兴现实的包容性也在增大，没有腰斩《人气》，让对它有兴趣的人读到了它。我也由衷地对现实生活说声谢谢，谢谢它赐给我创作长篇小说的缘分。

我一直认为，长篇小说不是想写就能写得出来的，是不能靠硬憋而写长篇的。一个作家能否写出长篇小说，能写出几部长篇小说，是命中注定的，要靠命运或者说是生活的恩赐，向他提供了这种缘分。

《人气》是如此，我的另外几部长篇也莫不如此。从触发灵感得到创作启示，直至最后小说完稿，仿佛都得自一种命运般的机缘。所以，我写长篇从来不强迫自己，有这份缘，写起来顺畅自如，整个过程是一种享受。没有这份缘，便不强求。

关于《农民帝国》的构想

《农民帝国》是迄今最让我耗神的一部小说。

岂止是富裕起来的农民容易怀有“帝国”的梦想，写作长篇，也可以视为是作家在建构自己的“小说帝国”。无论这个“帝国”的规模如何，成败如何，都包含着构成一个“帝国”的全部因素和梦想。

而现实世界充满事件，突如其来，层出不穷，几乎是霸占了人们的想象力。现实比任何小说都更令人不可思议，更使人有陌生感，这就越发增加了作家构建“小说帝国”的难度。但现实生活中的戏剧性，又帮了小说家的忙。喜事和丧事同在，盛世和末路并存，现实变得无法预测，无法把握。然而在小说的虚构中，却可以做到这一切。

因此，《农民帝国》就这样成了一部我命中注定、非写不可的作品。

我在城市里生活了半个多世纪，也确实写了不少工业及城市题材的小说，长期以来约定俗成，便把我划在写工业题材的行列内。我始终认为一个成熟的作家不该受题材的局限，何况我对农村历来怀有一份很深的感情。我的童年是在农村度过的，那是一种天堂般美好的生活，在生命中永久地留下了一片生机勃发的翠绿，富有神奇的诱惑力和征服性，为我的一生打上底色，培育了命运的根基。是童年养育了一个人的性情和性格，童年生活对人的一生有着重大影响。至今我对农村的情感依然很深，平时关心着有关农村的消息，甚至每天看气象预报，首先想到的是气候变化对农作物的影响……因此我一直觉得自己骨子里是个农民。而眼下要反映中国现实，似乎没有比选择农民题材更合适的了。

这还因为，怀有农民情结的不光是我，还有我们这个国家。历史上的每一次大的变革都与土地有关，如商鞅、王安石的变法，张居正的新政等。而每一次农村的变革，又都推动了历史的发展。同样还应该承认，是农民革命造就了共和国，至今农民仍是社会的主体，像以往一样是推动社会历史前进的原动力。被邓小平称作是“第二次革命”的改革是从农村开始，有人说，孙中山的民生主义让中国农民醒了，毛泽东让农民站起来了，邓小平让农民富了。

农民是怎么富的？富到了什么程度？富了后又怎么样？

这些问题想想都很有意思，我的文学触角一直关注着现实，不可能不为其所动。如果能写一部关于农村的小说，描写蕴含着农业文明形态下的乡村和农民，在面对几十年纷繁变幻的现代化进程时，他们都作出了哪些反应……这对我来说是一种情结，对我的小说园地来说也是一种责任。

毛泽东说过：中国什么问题最大？农民问题最大。不懂农民就不懂中国。农民的问题贯穿于中国数千年历史发展的全部过程之中，其社会结构、政治制度、观念形态以及运作方式，无不是农民意志动向的直接或间接反映。这就《农民帝国》的意蕴，我甚至觉得从意识形态上讲，或者从文学意义上讲，目前中国还没有真正意义上的城市，倒有类似城市的大农村。现代农村在害城市病，模仿着城市，大量建造跟城市相同的房屋；城市又在害农村病，大兴土木，到处是农民工在支撑着城市的建设和运转。

这部小说断断续续地磨蹭了很长时间，但这不是“十年磨一剑”的“磨”，是“磨洋工”的“磨”。准确地说是放下、拾起，再放下、再拾起。我虽然很看重这个构思，但开篇后常常感到驾驭不了这个主题，对现代农民的命运把握不准，不能完全参透他们灵魂的脉络，以及现代农村变革的得失，便几次知难而退。

当放弃写作后，心又有所不甘，过一段时间手又发痒，便再把书稿拾起来。就这么拖拖拉拉地磨蹭着，后来我想明白一个道理，对农民的命运和近30年农村生活的变革，参不透就不参，把握不了就不去把握，我只写小说，能让自己小说里的人物顺其自然地发展就行。

世界为空，人乃一切。世界不过是人的灵魂的影像，人的自身就潜藏着支配万事万物的规律。作家要信赖自我，不为外物所累。只有自己才是主体，并有责任了解一切，也敢于面对一切。作家的全部才华就是感觉的新颖，感觉就是思想，艺术的核心秘密是活的灵魂，而不是变化万端的现实事故。

——这就要把握住小说的人物。社会的转型和进步格外需要有勇气、有胆识和有创见的人物。几十年来这样的人物我接触得太多了，有成功的，有失败的……我之所以在生活中特别关注这样一个群体，或许跟我对文学理解有关。在《农民帝国》里的主人公郭存先身上，中国农民的优点和缺点都异常明显。现代农民的“脱贫致富”，不是从前的“痞子运动”，都是一些很优秀的农民。

当环境宽松，给了他们能够施展才智的空间，发财致富似乎还不是最难的，更难的是有了钱以后。这个“帝国”更像是一个自我膨胀的梦幻，看似庞然大物，称王称霸，有君王般的权势和奢华，骨子里却虚弱得很，被钱烧得五脊六兽。商品社会没有钱不行，光有钱也不行，钱太多了如果压不住，钱也会闹事。当今世界不是钱很多、大富翁也很多吗？于是钱就在闹事，金融居然也形成大的“风暴”，而且比自然界的大风暴对现代人类的摧毁力更大。

“农民帝国”确实不只在郭家店，身份不是农民，骨子里比农民更农民，而且还瞧不起农民，更容易闹出“帝国”的悲剧。在小说的后部我借一个重要人物封厚的嘴说了一番话，郭存先的悲剧反而救了郭家店，以后的郭家店不会再称王称霸，而会发展得更健康，生活总是有希望的。现实也确是如此，有些曾辉煌一时的单位，当第一代创业的霸主下台后，有的垮了，有的获得了再生，郭家店应属于后一种。

于是，“帝国”从构建到覆亡的悲剧，在一片兴旺的繁华中显得十分奇特。正是这种奇特构成了它的差异性和典型性。在一个大变革时期，要破除旧有的束缚，建立新的秩序，人的因素极端重要。

而人的概念在悄悄地发生着改变。人的概念的宽泛，带来了文学概念的无限宽泛。这时候，对文学来说最重要的就是寻找差异。差异是最值得珍贵的，因为有差异才有存在的必要。作家发现了与他人不一样的东西，就发现了自己创作的价值。

这部书之所以耗费精力最多，说明它值得我下这么大的力气，它凝铸了我的一种情结和责任，我自然就很看重这部小说。写这样一部书，我必须具有最起码的自信：觉得自己的故事和人物不同于别人，自己对农村的感觉也是别人所没有的，将这个“农民帝国”的故事写出来是一件有意思，也是有意义的事。

一个好的故事可以涵盖一切，它可以成全一部好小说。如果故事不能成立，立意蹩脚而陈旧，情节漏洞百出，人物就成了累赘，小说也必将成为灾难。所以，我以为一个好故事，就是一部好小说，甚至就是一个好作家。对于作家来说，文学的才能大家都具备，只有讲述故事的才能才是罕见的，它考验着作家的成熟度、观察力和叙事技巧。

而支撑故事需要两样东西：一是属于自己称得上是思想的东西，二是一些实实在在的文学意义上的细节。思想通过人物和故事表达，细节就是小说的血肉，好的细节对一部小说的成败至关紧要。而细节是“虚”不出来的，光靠花里胡哨不行，必须是些实实在在的东西。写这部小说之所以耗费了这么长时间，很多工夫都下在“实”处了。我对这部小说的期待也是这样，无论写得好坏，能让人觉得是个实实在在的东西就行。

中国文坛近30年来异常活跃的文学景观，足以证实这种追寻差异的必要。

当代文学最突出的特征就是不断涌现新潮流。随着社会的逐渐成熟，当代文学也成熟起来，个性强烈，色彩纷呈，形成了庞大的各具特点的作家群落。也只有这样，当代文学才有可能具备一定的自信，和现实对话，乃至和历史对话。

中国的文学史极其辉煌，巨人如林。但概括为一句话，就是记录了文学和现实的关系。我的全部创作都在力图实践这个原则。《农民帝国》所体现的也是这样一种社会意识形态：中国目前正处于社会急剧变化的现代性转换期，有张力也有矛盾，有机会也有困难。这种变革本身就有着巨大的社会批判功能，必然也会影响到文学进程的推进。

现实对人一直都在进行着雕刻乃至扭曲，因此现实主义文学也不是简单地复制现实。作家对现实生活的探索和发现，应该符合现实生活本身的规律，又折射出作家对现实的人文关怀和深邃的理性思考，表达人性的要求与灵魂的渴望。我心目中的文学主体，就该以这种现实主义的魄力和勇气，敏锐、忠实、多方位地表现当代社会的生活真实，呈现出一种开阔、凝重的品格。

然而，现实的本性是变化。世界在变，生活在变，人在变，文学在变，其实文学就从来没有停止过变：魏晋辞赋有别于先秦诸子，韩愈能“文起八代之衰”，就是一次大变。欧阳修的丰赡，三袁张岱的自然，龚定庵的峭拔，直至鲁迅的犀利，林语堂的泼俏……文学也从未因内容与形式的变化而停滞，过去的文学给人类提供的就是出类拔萃的精神和情感。

任何时代能够流传下去的，也只能是精神和情感。在今天这个物欲极度膨胀的商品时代，人们最缺乏的恰恰就是精神和情感。因此，文学的命运不是将被取代，而是变得更加为人们所必需。

《农民帝国》出版后不到半年，在全国各地获得了多个图书奖，有的奖完全是由读者直接投票选出的，还有的奖是由专家评选出来的，虽然都是些民间小奖，在文坛上无足轻重，却也鼓励我并给我一个机会说出了构思这部书的过程。为此我借此文感谢所有阅读了这部书的人，并特别感谢中国的农村。

2008年8月4日

交流与启发

答包兰英问

蒋老师您好，首先祝贺您的新书出版。这是您第一部有关农民题材的长篇小说，小说一出版就在社会上引起了强烈的反响，既被书的内容所吸引，又被您酣畅沉郁的文笔打动。谢谢您又给我们写了一部好书。下面有几个问题向您请教：

问：在小说的最后一页我们看到，这本书您早在1997年就开始动笔写，直到2008年7月才完成，前后经历了大约11年的时间，可谓是“十年磨一剑”，那么，能否说这本书是您文学创作生涯中，花费时间最长、投放精力最多的一部长篇小说？为什么？

答：确是如此，这部书写写停停，几次想放弃，却又不甘心。主要是卡在自己对这段生活的认识上，当感到把握不准时就不得不停下来。有时憋得难受，便又写起来。这中间曾经完成了另外两部长篇——《人气》和《空洞》。对我来说，《农民帝国》的创作过程是一种很特别的经历，其中的感悟也很特殊。

问：早在改革开放之初，您就创作了许多脍炙人口、深受读者喜爱的优秀作品，且一直笔耕不辍。比如，《乔厂长上任记》《一个厂长秘书的日记》《人气》等等，但那些作品都是城市改革题材或说工业改革题材的。但这部小说您却从城市转向农村，从车间转向村庄，从工人转向农民，可以说这是您文学创作在题材上的一大跨越，那么，能否谈谈是什么原因促使您决定要写这样一本书？

答：我的童年是在农村度过的，而童年会影响乃至决定人的一生。因此，我一直觉得自己骨子里是个农民。尽管已经在城市里生活了半个多世纪，每天看气象预报时，脑子里总是先想到对农村的影响，很自然地和庄稼的生长联系起来：眼下是什么季节，地里缺不缺雨。因此心里很清楚，自己早晚会写一部关于农民的小说。而眼下要反映中国现实，我以为没有比选择农民更合适的了。被邓小平称作是“第二次革命”的改革是从农村开始，农民像以往一样又成了推动社会历史前进的原动力。我的文学触角一直关注着现实，不可能不为其所动。

问：这部小说是以主人公郭存先的成长经历、人性蜕变及至最后毁灭为主线，那么，在创作中，您是基于什么考虑来设定郭存先这个人物的？

答：近30年来，像郭存先这样的人农村有，城市里也有，尽管穿着各式各样的衣服，有着各种各样的身份。他们的故事和人生轨迹，凝聚了我对这段历史时期的思考和认识。

问：从作品中我们看到，郭存先本是一个朴实的农民，为了带领村民脱贫致富，过上好日子，不惜把命搭上，而且拿自己的钱去为村里办副业，不计名利。这样一个优秀的帮助乡亲们脱贫致富的带头人，后来却变了，变成了完全另外的一种人。您看到并写了这样的转变是想告诉读者什么？

答：毛泽东说：中国什么问题最大？农民问题最大。不懂农民就不懂中国。农民的问题贯穿于中国数千年历史发展的全部过程之中，其社会结构、政治制度、观念形态以及运作方式，无不是农民意志动向的直接或间接反映。因此，人们习惯性地称财大气粗的农民为“土皇上”。该小说的主人公郭存先说：去掉“土”字就是皇上！他要创造一个“帝国”，这就是他的全部人生情结。而瞧不起农民的也正是他自己，就连整他的也是农民。在当今现实里，怀有郭存先式农民情结的又何止他一个人？

问：郭存先的这种蜕变在现实生活中有许多影子甚至是原型，在您看来，这究竟是传统中国农民的一种宿命，还是更多的原因综合使然？是个体的偶然还是一种集体的必然？

答：郭存先的悲剧不是偶然，是必然。在某种程度上甚至可以说是中国农民的宿命。不过在当今复杂的历史条件下，表现形式及其结果更诡异罢了。

问：小说上部写农民苦难，见出沧桑与沉郁；下部则多少显出某些问题。您是否同意这种判断？如果这种判断没错，是否可以说您在表现中国农民在当下的命运时还存有某些疑惑和障碍？

答：前半部写“因”，后半部写“果”。农民何以能称“帝国”？我想从历史和现实生活中找到一些启示，让生活本身给我一个解释。表面上是郭存先导致了自己“帝国”的衰落，实际上是他的毁灭促使了“帝国”的变化和新生……

问：这是您第一部有关农村题材的长篇小说，能否透露一些您下一步的写作计划？是继续就此在农村题材上继续开掘，还是回归都市、回归工业？

答：《农民帝国》写到原以为该结束的时候，却发现还没有写完，关于这个“帝国”的故事似乎才刚刚展开。我希望能把脑子里有关这个题材的构思都写出来。我以前曾说过，一部长篇小说的诞生是一种缘。光是自己有一个意愿不行，还要取决于许多别的因素。其他题材的小说创作我也一直没有放弃。

问：看完小说以后，有一点伤感，特别是对郭存先这个人，有恨，但更多的是惋惜和遗憾。一代枭雄，从农民到农民帝国之巅到阶下囚，在这个人性的蜕变过程中，我们应该汲取些什么教训？

答：别，千万别自找沉重地到小说里去汲取什么教训。读小说能感受多少是多少，读后若能有点伤感，对小说中的人物有点惋惜和遗憾，就说明读进去了，甚至还多多少少地被感动了。这就够了，对作者来说已经感到满足，道声谢谢！

2008年8月4日

当代文学的“现实主义叙事”，正等待着一次突破

王彧（中国人民大学2008级硕士生，以下简称“王”）： 蒋子龙先生您好，很高兴您能接受我们的访谈。我们还是从您的创作谈起吧。您在百花文艺社出版的选集自序中对您的创作有一个阶段性的概括，就是将1966年之前的创作称为用笔唱出的“生命之歌”，与之相较，则将1971年“重操旧业”后的创作称为“政治之歌”。我们应该如何来理解“生命之歌”与“政治之歌”之间的差异呢？

蒋子龙（以下简称“蒋”）： 我的第一次投稿，是1957年秋天，源于一场灾难。在一位老师被打成右派的批斗会后，我完全无心地说了一句这个老师真倒霉的话，被同学出卖，便经受了长达近一年的批判和处分。他们整我的一个理由，是我受资产阶级思想的毒害想当作家。其实我从来没有想过要当作家，当时我喜欢的是机器，是工科。为了赌一口气，偏要写个稿子试试。稿子被退回后丢

在学校传达室的窗台上，有多事的同学先发现，拿走将它钉在教室的黑板上，成了我想当作家的铁证，挨整也随之加剧。我一再地被城市学生坑害，他们的卑劣真把我快气疯了，也许是我这个沧州人的气性过大，开始大口吐血。心里恐慌还要瞒着家里，也不能让同学们看到幸灾乐祸，当时真动过想跟整我的人同归于尽的念头。是在天津二中读高三的表哥，宽慰和劝阻了我。好不容易熬到毕业，像我这样一个全校唯一甚至是全市中学里唯一的“坏典型”，继续升学是不可能了，便报考了铸锻中心技术学校，同时也开始大量阅读中外文学名著。不知是文学具有某种治疗作用，还是我自身的生命力强盛，脱离了挨整的环境后吐血就越来越少，一年多以后不治而愈。1960年8月，我从技校毕业进工厂刚拿了头一个月的工资，生命发生了另一种转折。海军来天津招兵，凡年龄合格的人都得报名，但我从心里是不抱任何希望的，首先体检这一关就过不去，再加上出身富农，政审也不会合格。

身穿海军装的作者（1961年）

可我怎么也没想到，生命中不仅有意想不到的祸害，还有从天而降的惊喜，绝大多数的报名者都在第一次查体时候被刷下来了，偏我这个吐过血的人却意外过关了。随后又进行文化考试，我在全市适龄者中竟考了个第一名，那位来招兵的海军上尉不知是没有看我的出身，还是他另有别的想法，不仅让我穿上了海军军服，还指派我当上了新兵排的副排长，他自任排长。我的生命一下子又充满了新奇和欢乐，入伍三个月后在《人民海军报》上发表了处女作，一篇不足千字的小散文，题目好像是跟紧急集合有关，借一次夜间紧急集合简单而真实地表达了我入伍后的积极和快乐。从第一次投稿到将自己的文字印成铅字，整整过去三年了，我的命运大起大落，有一种绝处逢生的欣喜。此后偶尔还会在军报或地方报刊上发表一点小东西，五年后发表了第一篇小说《新站长》，讲一个海军气象站站长的故事。那个阶段的所有文字，虽肤浅，但真淳，最朴实地记录了自己的生命体验。所以，我称之为“生命之歌”。

招我入伍的上尉季参谋，并不能一直保佑我，到我服役期满真正需要提干的时候，我被出身不好的问题实实在在地卡住了。还好没有让我无限期地超期服役下去，转过年就退役又回到原工厂。因为能写点文章，我被分配到厂长办公室当了秘书，厂长还是当初为我入伍送行的冯文彬。此公不仅是政治上的大人物，也是个难得的文学人物，与他结缘是对我小说创作的一种成全。一年后“文革”爆发，厂长理所当然地成了“走资派”，我则被打成“保皇派”“黑笔杆子”，下放车间监督劳动。自此，从我的主观意识上开始跟政治，跟中心。我经历了生命的第二个灰暗期，劳动改造时被看守用砖头打破了脑袋，造反派专为我组织了七千多人的批判大会……到1970年代初，工厂开始“抓革命，促生产”，过去的生产骨干、党团员等又开始被重视，我在车间的日子也渐渐好过起来，劳动多，被监督少了。因为是三班倒，有的是时间，市里也开始恢复一些文艺刊物，我便试着写点东西，想靠文章给自己落实政策，只要我的文章能发表，就说明我这个人也没有多大问题，工厂的人看到我能公开发表文章了，说不定就会给我一个说法。我像许多年前初学写作一样，努力按照阶级斗争的套路图解政治，但很快就发现很难编出新鲜玩意儿。当时有几条规矩，写作时是必须遵守的，你不遵守到编辑那儿也会打回来。比如正面人物应该是“小将”“造反的闯将”，对立面自然就以“老家伙”为主，任何故事里都得要有阶级敌人的破坏……当时最火的文学刊物，也可以说是文坛的标杆，是上海的《朝霞》。

李云（中国人民大学2007级博士生，以下简称“李”）：对，《朝霞》在“文革”后期基本就是主流文学的样板。就像您刚才说到的，按照“两结合”“三突出”那套已经“很难编出新鲜玩意儿”，所以在这个时候，您决定“试着用文学恢复生活的本来面目，根据真实的生活写作，而不是让内容迁就形势，发表了小说《机电局长的一天》”。因此，《机电局长的一天》无论是相对您过去的创作还是当时流行的创作，都有了一些截然不同的东西。不过，我们这代人与“文革”那段历史还是很隔膜，我们都知道《机电局长的一天》写作时间是在1975年底，当时“四人帮”尚未倒台，政治形势尚不明朗，这种不是让内容迁就形势的文章能够顺利发表吗？是哪些因素促成了您创作上这样一个转型？

蒋：到1975年，根据我所在车间和整个工厂的生产状况推断，国家的工业形势大概快跌到崩溃的边缘了，中央请邓小平出山，协同叶剑英、李先念召开了全国钢铁座谈会。为了贯彻这个座谈会的精神，国家第一机械工业部于10月底在天津宾馆召开“工业学大庆”动员大会。我所在的锻压车间担负着一批国家重点工程的生产任务，“文革”开始被打成“保皇派”的一批人又开始被重用，我也被起用在车间里协助抓生产。厂部指示车间要派一个人去列席一机部的“学大庆”会议，当上边问到车间的生产情况时这个人要能说得清楚，还能把大会的精神和要求带回来，车间和厂部合计的结果是让我去。我在锻锤上干了十年重体力活，第一次出来参加这样的大会，眼界大开，受到极大的震动，许多知名的大厂，如湖北二汽、富拉尔基重机厂、南京汽车厂等，老干部和老厂长已经真杀实砍地冲在领导第一线，实实在在地在领导着抓生产，他们的事迹让我有一种久违了的发自内心的感动和敬佩。

到第三天下午，有人把我从会场上喊出来，说外边有人找，是一位很亲切的老大姐，她便是《人民文学》的编辑部主任许以。她说毛主席已经批示，《人民文学》要复刊，约我写稿。我当时正被大会上的一些人物所感染，经历了近十年“文革”的压抑和单调，这种从骨子里被感染的体验是很新鲜的，身上产生了一股热力。我对许以说写稿不难，怕写出来你们不能用。许以问我为什么要这样说。我说要写就写我自己最真实的感受，可又怕写出来跟眼下的小说形式拧着。她说先写出来看，她倒是对我这个想法有兴趣，写小说就需要有真情实感。当时我们站在宾馆的走廊上，实在不便多说，其实我也说不出什么来，就稀里糊涂地答应下来先试试。对我来说当时宾馆的条件太好了，台灯很亮，桌子舒服，白天开会，晚上开始写小说，可惜会议很快就结束了。会后工作又特别忙，大概拖了半个多月，才抓一个星期天的空，再搭上一个通宵，将小说完稿寄给许以。自那篇小说开始，我自觉才算摸到了一点文学的大门。

王：完稿应该是11月初了吧？据说“小说的定稿时间最晚不会迟于12月初”。那么，这一个月左右的时间发生了些什么呢？

蒋：我的小说寄出不久，《人民文学》编辑部派崔道怡来津找我，告诉我小说已经通过，发明年复刊的第一期，题目要加上个“一天”，改为《机电局长的一天》（我寄给许以的稿子上标题可能是《机电局长》）。苏联有个修正主义的“一天”，大家都觉得我们应该搞个社会主义的“一天”，小说很好，都通过了，只是按照新的标题重新写个开头。我觉得这个很容易，当天晚上就写了开头又给他送回去。他住在市中心劝业场附近的一所老饭店里，我住在城市西头，那个时候马路清静，骑车跑一趟也得四五十分钟，他看了新的开头觉得不满意，让我重写。第二天我白天还要上班，晚上回到家又写了开头再给他送去，他看了还是觉得不大满意，说我还有能力，应该再挤一挤。小说很有气势，不配个精彩的开场太可惜了。我从他住的饭店里出来就很晚了，到了我住的南开区赶上停电，半个天津市一片漆黑，大街上几乎没有人了，我将自行车蹬得飞快。不想下个大坡时突然钻出一辆三轮车，被我撞个正着，他没有事，我的前轱辘撞坏不能骑了，只好推着回家。夜深人静，我推着破车走了一个多小时，却并不觉得时间很长，反而觉得很兴奋，因为我在路上想好了一个新的开头。回到家点上蜡烛，一口气写出了这个新的开头。第二天一大早，我刚要去上班，崔道怡来敲门，其实他昨天晚上看了我第二个开头基本就认可了，只是想试试我还能不能挤出更好的来。早晨他退了房，来看看我昨天晚上有没有收获，如若没有新的收获他就回京采用昨天的那个开头。他进门后我来不及说别的，先给他看了我昨夜在蜡烛底下写的开头，他看后连说了几个“好”，拿着稿子就去赶火车了。

王：稿子接着就出现在了《人民文学》复刊后的第一期，听说很快就引起了一场风波？

蒋：几个月后这篇小说被打成“大毒草”，罪名大概有这么几条：“宣扬唯生产力论”、“为走资派翻案”、是“四上桃峰”等等，要在全国批倒批臭。《人民文学》先派副主编刘剑峰来津找我，让我写出检查，在刊物上公开发表。我当场拒绝，说一不写检查，二从此不再写小说，我已经劳动改造过十年了，顶不济再抡十年大锤。说到激愤处还带出一句粗话：真是哑巴叫狗操了！不知怎么这句粗口立即在天津文艺圈里传开了，让想保护我的《人民文学》编辑部为难了，他们一厢情愿地认为我公开写个检查就能过关。于是让另一位副主编李希凡替我写好了检查稿，来天津先让市委管文教的副书记看，市委领导同意了，再让当时市委文教组组长孙福田找我谈话，叫我必须在李希凡代写的检查上签字。孙福田向我转达了李希凡跟市委领导的谈话，说编辑部也为这篇小说开过多次批判会和检讨会，拿出蒋子龙的原稿一页页地对照，责任编辑和负责终审的主编，只在上面改正了个别的笔误和标点，蒋子龙的文字很有个性，别人很难在上面加东西。也就是说这篇小说的错误完全由蒋子龙个人负责，铁证如山。编辑部的错误是觉悟不高，把关不严。听了这些情况我才知道，自己的小说也给编辑部惹了很大的漏子，找我组稿的许以大概会更倒霉。于是我同意在李希凡写的检查上签字。孙福田一见说通了我，就从另一间屋里请出李希凡，他郑重其事地向我宣读了以我的口吻写的检查书，我一言未发就在上面签上我的名字。

李：但《一天》的故事还没有完。这篇小说后来在《天津文艺》再次发表了，不过，已经是一个中篇，而最初发表在《人民文学》上的却是一个短篇。这中间又发生了些什么呢？为什么会做这样的修改？

蒋：“文革”结束后《天津文艺》改版，主编万力以前在我所在的工厂深入生活，有两三年的时间，对我的情况非常熟悉，对我的遭遇也很同情，他想为《机电局长的一天》平反，更重要的是逼我重新拿起笔来。于是就想出这么个主意，往原小说里加内容，将短篇改为中篇，恢复原标题《机电局长》，在《天津文艺》连载。他说这在过去是有先例的，将中篇改长篇的都有。对我来说这不是难事，但我当时的兴趣已经不在文学上，由于负责车间的生产，全部身心投入到车间的生产管理上，对文学甚至有些厌恶。万力用话激我：“要想扔笔也得把《一天》的脸正过来，这对你来说不费多大事，你一肚子生活，小说的骨架都是现成的，无非是往里边加肉。”我一直很尊敬万力，他始终是支持我的，碍着面子就写了一节。但一上了马就由不得我了，连载不能断顿，编辑期期催稿，逼着我不得不写下去，渐渐地又找到了写作的感觉。这部中篇不过是起了一个过渡作用，帮助我重回小说界。

李：回过头来看，尽管《机电局长的一天》几经沉浮，但您后来反而认为这是您“创作道路上最值得怀念的转折期，没有这次默默的然而是十分痛苦的‘精神裂变’”，“就不会从简单的‘描写好人好事的文学’中跳出来，更不会从描写事件和生产过程的‘车间文学’中跳出来”。在这种情况下，1979年，《乔厂长上任记》发表了，这算是您真正“重回小说界”了。请您介绍介绍《乔厂长上任记》创作、发表前后的一些细节。

蒋：《乔厂长上任记》的创作过程很简单，简单到不是我找到乔厂长，而是他找到了我。但小说发表后给我带来了很大的麻烦，或许正是因为这些麻烦人们才记住了这篇小说。《乔》作为小说，自然是一种虚构。任何虚构都有背景，即当时的生活环境和虚构者的心理态势。大概是1977年后，我落实政策在重机厂的锻压车间任主任，车间有近三万平方米的厂房，一千多名员工，分水压机、热处理和锻造三大工段，差不多相当于一个中型工厂，却没有一个工厂的诸多独立性。我攒足了力气真想好好干点事，而且车间的生产订单积压很多，正可大展手脚。可待我塌下腰真想干事了，发现哪儿都不对劲儿，有图纸没材料，好不容易把材料找齐，拉开架势要大干了，机器设备年久失修，到处是毛病。等把设备又修好了，人又不给使唤，经历了“文化大革命”之后人心真像改朝换代一般，人还是那些人但心气不一样了，说话的味道变了，对待工作的态度变了。待你磨破了嘴皮子、连哄带劝地把人调度顺了，规章制度又不给你坐劲，上边不给你坐劲……我感到自己像是天天在“救火”，常常要昼夜连轴转回不了家，熬得最长的一次是七天七夜，身心俱疲，甚至还不如蹲牛棚。1979年5月，《人民文学》派了个女编辑来天津找我，那天正下大雨，我在医院刚割完痔疮。都是因为没黑没白地长在车间里，吃饭睡觉没规律，加上经常着急上火闹的。也就是说正是我最尴尬的时候，偏偏女编辑冒雨来了，身上被浇了个透湿，竟跑到医院里来给我落实文学政策。她向我讲述了当初《机电局长的一天》被打成“大毒草”的过程，还说当时编辑部的人谁不承认它是“大毒草”，谁不先把它批判一通，谁就不能去参加毛主席追悼会，会被打入另册。包括让李希凡替我执笔写检查，当时编辑部也是身不由己。但她还是代表编辑部正式向我赔礼道歉，请求我的谅解。如果我能原谅他们，就再给《人民文学》写篇小说。

其实这位女编辑刚调到《人民文学》不久，上边说的那一切都跟她没关系，而且话已经说到了这个份上，我就赶紧点头，为的让她快点离开。说实话我心里根本就没有记恨过编辑部，现在借着赔礼道歉将我的军，好像我若不写这篇小说就意味着我还不原谅他们了。看来这篇小说是非写不可了，便用三天时间完成了《乔厂长上任记》，写得很容易，就写我的苦恼和理想，如果让我当厂长会怎么干。所以我说“乔厂长”是不请自来，是他自己找上了我的门。当时我完全没有接触过现代管理学，也不懂何谓管理，只有一点基层工作的体会，根据这点体会设计了“乔厂长管理模式”，想不到引起了社会上的兴趣，许多人根据自己的体会来理解乔厂长，并参与创造和完善这个人物。天津、上海等工业城市里都有企业家站出来自称是“乔厂长”，有些大企业把这篇小说当做整顿企业的依据，有的成功了、飞黄腾达了，有的因为学“乔厂长”却被撤职了。我所在城市的市委机关报拿出14版的篇幅批判这篇小说，有些市委领导在全市性的动员植树造林和计划生育的大会上，竟风马牛不相及地先用大部分时间批判这篇小说，甚至市委领导在做换届动员报告时也要反复强调，“不能以乔厂长划线”。一个虚构的小说人物竟然成了划分两种路线的标志，有那么多处于不同阶层的人结成联盟，反对或喜欢这篇小说，“乔厂长”想不成为个人物都不可能了。无论当时的现实是欢迎他，讨厌他，甚或是惧怕这个家伙，却都是对这个人物的再创造。因此“乔厂长”也可以说是集体创作，是当时的社会现实成全他应运而生。我不过是扮演了产婆或助产士的作用。我的虚构可能拨动了现实中某根甚为敏感的神经，但我并不想触犯什么禁区，只想讲述一种真实。文学虚构的本质是就为了更真实。赫鲁晓夫有句名言：“作家是一种炮兵。”“乔厂长”这一“炮”或许打中了生活的某个穴位，当然也差点把我自己给炸掉。

王：可以说《机电局长的一天》和《乔厂长上任记》都与《人民文学》密切相关，您是怎么看待《人民文学》前后的两次约稿的？在“伤痕文学”与“反思文学”成为潮流的当时，什么因素促使您作出“面对‘文革’的‘伤痕’和‘废墟’，呼唤、表现在城市和乡村的改革”的选择？

蒋：《人民文学》有个很好的传统，爱护作家，有长远劲，不是单纯地光盯着稿子，只为了稿子。我跟“文革”后的主编李季接触过几次，那真是大家，平实宽和，牢靠可信。打上几次交道后，说句高攀的话，让你感到写不写稿子，他都是你的朋友。《人民文学》第一次向我组稿时，编辑们信心十足，刊物停了好多年，大家心里都憋着一股劲，想办个像样的文学刊物。我曾问过许以，为什么找到我。在我心目中高高在上的“国刊”，怎么会知道一个地方工厂的业余作者？她说看过我的作品，特别是短篇小说《三个起重工》，很有发展潜力，觉得我有生活，创作有特点。这就是《人民文学》的传统，着眼于发现作家，培养作家。后来小说出事了，局面并非许以所能控制的了，以后编辑部三番四次地派人找我，她却再不出面，连我想见到她说几句问候的话，都找不到机会。我又没有得罪她，只有一种解释，她或许觉得对不住我，原本一片好心却把我害了。其实我心里一直在怀念这位很有水平的老大姐。

三年后度过劫难，《人民文学》第二次找我组稿，同样是出于一种想激励我重新回到文坛的善意。至于赔礼道歉等等不过是个借口，别说本来就不怪他们，即使真的怪他们，他们是国家级的大刊物，我是已经销声匿迹的工厂业余作者，他们不搭理我，我又能怎么着？我忘记当时是谁当主编了，反正这个人心很细，知道我脾气不好，如果还记着仇，说骂就骂，场面不好收拾。所以派个刚调来的新编辑，我重情面，绝对不会谈崩。我当时远离文学界，工作压力很大，天天忙得屁滚尿流，对什么“伤痕文学”“反思文学”等潮流几乎一无所知。《人民文学》来要稿子，我想自己也该换换脑子了，正好那几天有闲空，掂量掂量自己手里有什么，就往外拿什么。要说心里有个情结，那就是要在新的小说里为《机电局长的一天》正名，让人感到像姊妹篇。当时绝对没有“呼唤改革”的意识和雄心，1979年“改革”这两个字的使用频率还很低。如果使用了“呼唤改革”这样的词句，肯定是后来的事，为了拔高创作心态。

李：另外，我们还注意到一个现象：《人民文学》是中国当代最为权威的文学刊物，您是一个在上面发表作品的天津作家，所以，对您作品的评判和裁定总是脱离不了两股政治力量的纠结缠绕——一个是北京方面，一个是天津方面，不仅《机电局长的一天》是这样，《乔厂长上任记》也是这样。但有意思的是，北京和天津方面的态度这次似乎相互发生了一个逆转，您能回顾一下这方面的情况吗？

蒋：实际上两个城市在两次小说事件中的态度，并没有什么“逆转”。在《机电局长的一天》事件中，天津并没有保我，完全顺着北京的指示逼我必须做检查。孙福田曾向我传达市文教书记的话："你告诉蒋子龙，他不是说一不写检查，二不再写小说，大不了还回汽锤上干活吗？他想得倒好，不写检查还能让他在工厂待着吗！"这显然是警告我，不做检查就得进监狱。李希凡到天津的那天晚上，我妻子刚生下女儿，我回家好不容易熬了一暖壶小米粥，那个时候这就是产妇最好的补品了。我将七岁的儿子反锁在家里，骑车刚到医院门口就被两个人拦住了，要带我立刻去见市领导和北京来的人，最缺德的是他们还派一个女人到产房做我妻子的工作，让妻子劝我。女人刚生完孩子怎么经得住这样恐吓，我一怒之下将暖壶向他们的脚面砸下去，叫他们带警察来抓我，否则我是不会跟他们走的。幸好我当时还没有完全失去理智将暖壶砸到他们的脸上，那就真得被抓走了。等那三个男女走了以后我不得不回家重新给妻子熬小米粥。受那次惊吓，妻子的奶就没有下来。那个年代买不到牛奶，奶粉要票，生完孩子没有奶得受多大罪啊！

后来全市的文艺界在中国大戏院召开批判会，有人记着数，一个下午喊了七十多次"打倒蒋子龙"的口号。口号喊得最响的人恰恰是我的熟人，或跟我合作过的专业人士。如果说当时真保过我的，是我的工厂。《机电局长的一天》在全国展开批判以后，从内蒙古来了三个兵团战士，找到市里要把我揪到内蒙古去，市里告诉他们我不是市里管的人，随他们到工厂去协商。那三个造反派在市委磨蹭了好多天就是不敢去工厂揪我，我想他们怕的是送上门去，揪不走我说不定自己被一万多名工人给收拾了。到"乔厂长"风波时，北京的态度可能反映了一些当时的社会心态，而天津对我的批判，不过是延续了"文革"的遗风，或者叫派性。

李：不管怎么说，《乔厂长上任记》最终成为当年全国优秀短篇小说评选获奖作品，并被公认为"改革文学"的开山之作，因为在这之后大量反映中国改革开放现实进程的作品开始不断涌现并在不同程度上呼应了民众对现代化的无限憧憬和热切期待。不过，1985年后，随着城市改革的大幅度推进，“文化热”“方法论热”、外国文学翻译的出现，人们看待世界和认识文学的方式也发生了变化。尤其是随着“寻根”和“先锋”的兴起，“伤痕”“反思”和“改革”文学等传统的现实主义文学逐渐淡出文坛。这种文学转型虽是历史大趋势的产物，有其必然性，但也存在一些问题，例如是否会影响到现实主义文学的深化？过去人们对它的反思不够。

王：包括80年代后期，在“先锋小说”同时或稍后，出现了在最初的批评文章中被有的批评家称为现实主义回归的“新写实小说”，如刘震云的《塔铺》《一地鸡毛》，池莉的《烦恼人生》《冷也好热也好活着就好》，方方的《风景》，刘恒的《狗日的粮食》《伏羲伏羲》等，“仍以写实为主要特征，但特别注重现实生活原生形态的还原，真诚直面现实，直面人生”，对于这样一种仍旧划归现实主义范畴的新的写作倾向，您是怎么看的？

蒋：经过数十年的闭关锁国，改革开放让国人看到了外面有个花花世界，脑子活了，心里痒了，再加上市场经济、商品社会，一时间让刚从“文革”过来的人眼花缭乱、六神无主，还能定住魂的不多了。文学也一样，开放的前二十年主要是补课，一招一式地从头演练西方现代小说技法，近十年开始定下心来，回归现实主义传统。通观三十年的当代中国现实主义文学，不可能深化到大家期望的程度，也深化不了，当代作家不具备能将现实深化到经典的功力。这里有两方面的原因，首先是现实，反反复复，急剧变化，无法预测，无法规划，五花八门的事件层出不穷，让作家们的想象力相形见绌，光是能钻透现实的表皮就已经不容易了。就如同地质人员找矿打油，在过去那个漫长的历史时期，数百年乃至数千年现实都很少有变化，打开表皮就是油层，就是矿层。现在往下钻了几千米，还是泥沙乱石，有的油井要钻到地下七千米深。这就牵涉到第二个方面，现在的作家被媒体、被市场诱惑得还有那样的耐性、那样的韧劲往下钻吗？现实主义文学成了好汉子不愿意干，赖汉子干不了的事情。所以，当刘恒横空出世的时候，我看到了中国当代文学的希望，曾经认为他会成为一面现实主义文学的旗帜。

李：90年代中后期又陆续出现了一批小说，有一些被改编为电视连续剧或电影在社会上广泛传播，引起了不小的轰动，被媒体称之为“现实主义冲击波”，如何申的《年前年后》，刘醒龙的《分享艰难》，谈歌的《大厂》《大厂续篇》，关仁山的《大雪无乡》，张宏森的《车间主任》，周梅森的《人间正道》《天下财富》《中国制造》，张平的《抉择》，陆天明的《苍天在上》《大雪无痕》等。在某种意义上，对改革进程中出现的诸多问题以及底层民众所遭遇的生存困境有限度地触及和揭示是这批作品受到欢迎的一个重要原因。其中一部分被命名为“大厂文学”“新改革小说”，这很容易让我们联想到80年代的“改革文学”，同时，民众对于高长河、段启明、吴明雄等的热切呼唤和期盼也很容易让我们联想到联想到乔光朴、霍大道、李向南等深入人心的形象。您是怎样看待在文学已经很难产生轰动效应的90年代中后期出现的这批小说以及相应的文化现象的？是否可以这样认为：“改革文学”或者与之相应的“现实主义叙事”事实上并没有如有些人所判断的那样已经终结或丧失了现实有效性，反而一直存在并始终维系着底层民众某种切实的政治想象与欲望？

蒋：我们这个民族的文化根脉中有一脉叫做“国家兴亡，匹夫有责”。你不见北京的出租车司机个个都是政治家，天津的环卫工人谈起城市管理来，似乎比市长还有道道。文学的“现实主义叙事”永远都有广泛的社会基础。眼下的问题是，这种叙事流于表面化、肤浅化，说不出更新的东西、更深的东西。再加上影视作品帮倒忙，将这种“现实主义叙事”庸俗化、模式化，败坏了大众的胃口。当代文学的“现实主义叙事”，正等待着一次突破，我对此比较乐观。

李： 这三十年中国社会最重要的历史特征就是改革开放，而现在文学对改革开放过程中各种矛盾和冲突的描写不够，一直没有产生能与这一宏阔历史相匹配的史诗性的能够解释人们历史困惑的大作品。前面提及的“三驾马车”虽然有望有所贡献，但实际上也偏离了这一路向，有一种简单回到过去现实主义写作规范上的倾向。为此，希望您谈谈自己的看法。

作者在斯坦福大学（1982年）

蒋： 没有办法，深不下去只好回头，或者拐弯。我对此深有体会，我就是沿着这条路摸爬滚打了这么多年，却始终难有大的突破。我归结为自己功力不够，首先是对改革开放过程中的各种矛盾和冲突把握不准。政治上自不必说，就是经济现象也抓不到实际的核心，社会变得五花八门、光怪陆离，人心、人性难以捉摸……对这一切如何有个哲学上的提炼？只能怪罪自己没有足够的大智慧，给现实以精神的烛照，拿出有重要思想分量的东西。所以才罗列事件，想靠细节、靠人物取胜。这就给人以现实主义写作倒退了的印象。但客观上也不能不承认，目前要想对改革开放过程中各种矛盾和冲突有大气和准确的描写，恐怕不现实，距离太近，还需等些时日。

2009年3月3日

文学进入无门时代

陈晓明（主持人，北京大学中文系教授、博导，以下简称“陈”）： 今天我们请来蒋子龙先生，他是中国久负盛名的作家，也是新时期文学的开创者之一，掀开了中国新时期文学早期的篇章。蒋子龙先生多年坚持不懈地写作，不断有新作问世。今天我们请他到北大，大家热烈欢迎！

蒋子龙先生现在是中国作家协会副主席、天津市作协主席，为中国文学事业做了很多贡献、做了很多工作。今天蒋子龙先生跟我们谈文学，可能会从自身的创作经验出发。文学应该敢于面对现实，敢于对现实问题作出前瞻性、挑战性的回应。下面我们听蒋子龙先生谈谈文学在这个时代应该承担的责任，所应面对的更加广阔的社会天地。

蒋子龙（以下简称“蒋”）： 有一次我去美国，在哥伦比亚大学进行一个小型演讲，组织方通知有误，等我们赶到演讲地点，就来了几个人，大部分人去了另外一个地方。他们问我开场不开场。我说开啊，紧跟着给他们先讲了小故事。1938年夏天，天津发大水，那是一次在华北历史上著名的大洪灾，街道变成河，大水淹到二楼。天津有个中国大戏院，是最好的戏院，凡大角儿，如梅兰芳、金少山等来津，都是在中国大戏院演出。当时四大须生之首马连良，正在中国大戏院演出。下大雨的当晚，中国大戏院里的积水已经没膝了，快到开戏的时间了，马先生从幕后扒开一条缝看台下，整个剧场就中间坐着一个人。他立刻回身对下手们说，今天晚上大家要使出所有力气，好好演一场！有人却劝他不如退票算了，台下就一个人，值得我们这么多人为他一个人演一场吗？马连良说，外面下着大雨，这位先生顶着雨来，下身还泡在水里等我开戏，这才是真知音，一生能碰上这么一个知音，就是我们的福气，所以要拿出全部本事，好好地演一场！我一讲马连良先生的故事，哥大对中国当代文学感兴趣的也陆续来了……

我不敢跟马连良比，大艺术家的智慧却对我有启发。平时大家以瘦为美，但也有一种人以肥胖为资本、为荣耀，这就是日本的相扑运动员。但相扑节目中的电视解说员，看上去跟一般人差不多，然而他们都是专业相扑运动员退役下来的。有意思的是，他们一退役，很快就瘦回正常人了。我今天扮演的就是这样一个退休者的角色，因为已经坐在了观众席上，写作心态跟以前不一样，站在一个普通退休者的角度，对当今文坛和一些文学现象，也有了一些想法与感慨，今天就将这些想法讲出来求教于北大的高人。

再从相扑说起，相扑现象非常有意思，和我们的人生一样，都是瘦—胖—胖—瘦，中间有虚胖、真胖、升虚火、发冷的时候。文学也是这样。我见证了60年来文学的胖瘦冷热，起起伏伏。我小时候视文学为圣事，家境贫穷就读不起书，不读书如何写书？而文字是圣人造的，读圣贤书是一件很神圣的事情，文坛就是一个圣殿，只有天才、非同一般的人物才能到这个圣殿去……物极必反，忽然文坛又成了粪坑，写作是一种祸水。“文革”结束后，文学又有了地位，又有了文坛，但是这个文坛门很窄，连着一条小路，当时文学青年蜂拥到这条小路上，几乎挤破了文坛的门，都想登上文坛看看文学的风景。

慢慢的，文坛越来越大。原来的文坛像报告厅，鲁迅、巴金、郭沫若、冰心坐在前排，谁若进来哪怕在最后面找到一个属于自己的位子，就很不错了，实在找不到位子，能坐在地上也行。那么现在的文坛是个什么状况呢?

如今，文坛已经不需要门和路。文学进入无门时代。

文坛无门，却处处是门，甚至处处设坛，大家随时可以进进出出。比如，你本来坐在前面，美女作家进来，突然坐到你腿上，你就会赶紧起来把座位让给她。现在的文坛，没有限制，从四面八方对全社会开放，反而有人说文学被边缘化了，有人甚至发狠语说文学死亡了。其实，现在的文学倒变成了当下全民书写的基本素质，是一种谋生手段，文学进入了最实用的时期。每年暑期，我至少要帮助亲朋的孩子们，改写20多篇升学作文，有初中升高中的，也有高中升大学的。最近几年学生作文有点向文学靠拢，不再那么刻板和格式化，有些学校的老师甚至公开让学生家长去找作家改作文。

前几年，联合国到中国招六名同声翻译。中国会考试的年轻人特别多，甚至还有不少留洋归来的硕士、博士应聘，一关关地考下来，还剩下100多人都是满分，无法淘汰，分不出高下。联合国的考官很有办法，关键的时候求教文学，让考生用中英文默写一首莎士比亚的十四行诗，立见分晓。

这是一个全民书写的时代。曾有统计，2010年，发手机短信的冠军是位30多岁的女士，每天平均发175条短信，按一条短信20个字计算，这位女士每天都要写3000多字。我认识一位叫小崔的业余作者，在一家外资企业打工，去年部门经理不愿意动脑子写总结，年终述职的时候让小崔代笔。这件事让公司的主管知道了，转过年竟让小崔代替那个害怕动笔的人做了主管，其理由是：既然你对自己的工作说不清楚，谁能说清楚就让谁干。

目前，当代文学可分为三块，或者说作家分成了三支队伍。

第一，网络文学。它已经构成了一种无法忽视的存在。网络文学对文学传统的概念、责任提出了新的挑战。网络文学讲究文字狂欢，出现了新的表现方式和文学语式，体现了文学新的力度。前不久，我在报纸上看到人大教授张鸣说，全中国的教授加起来不抵一个韩寒的公共影响力。这话虽有点极端，但确实说明了一个事实。网络文学鱼龙混杂，能产生一个韩寒，就足以说明网络文学的力量和影响力。10年网络文学的数量，相当于60年来中国所有出版物的总和。但网络文学目前的状态是在疯狂地发胖，像相扑训练催肉的阶段。因此，当下的网络文学属于山洪暴发、泥沙俱下，其中一部分将升华为文学，相当一部分成了文学的泡沫。如今经济有泡沫，情感有泡沫，文学也会有泡沫。

最近又有一位网络作家走红，大名是“唐家三少”。我读过关于他的介绍，他读了一些网络经典之后，像《盗墓笔记》《鬼吹灯》《明朝那些事》等等，觉得自己也可以写得很好，于是就写了起来，每天一万多字，年收入过百万。现在网络文学里有一种“掺水写作法”，就是往文字里掺水，用传统文学20个字就可以表达的内容，在网络上却可以写上5000字，却并不全是废话，有隽语、妙言、脑筋急转弯……有些网络作家每天必须维持一定的写作数量，甚至不能少于一万字，要保持一种狂欢的文字态势。这很不简单，即使抄字典，一天抄一万字都会很累。

第二，影视文学。当代影视作品，有95%改编自文学。比如最近一年多，一打开电视就是日本鬼子、国民党特务和共产党的特务斗智斗勇，这是由龙一的《潜伏》带出来的一股风。我曾对龙一开玩笑说，你要小心了，闹得到处都是特务，没准哪一天也会把你干掉。现在的影视作品中，很少没有败笔的，都是为了抻长，为了煽情，或为了广告和卖钱。过去作家见面看眼神，现在大家一见面，先考量对方的钱包，谁的小说被改编了，谁又发了笔洋财……这对文学的影响是显而易见的。还有一种现象：糟蹋经典。影视以买家自居而自傲，可名利双收。影视既借用文学，又藐视文学乃至糟蹋文学。比如《赤壁》，竟让小乔随意出入曹操的大营，如入无人之地，是曹操为了喝她的茶而贻误战机……这是哪儿对哪儿？

第三，传统文学。最代表当今文学水准，或者说最能体现中国当代文学的品质、代表中国文学未来的，还是纯文学，即传统文学。经过30年的市场冲击，这块领域已经定住了魂，有了足够的自信，有了比较准确的定位，不再六神无主。尼采曾有高论，他认为写作分两种：一种是世俗写作，一种是灵魂写作。世俗是灵魂的载体，没有载体，灵魂何以安放？1982年我第一次去美国，看到每个小镇都有教堂，教堂周围是墓地，人们利用礼拜天去教堂参加各种活动，忏悔就是清洗灵魂，教堂也就是安顿灵魂的地方。在河北我的老家一带，凡大一点的村子都有土地庙，谁家死了人必须先报庙，将亡者的灵魂先存放在庙里，等到入土的时候度他超生。土地庙也是掌管灵魂的地方，保佑生者，也救赎死者。解放后农村的庙被拆了，家里也不摆佛龛了，人口却越来越多，十几亿灵魂往哪儿放呢？商场里、旅游景点、世博会上……人头涌动，滚滚滔滔，拥拥挤挤，总让人觉得灵魂无所依附。

这样一来，社会问题、道德问题、伦理问题就都出来了。世俗社会充斥着欲望，人生就是一个接一个的欲望，欲望得不到满足就痛苦，痛苦就是文学。就这么简单。文学有时候是一种病态般的宝贝，如同狗宝、牛黄、麝香一样。现在的问题是世俗文学过于强大，传统文学面临很大的挑战。

首先是世俗文化强盛，精英文化孱弱，甚至精英文化向世俗文化献媚。世俗文化吸引着一批优秀作家讨好世俗，企望名利双收，多争取票房或版税。

最代表当代世俗文化的就是春晚，“全国人民看春晚，春晚就看赵本山，看完本山吃年饭，欢欢乐乐又一年”。连郎咸平也想上春晚，他说我要上春晚，就没有赵本山什么事了。一个经济学家的坐标系竟然也定在春晚和赵本山身上，这不是精英文化的悲哀吗？精英文化决定一个民族的核心价值观，精英文化缺失，这个民族的理想和目标还怎么确定？

北大是中国精英文化的摇篮，是精英荟萃的地方。而现在中国渴望真正的精英品质、精英文化，所以社会上格外敬重北大，年轻人以能考进北大为读书的最高目标。

有个说法叫做“文化搭台，经济唱戏”，文化怎么可以搭台呢？这样说就是把文化当成了竹竿子、木板子、水泥和沙子。现在每年有470多个节日，山楂文化节、土豆文化节、萝卜文化节、红枣文化节、鸭梨文化节、小枣文化节……泛文化就是没有文化，甚至是作践文化。面对精英文化向世俗文化倾斜，我们该怎么办？灵魂写作就显得尤为重要。

还有相当一批作家，定得住魂，守得住自己，守得住文学。我刚从陕北回来，陕西作家是获茅盾文学奖最多的，有路遥、贾平凹、陈忠实等，他们那块土地确是与众不同，有一种对文学的眷恋和支持。

其次是同质时代带来的创作障碍。经济全球化，大家吃住差不多，得到的信息差不多，坐的汽车差不多，甚至连生活方式和情感生活都差不多了，作家还能呈现出什么样的新鲜感受呢？作家从头到脚无时无刻不在观察，但你生活在大同小异的环境里，怎么样才能惊人耳目呢？因此，经历就是财富，个性就是优势。日本管专业作家叫行走作家，他们有的来过中国20次、30次，最多的57次。有一个陈舜臣，有中国血统，不到70岁已经出版了140本书，他每年都要来中国一趟。读万卷书，行万里路，看来是很有道理的。

我参加中国作协的“走进红色岁月”采风活动，一走出去就有收获。我出发时考虑着这些问题：现在什么是红色？还有多少人真正尊敬红色？是我们走近红色，还是让红色走近我们？行进之后，我感慨万端。延安机场像个农家小院，那是近几十年我见过的最简陋的机场，延安的老百姓，非常热情，一坐下来，一谈起来，却都有一种委屈。当年共产党的军队、革命的部队，一路被追杀，陕北的文化具有包容性，共产党留在了延安。青壮年参军，妇女和老人孩子支援前线。据说过去延安四周的山上都是原始森林，后来一点点地都砍光了，没有办法，要自救，要活命啊。是延安把革命养大、养成熟的，然后解放全中国，进军北京，建立了共和国。但此后领袖再也没有回过延安，延安依旧贫穷。

有人将延安饿死人的事告诉了周总理，周总理去了延安，荞麦饸饹还没吃上几口眼泪就下来了，说党对不起延安人民。现在怎么样？开发商占领了延安，开发商是没有历史观、文化观，也没有革命观的，他们心里只想赚钱。我站在宝塔山往下看，一堆堆拥挤的楼群，挡住了延安四周的天际线，真是可惜呀。由此我可想到为什么陕西作家得茅盾奖的多。面对同质时代，陕西作家坚持自己的个性，你有特殊的个性就是优势，就能够打破同质时代的铜墙铁壁。

文连平吸毒，后来戒毒了，毒戒掉了，反而不想活了。他碰到一个老先生，老先生叫他写出来吧，于是他创作了《地狱天堂》，北京人艺的艺术家朱琳将它改成话剧《回家的路》搬上舞台。文连平本身独特的经历给他提供了很难得的创作素材。

外国也有这样的情况，阿莱汉姆的《后娘的词汇》妙极了。一个人，老婆死了以后，娶了一个年轻的老婆，前妻留下一个十二三岁的儿子。后妻特别不喜欢这个儿子，天天骂他，但是这个后娘是个天才的后娘，骂的词汇每天不重样。这个孩子被骂得上课没有精神，心情抑郁，老师问他怎么回事。他说后娘骂我，老师说至于骂成这样啊。他说骂得我不听也得听。老师问骂什么？他学了几句，老师说以后把你后娘骂的话记下来，但别让后娘看见。这个孩子一记下来精神就缓解了，脸色越来越好，后来老师便跟出版商联系，出版了《后娘的词汇》。因此，找到自己的定位，发扬自己的个性特点，非常重要。

文学要应付谩骂，同样也要善于边缘化自己。现在是个咒骂的时代。过去培根讲，知识就是力量；现在辱骂就是力量，“雷人”就是厉害。有一个德国汉学家顾彬，研究汉学好多年，知道他的没有几个人，他一骂中国当代文学是垃圾，便一骂成名。后来他又解释说，不认为当代文学都是垃圾，而是单指其中一部分，比如美女作家和美女文学。我很奇怪，美女作家们的女权意识很强烈，为什么会容许一个德国人这样辱骂自己？为什么是垃圾？你要说出个道理来。现在谁敢说对中国当代文学作品都看过了？你什么都没看就敢骂呀？有很多批评家也跟着一块骂，其实顾彬骂中国文学是垃圾不也包括他吗？德国文学也有很多垃圾，跟歌德相比，顾彬就是不折不扣的垃圾。时代是不可比的，唐诗也好，宋词也罢，能唤回来吗？《红楼梦》是顶峰，《红楼梦》之后能不再要小说、作家了？一个时代有一个时代的文学，人总要有的吃，好比度荒的时候一把黄豆比慈禧太后的满汉全席还有用。面对辱骂要有自信。我很欣赏当今中国文坛的一批传统文学作家，不为名利所动，小说也写得非常好。

现在是媒体时代，媒体太霸道了，新闻报道就三段，第一段领导人动态，第二段闹灾，第三段外国人倒霉。媒体有种嗜血的性格，看到灾情，表面同情，实际冷漠，问人家家属什么感觉。还逼得一个运动员，非得先感谢国家，再感谢父母。这回我到延安，听到信天游《兰花花》，那个歌我从上小学就听，很熟悉，但这次让我老泪滂沱，好多年没有听到这么好的音乐了。电视里天天放歌，你记不住旋律，一到山沟里去，听他们张嘴一唱，惊天动地。那是从肺腑里发出来的声音，完全天然，没有做作，非常打动人。山沟里的歌手很轻松，该上就上，该下就下，而且他们还保留自然与纯朴。民间蕴藏着这么多精品，却被压制着。这个时候我想到了权力，眼前原生态文化需要贵人相助，然而我们看到的往往是被权力毒化了的灵魂。

最后我再讲一个故事。

贵阳一个中学的体育老师到山区扶贫，发现一个老山民跑得很快，因为他是体育老师，知道老年马拉松要在纽约举行，他赶紧回到学校跟校长说了，找单位要了一点钱，回去找那个老头，准备带这个老头去纽约参加老年马拉松。老头不愿意离开，怕影响家里生计，体育老师又给了他一些生活补贴，就带着他走了。

一路上由于吃不习惯，也睡不踏实，到了纽约拉肚子，没有时间倒时差，立刻就上场了。老师说你必须参加比赛，好歹跑几步，我照个相，回去好有个交代。老头说没问题，你叫跑多远咱就跑多远。

比赛开始了，老头在最后，跑着跑着，身子热乎了，胃舒服了，腰直起来了，发现其他人在往后跑，他就问体育老师说他们为什么往后跑？老师说你尽管跑自己的。这个老头越跑越快，身子越来越轻，成了头一名，他的教练——那个体育老师上了汽车跟着跑。老年马拉松路程没有正式的马拉松长，两旁有车跟随着，有人群鼓掌、欢叫着，老头头一个跑到体育场，把其他人抛很远。因为搞不清这个人是什么来历，他跑到终点后没人告诉他，他又继续跑了一圈，直到有记者向他提问才停下来。

记者先问他是不是地球人？他说是中国人，贵州的。问他为什么不穿鞋？他说有鞋，老师给我买了双鞋，我舍不得穿，留给孩子上学穿。问他不硌脚吗？他说不硌，这路平，比我家的炕还平。问他练过吗？他说不练，从小就跑，因为家里穷，打猎时为了省子弹，看到兔子就追，一直把兔子追死。

贫穷是最好的教练，兔子就是目标，什么教练能教出这样的运动员。

在这个时代，为文者如果把能对文学的责任，变成像贫穷那样的历练，然后去找到兔子，必然能写出有点味道的东西。

我的开场白到此为止。大家有什么问题，欢迎交流。

陈：感谢蒋先生！蒋先生的评述非常尖锐，非常鲜明，道出了中国文坛的真实状况以及我们时代的变化。他提到对当代作家构成重要影响的几个方面，包括影视剧的改编等，这些都是我们非常关注的东西，特别是这些意见来自一位驰骋当今中国文坛几十年的作家，他对现状的描述、理解和批评，我觉得都非常具有参考价值，可以作为同学们评判当今时代的一种依据。

蒋先生提到世俗和精英的关系，对我们很有启发意义。蒋子龙先生提出的作家的责任意识、克服同质化时代的问题，尤其发人深省，从中能够感受到一个作家对于历史与现实的深刻洞察。并不是生活在同质化的时代，作家在文学的表现上就没有作为，而恰恰应有一个作家独特的敏感。

蒋子龙先生当年作为改革文学的旗手，多年来经历了中国文学发生的各种变化。在文学的创新道路上，他也不断寻求变化，寻求革新。下面我们进入提问互动的时间，同学们有什么问题可以向蒋先生提出来。

杨鸥（《人民日报·海外版》记者）：我感觉您是精力充沛的人。写《乔厂长上任记》的时候，您还在工厂做车间主任，您是怎样保持充沛精力的？希望您能谈谈创作《乔厂长上任记》时的情况。您2008年写作了《农民帝国》，到现在已有一年半的时间了，您现在状况如何？有什么下一步的计划？

蒋：当年我走上文坛完全因为兴趣，出于一种偶然。我出生在一个大家庭里，后来划定成分时被定为富农，弟兄四个，我最小，上边还有两个姐姐。父亲识文断字，以前在村里是说说道道很受尊重的人，常常被邻里请去调理一些农村所谓的大事，如兄弟分家、红白喜事以及买卖房屋或土地等等。在他老人家的心里为四个儿子做了分工：老大务农，继承祖业。老二已经送到天津议价银行学买。老三最棒，天性聪明，生存空间很大，在父亲还没有想好该让他干什么的时候，他已经学会了吹拉弹唱，成了村里戏班子和高跷队不能或缺的角儿，在那个年代就有“粉丝”。他一到农闲时节就经常到各村演出，相中他的人家多，后来娶的媳妇最漂亮，一辈子练武，功夫也不错，到80岁时还打跑过一个拦路抢劫者。

因老家沧州是武术之乡，我也喜欢武术。但上学后读书不错，参加区里会考，拿了第一，这下坏了，老师对父亲说子龙是块读书的材料，好好把济把济他。我们村一到冬天，村南村北都有练武术的地方，父亲盯我盯得特别紧，不许我靠近把式场子，没活干的时候就得读书。后来考到天津上中学，初中毕业后考进中等技术学校，然后进了工厂。由于一种特殊的国防需要，我在招兵考试中拿了个第一名，放宽对我的家庭出身的要求，又当了五年海军制图员，在部队上开始发表小说。再回到工厂后，当厂长秘书，我从中获得的感触很深。

因为厂长的关系，也由于写小说，“文革”期间我成了牛鬼蛇神，被监督劳动。我所在的工厂很大，一万多人，批斗我的大会最多的时候有七八千人。

我在基层整整又当了10年锻工，“文革”结束后我被提为车间主任。车间有1000多名职工，分成三个工段，压力很大，订单积压了很多，机器设备却经常出故障，工厂的管理也跟不上……1979年《人民文学》让我写一篇小说。编辑有句话触动了我，说：好多人关心你，从你被批倒以后，不知道你现在的状况，你写篇小说亮个相，也等于发个声明。我写了三天，跟现在的网络写手一样，一天一万字。《乔厂长上任记》33000字，而且是手写，稿面很清楚，如果错的字多，我会撕掉重来。当时还没有开始改革开放，积重难返，完全还处在“文革”的阴影中，我在车间体会最深，无论是生产还是设备出了问题，找谁谁也不管，心想如果让我当厂长就要另起炉灶……《乔厂长上任记》就是我的一厢情愿，或者叫发牢骚，在那个年代这可捅了马蜂窝，天津市委机关报连续批了14版，连孩子上幼儿园都受影响，压力非常大。

从《乔厂长上任记》之后，我就不停地挨批，一篇作品一场风波。我还写过一篇《收审记》，政法委书记打报告，要抓我。到了2000年的《人气》，转载到一半被腰斩……真是一波未平，一波又起。

1979年后那一段时期，我一边当着车间主任，一边晚上熬夜写小说，导致身体基本上垮掉了，晚上睡不着觉，白天没有精神，吃饭也无味。有一次转悠到海河，看到海河里有几个老头在游泳，我穿着长裤子就跳了下去，这一游感到很舒服，就此一直游到冬天，一直游到现在。今天来，我早晨也先去游泳，不是坚持，而是快乐，如同吸毒一样，戒不掉了。游一游，浑身轻松。我有两大习惯，另一个习惯是一骑上自行车就构思。当年我骑车到工厂，1小时45分钟，又不敢迟到，脚一动，脑就动，好多小说在道上就想得差不多了，只是等到坐下再写出来。

《农民帝国》以后我写了大量的随笔。我很愿意写这类文章，作为长篇写作的调节，写得也很快，已经有了几十本散文随笔集。我的文学观是主张要有社会责任感，要以自己的文字对当代负责。过去写一篇小说，读者来信一纸箱一纸箱的，现在没有了。但写作这类短文章倒能很及时地收到读者反应，也给了我许多支持和鼓励。我给自己定位，写长篇是表达我深层的思考和感悟，写随笔不过是扮演一个清道夫的角色，作家也只能尽到这么一点绵薄之力了。

陈：谢谢蒋子龙先生的回答。他的阅历非常丰富，当过工人、车间主任、海军战士，尝过很多生活的苦难，但他始终充满了激情和责任，虽然已69岁了，但他仍保持着革命的斗志和年轻人的锐气。

从治辰（北京大学中文系博士生）：蒋老师提到文学遇到的困境，其中包括对文学同质化的讨论。作为在中文系学习当代文学的博士生，我一直读文学期刊，但是越来越感觉到问题，觉得以标榜纯文学的文学期刊所发表的作品，越来越重复，相互复制。我们一些朋友私底下开玩笑说，就好像是纯文学自己下的蛋，自己再吃，然后再下出蛋来。当初您的《乔厂长上任记》引起那么大的反响，比如《天津日报》那时候整版的批判，也表明了一种文学的社会影响力。1990年代以后，文学失去了当初的社会效应。即使在北大中文系，有时候也能感到文学这种效应的减弱。我有时候在想，是不是我们的文学就应该慢慢进入到一个与大众有距离的精英圈子当中，发展成为一种精致的文学？还是像您刚才说的那样，不管文学的效应如何，都应该坚持一种参与社会、对社会现实发言的责任感？不算是问题，一点困惑。

蒋：这是一个非常好的问题，也是我一直在思考的问题。我认为文坛或者文学，应该是五花三层。首先不应该排斥精英，必须有精英文学，我们必须有《红楼梦》这样的书，没有《红楼梦》，中国文化缺一大角，《红楼梦》永远读不透，永远给人启发，文学首先要有精英，但又不可能只有一本《红楼梦》。我给自己的作家定位，是社会型的作家。当今社会并不排斥也排斥不了世俗性，一个健康的文坛，应该五花三层，最好的猪肉是切一刀之后，能清楚地看到五花三层。不管是精英型、社会型、世俗型，作家都应该找到自己的定位。倘若一味地复制自己、重复自己，便是没出息的表现。

所谓文学边缘化，读者大量流失，一部分是社会原因，是世俗化的原因，商品化的原因，还有就是文学自身的原因。思想苍白，缺少情趣，缺少智慧。大家现在很忙碌，诱惑很多，凭什么非要读你的小说，读你的文学？你给他提供不了新鲜的智慧他就不看。当今的文学就是这种状态，但这种状态并不说明不需要文学。

一个民族不死，就一定有文学。

2010年4月15日

答李进超问

蒋先生，您好！我是天津社科院文学所的李进超。非常感谢您能够接受我与您联络！今年8月份来到社科院文学所工作，接受了《天津文学史》的部分任务，来写作其中有关您的内容，真的感觉太多的偶然和巧合了！我大学时，在当代文学中读了您的“乔厂长”，后来在中文系教写作，您的创作经历和作品也是我课堂上的例子。现在来做《天津文学史》，又是您的部分！哈哈！而我的爸爸，也是钢铁企业的，对您笔下的生活，我从小也是有所耳闻的。后来，从您写的《女儿的琴声》中，我又在猜测，也许我和您的爱女也是同时代成长起来的，诸多巧合啊！还是言归正传吧！

问：在读您的《农民帝国》时，冒出了一个想法，希望能从“乔厂长”到“郭存先”，梳理一下您作品中的人物线索，这是您创作的一个过程，其实也是我们国家发展和社会变迁的一面镜子。其中的《蛇神》，我看到有评论说，是您创作中的一个转折，您自

己是否这样认为呢?

蒋子龙(以下简称“蒋”):说来话长,《乔厂长上任记》《一个工厂秘书的日记》《收审记》《燕赵悲歌》……在《蛇神》之前几乎每发表一篇有点影响的作品,就会引起一场风波,有一种被恶狗追咬或被鞭子驱赶的感觉。有些烦,也有些累,于是想写一个自己喜欢的故事,这就是《蛇神》。没想到这部小说也带来一些争议,但让我领悟到写作中有种快乐的境界,尽管不常有,甚或一闪即过,却很有诱惑力。于是在此后的写作中,由责任生发出来的冲动和追求自己喜欢的东西,成了我创作中两个很重要的动力。到近期的大量随笔、散文和《农民帝国》,基本上是在让我激动的诸多题材中选择自己喜欢的人物和故事下笔了。表达自己崇尚的一种精神,成了写作的主要目的。

问:另外有一点想冒昧请教的,我看到您作品中,偶尔会有基督教的印记,《十字路口》,还有《人气》,不知您这样的创作是因为基督教的教义等影响而有意设置的,还是仅仅为了情节发展而添加的呢?

蒋:你很敏感,且细致入微,从没有人提过这样的问题,我自己也未深究过,经你一问才开始回想这种现象,试着给出一个解释。我从小爱听神怪故事,对宗教感兴趣,以后进入社会后,格外尊重有宗教信仰的人。我的朋友圈子内有藏传佛教的活佛,有对佛对众生做出过重大贡献的居士,有虔诚的基督徒,我崇敬刘小枫的著作《沉重的肉身》等,也见识过一些神神怪怪的人物,自己也练过这样那样的功法……奇怪的是我始终没有自然而然地对一种宗教入迷,或许是机缘未到,或许是作家的职业所致。也练过好几种功法,几乎都没有收获,在听别人讲一个气功师的神奇时会很感兴趣,见面一谈,只要一发现对方的话语中有吹嘘不实之处,就立刻不再迷信对方,从此不再相信这个人和他的功法。我小说里关于这方面的描写，并不是精心设计好的，是情节发展那儿顺笔带了出来。我对任何一个宗教都所知甚少，不敢认真写宗教人物，只能以闲笔的方式处理。

问：人们往往这样形容您的性格：外冷内热，不熟悉的人常会误以为您冷漠孤傲，而实际上只要能“冲破那道严肃的防线”，便会发现您是一个古道热肠，并不乏幽默和可亲的人。您这道“严肃的防线”是与生俱来，还是您丰富而又曲折的人生经历、工作经历使然？

蒋：自母亲去世后，我的命运就伴随着打击，每当干出点苗头，准会招来重重的一击……没完没了，几乎折腾了我大半生。如今这副样子，有自己的性格因素，也有命运的成全。在朋友圈子中我被认为是豪爽的，敢说敢做的。但我内心很清楚，自己怵于交际，不像别人那样能轻松自如地就融入一个新的群体。有时狂傲，有时自卑，有时冷漠，有时火热，生命就是这样一个矛盾体，作家的性格就更是复杂多变。

问：1976年，《机电局长的一天》的发表，引起了巨大反响，1979年《乔厂长上任记》再次引起轰动。然而我们知道，这两部作品都给您带来了很大的麻烦，能否与我们分享，在那样的情境之下您的内心世界，是怎样的信念促使您一路上笔耕不辍？

蒋：文学对我来说不过是一种逃避。读书的时候我功课不错，非常想上大学，由于身上背着个政治处分，彻底毁了大学梦。当兵时干得也挺好，按理应该升官，却由于出身不好不得不复员。回到工厂也完全有可能成为一个大工匠或生产管理者，却一次次地挨整挨斗……凡是我想干的没有一件能如意。后来发觉，躲到文学里还能保留自己的梦，在自己创作的小说世界中，生活和命运得到更新，精神得到释放。当我的小说也遭到批判时，我已经无路可逃、无处可退了，正如俗话说的，置之死地而后生。到“乔厂长”挨批时，就如同给我打兴奋剂，报纸上每见到一篇批判文章，下班后我会在路上买一瓶啤酒，五角钱的火腿肠，当晚必创作一个短篇。

问：提到您，人们首先便会想到《乔厂长上任记》《一个工厂秘书的日记》《赤橙黄绿青蓝紫》《燕赵悲歌》等优秀的小说，《“公偷”》等杂文亦是流传甚广，为广大读者所称道，是基于怎样的一种情愫，使您在小说创作的同时，创作出一篇篇精妙的杂文呢？

蒋：文学不能没有虚构，但光有虚构也是不行。物以稀为贵，当今文坛，杂文比小说更珍贵。能写杂文是一个作家在文字上过关的标志。在这个全民书写的时代，不是小说，而是杂文把许多写作的人挡在作家的门槛之外。嬉笑怒骂皆成文章并不容易，要求作家必须有起码的公共意识和社会良知，至少自己做人有底线，心地比较清净。否则你即便有生花妙笔，也写不了杂文。我之所以在近二十年里写了不少杂文，是现实一次次非把我从虚构中拉出来不可，我不先把这些话说出来，就无法安心，对不住文学给我的这点话语权。同时我也感谢杂文锤炼了我的思想和文字，成全了我写作风格上的另一面。

问：从创作的角度看，长篇小说是一种宏大叙事，需要很强的掌控能力，而杂文则相反，篇幅短，但杀伤力亦足。您是怎样驾驭这两种不同的文体创作的呢？

蒋：长篇小说和杂文的情理相同，文理相通，我认为好的长篇里会藏着许多杂文的“核”。长篇可以藏拙，甚至允许有闲笔。杂文别看顶着个“杂”字，却不允许兑水、掺假，一点有了假情假意假深刻，立刻变味，就不再称其为杂文。

问：有人说您这一代人经过了一个妄信、盲信到觉醒的过程。您怎样看待这些？

蒋：小孩子刚一出生的时候，从里到外都极为单纯而洁净，看到什么东西都要往嘴里放，无论是泥土还是玩具。这种不干不净的天性，反而帮助小孩子更能健康成长，只有接触脏东西，才能在体内产生对付脏东西的抗体。就在这种不干不净中，渐渐地让小孩子学会了怎样分辨脏和净。但环境的脏和净，生活的逆和顺，常常并不以个人的意志为转移，于是就出现了千差万别的命运曲线。现代年轻人痴迷网络，焉知不是“妄信、盲信”？过许多年后这一代人同样会有自己不同的“觉醒”。

问：您的杂文如《美国的烧烤俱乐部》《面皮和球皮》《癌性格》等，总是能够从细微的小事中挖掘出宏大深沉的题旨，行文举重若轻，绵里藏针，使读者在轻松畅快的阅读中触摸到作家思想的质地，这样一种风格应是来源于对生活独到的体会和在创作中完善的思想体系吧？

蒋：我崇尚杂家，关注社会现实，认为杂文的第一要素是“观点”，所以我写杂文多是“大题小做”。观点一定要有些现实性、针对性、思想性，“大”点没关系。写起来要小心，“巧迂回，多穿插”，让人看上去像是在说一个小故事、小点子，姿态越小越好。

问：当代很多作家在西方的影响下，都有一种“影响的焦虑”，您是怎么看待这个状况的？传统流传下来的文化，其实有两种，一种是文人文化，另外一种是民间文化，您的作品似乎更多体现民间文化民间意识，更写实。您对此有什么想法？

蒋：我已过耳顺之年，什么话都能听进去，感兴趣的事物很多。但不缺少自知之明，没有胸怀未来、张口闭口都是文化的锐气了。用不着自己操心的事便不瞎掺和，轮不上自己着急的事也不去添乱。写自己想写和能写的，不管它是不是文化，是“文人文化”还是“民间文化”。

问：在2007年年末，您创作了《2007年的智慧》《2007年的爱情》等杂文，而去年，我们又看到了《2008年的尴尬》《浪漫的2008》《2008年的创意》等作品，这样以杂文视角进行的年终盘点，构思独特，题旨深刻，涉及范围广，难度亦大。是怎样的感慨促成了这一系列作品的问世？在今年年末，我们是否能看到“2009款”的盘点作品呢？

蒋：每到年末年初，都会有报纸索要过年的文章，哪有那么多的“拜年话”好说？而一年过去了是必须要说点话的，国家有国家的总结，各单位也都要盘点一番。于是我想搞个“民间盘点”，到网上去搜罗全年的流行语。每年都有不同的流行语，而流行语最能反映民意、民情、民事，我选择最能表达当年特点的流行语，分门别类，编辑成文。近乎文字游戏，即兴而为。没有计划，没有目标，去年写了今年不一定还写，就看到年底有没有兴致、有没有合适的题目。

问：就我目前的想法，是希望从您的作品中，窥视中国改革以来，女性地位的嬗变，并联系时代变迁。当然，这里面也必然会涉及您个人的一些观念，或许是不自觉的父权主义的观念。而我的观点是，时代的变迁，您的观念的变化，女性地位的改变，都反映在了您小说中的女性形象身上。我希望，我所做的这一研究，可以对已有的对您作品的研究做些新的开掘！

蒋：你的视角很特别，我坦白地说，也一直在嘀咕自己有父权思想，大男子主义肯定是有一点的，几十年来从妻子和儿女对我的看法和态度上可以得到证实。但我也在有意识地克服，在大多数情况下能约束自己，最近几年，自觉脾气好多了。至于我的作品中女性形象是否有所变化，我说不清楚，即便有些变化也不是我有意为之。我在创作上有块心病，总觉得自己写不好女人，写不好爱情。

问：您的散文随笔创作非常丰富，但是一直以来似乎有些被忽略。那么，这一点我也会写在文学史中。只是现在我有些困惑。因为您的散文随笔数量很多，希望能有所分类来陈述介绍。目前我只能比较俗套地按照通常的分类，有游记散文、讽世散文、生活哲理类、温情家庭类、创作理论或曰随笔，等等。但是，客观来讲，这些分类是有些多重标准的，我个人感觉，还不是很理想。因此，想向您请教，您对您的散文随笔创作，有什么样的理解呢？

蒋：写好随笔是一个作家在文字上过关的标志。在这个全民书写的时代，不是小说，而是随笔把许多写作的人，挡在作家的门槛之外。随笔要求作家必须有见地，最好是真知灼见，也就是自己的思想。把这些思想还要表达的有趣、耐读，这就要求作者首先在文字上有特色，还得有足够的智慧，或者叫幽默感。我很庆幸自己近十几年来，鬼使神差般地写了不少随笔散文，它锻炼了我的思想和文字，成全了我写作风格上的另一面。你过完年回来，我选两本随笔集子送过去，一看便知。

问：您的作品一直存在一种尖锐，《农民帝国》则有更多的悲悯、厚重、沉重的感觉，这是不是伟大作品的必然要素？在今天这个文化的消费时代、快餐时代，您的这种追求也有一种悲壮的意味，会不会有曲高和寡的感觉？

蒋：别人看堂·吉诃德是可悲的，他自己却是快乐的。每个作家都有自己的位置和责任，这是由他的“人”和“文”决定的。写小说是写别人的命运，作家自己的命运也会被文学框定。

问：一个真正的作家，是命运决定他的小说还是小说决定他的命运？

蒋：两者相辅相成。作家的命运一定会影响他的文学创作。如果小说写得好，能反过来影响作家的命运，无论这种影响是好是坏，都是这个作家的幸运。倘若写了很多小说，对作者的生活没有什么影响，就说明他的小说毫无影响。

问：您怎么看待今天这样一个消费时代的文学写作？纯文学有

强大的生命力吗?

蒋: 我不大认同“纯文学”这个概念，当今世界几乎难有纯而又纯的东西，现代优势是“杂交”。消费时代的消费意识是填不满的，更需要多样性，光有“快餐文学”很快就会腻烦。我对严肃文学的前景和生命力，从来没有怀疑过。

问: 我们从文学中很少能看到对底层人真正、真切的尊重、理解、爱和同情。这个问题在近年的长篇创作中尤为突出，您怎么看待这个问题?

蒋: 我不知道提出这个问题的根据是什么。一部长篇得有许多底层人物支撑，即便后来当上了什么“头头”，也都是从底层干出来的。如果没有对这些底层人物的基本理解、尊重、爱和同情，作家就很难写下去。若硬是写出来，读者也看不下去。

问: 您觉得在写作过程中有哪些东西是不变的，是支撑写作的必需品?

蒋: 作家的思想、情感和品格，这是藏不住的，决定其文字的品位和价值。

问: 改革开放30年了，您身在文坛耳濡目染，这期间您的最大感受和改变是什么?

蒋: 清醒，平和。多少知道点世界是怎么回事了，文坛是怎么回事了，自己是怎么回事了。

问: 有人曾指出现在专业作家体制的弊端，您身为作协主席，怎么看这个问题?

蒋: 世界上有没有弊端的体制吗?问题是谁都可以看出体制的弊端，却始终看不到有高人站出来，指一条金光大道。由美国刮起的金融风暴拖累了全球，现在哪里都需要能力挽狂澜的建设者，或者是有价值的建议。

问: 目前的文坛，作品与作家的成类成风，人物的批量生产，您怎么这种现状?

蒋: 我没有“批量”地读到批量生产的“人物”，不知那是塑料娃娃，还是智能机器人?

问: 目前成长起来的新生代作家没有了过去那种土地和乡村的成长经历，那以后这种厚重的农村题材作品是不是要越来越少了，在文学的创作上会不会出现断层?

蒋: 断层是自然形成的，不以人的意志为转移。历史有许多断层，秦始皇不可能统治到现在。大地也有断层，地球不是一“土”到底。有断层才有差异，有差异才有价值，这一层里藏着金矿，那一层里有石油。

2010年5月9日

我从不推卸对现实的责任

——答《天津日报》记者问

印象：真诚地用文学警醒时代，赞美生活

2013年11月15日，《蒋子龙文集》新书发布会在天津市举行。这套文集由人民文学出版社出版，共计14卷，640万字，分为长篇、中篇、短篇、散文、随笔、评论、人生笔记等，是蒋子龙五十多年文学创作成果的集成、精华，堪称浩瀚宏大的经典。

几天后，记者到家中拜访蒋子龙，与这位文坛长辈进行了一次面对面的长谈。如他人所言，蒋子龙长着一张拒人于千里的脸，陌生人初次见面难免会觉得他过于冷峻。然而话题打开之后，他会立即对你敞开心扉，此时眼前的这个人不再是高高在上的文坛巨擘，而更像一位阅历丰富的长者，让你感受到扑面而来的热情豪爽、可敬可亲。

蒋子龙是80年代改革开放的时代标签。1979年，《乔厂长上

任记》首开“改革文学”先河，被公认为新时期中国文学的里程碑。人说性格决定命运，对蒋子龙来说应该换成“性格决定文学风格”——他直率的性格直接造就了笔锋的犀利。上世纪80年代，社会敏感，生活激荡，思想活跃，蒋子龙小说中的主人公都属于风口浪尖上的弄潮儿，所以自然也容易引发争议。1980年的《开拓者》、1984年的《燕赵悲歌》、1986年的《收审记》都曾在一定程度上受到批判。他的第一部长篇小说、写于1986年的《蛇神》也遗传了他“多灾多难”的文学命运，作品讨论会上便有人发难，随后升级到中央一级的大报上。

作为一位现实主义作家，蒋子龙对于批判的回应，却体现了革命乐观主义精神。“我每在报纸上看到一篇批判我的文章，下班后就会在路上买一瓶啤酒、五角钱的火腿肠，当夜必完成一个短篇小说的初稿。”如今他对往事已经释怀，“倘若命中注定在创作道路上不会有安宁，那么我就高高兴兴地接受这个现实：人们可以咒骂它或颂扬它，厌恶它或喜欢它，只要不轻视它，不无动于衷，不是不屑一顾，作家还有何求”？

用作品警醒时代的同时，蒋子龙也在热情地讴歌生活。1981年的《赤橙黄绿青蓝紫》和1983年的《锅碗瓢盆交响曲》两部小说充满浪漫主义色彩。前者获得全国第二届优秀中篇小说奖，被改编成同名电影和电视剧后，成为中央电视台播放的第一部电视连续剧。后者由滕文骥导演拍成电影，主人公刘思佳个性突出，玩世不恭、叛逆桀骜，在年轻人中产生了极大反响。

蒋子龙也是天津的一个文化符号。不仅仅因为他是天津最优秀的作家之一，更是因为，他的笔下生龙活虎地呈现了80年代天津工业的光荣与梦想，为天津的工业史留下了翔实而厚重的信息。蒋子龙说：“我人生中的一大快事，是刚参加工作便一步跨进当时的头等大厂——天津重型机器厂。作为全国‘五大重机厂’之一，它曾是工业时代的一个标志。”他亲历了“天重”波澜壮阔的辉煌，也见证了它在新时期的转型。他小说中的局长、厂长，就是在这种大厂的气势中诞生的。

曾有一篇文章写到，朋友相聚，有人给蒋子龙看手相，十个簸箕，无一斗。蒋子龙端详着自己的双手自嘲：“当兵时拿枪磨得狠了，当工人时油泥糊得久了，后来天天敲键盘蹭得多了，几十年天天游泳给泡没了。”这几句话，恰好是蒋子龙对自己大半生的总结。

现在，重读蒋子龙当年红极一时作品，继而反观我们现在生活的时代，你会发现，任何时代能够流传下去的，也只能是精神和情感。在今天这个物欲极度膨胀的商品时代，人们最缺乏的恰恰就是精神和情感。因此，文学的命运不是将被取代，而是变得更加为人们所必需。

蒋子龙说：“幽雅和精心雕琢往往会成为真实和诚恳的障碍，而诚恳对作家来说是至关重要的。我的本分就是按照自己所看到的那样认识世界，而不是按照别人能够理解的那样去描写世界。”这也是这样一位以工业题材步入文坛，一生坚持现实主义创作，用作品关照现实的作家，对待文学，对待人生的态度。

跟现实主义白头到老

记者：您的作品一直关注现实，您对当下文坛的现状怎么看？

蒋子龙（以下简称“蒋”）：前些天我在浙江参加一个全国的新锐作家讨论会，看他们的作品我还是挺高兴，元素、技法、人物、故事都是文学，都是我熟悉的东西。一个网络小说的高手，他实际上运用的还是传统文学的技法，不同在于，我们写作是从生活、从思想入手，有感悟，有社会责任感；网络作家完全是凭想象，完全是虚无，活在虚无世界里。

记者：网络文学也是一种文学现象，现在的文坛和当年比起来改变太多了。

蒋：确实现在小说的诸多元素都改朝换代了，我的意思并不是说这个代就比那个代好多少。我们这些人的书的订数下降，文学期刊订数下降，是有道理的，受众也在变化。畅销书排行榜前十名大概都是网络作家，今年挤上一个莫言。这个时代变了，怎么变了？是读者群变了，小青年变了，社会基础读者和作家是一起更换的。那些网络作家有人看，你不能轻视他、嘲笑他。点击率可以说明一些问题，就算有的点完之后看都没看就走了，但“蒋子龙”这个名字你叫他点，人家也不点，他对“蒋子龙”这三个字都没兴趣。

记者：他们不了解您，可是您了解他们。

蒋：干这个的，谁把你打倒的，你得知道他是怎么出拳的，尽管说很多都读不进去。单看网络小说，单看郭敬明，你感觉到文学已经改朝换代了，我们绝对是落伍了，绝对是落后了。我们已经过时了，得承认。只有知道自己过时，承认自己过时，你才能欣然接受那些让你过时的东西。不管它好与坏，你要了解他，你看进去看不进去是另一码事，网上那么多人看，点击率那么高，肯定有他的过人之处。正是他的过人之处把我们这些老家伙打到边缘的，那么你不去看看他怎么比你强，那个想象力匪夷所思。我们这代作家吃亏，想象力先天不足，不敢想。

记者：因为始终关注现实，所以您没有落伍。

蒋：我这一点大概是性格使然，我到这个年纪还能写东西，没有太钝化，其中有一个因素，恐怕跟我的性格有关。我是关注现实的，现实刺激了我，培养了我，或者叫激励了我。人老了手肯定要慢，但是不能退得太厉害。那天有个人问我怎么保持创作力。我说我不知道怎么保持，如果叫我即兴地说可能就是我关注现实，现实关注我。创作的本质就是要变、要动，不可能死抱住一种模式不放，作家也和生活一样是不断发展变化的。

当年一位大家秦兆阳老先生有一篇写我的文章，说我“拥抱现实”，我很高兴。我在30年前拥抱现实，到现在还在抱着。尽管这个中间有的时候想撒开，或者抱着时松时紧，年轻的时候曾经写过荒诞，进行过各种各样的文法实验，但我总的风格是接受现实。现实千变万化，永无止境，仁者见仁智者见智，同样的现实，你自己有什么思想，你的精神是什么状态，你看到的现实就是什么。我思故我在，没有我眼中的现实，就没有我的文学。我的文学小世界，或者说我的文学家族，完全是靠现实构筑的，而且大体已经定格。是现实生活中的戏剧性，帮了小说家的忙。现实变得无法预测，无法把握，然而在小说的虚构中，却可以做到这一切。我肯定会写现实主义，此生应该说就跟现实主义白头到老了，我也从不推卸自己对现实的责任。

记者：“乔厂长”不仅是文学史上的一个典型人物，而且是一个时代的标签，我们现在听不到这样的故事了。

蒋：现在包括我的小说，我的作品谁说读过了，就不错了，你说它对读者的精神有什么触动，没听说。所以文学的弱化，文学的边缘化在于，它本来是精神产品，但是退出了精神领域，太可怕了。

80年代，就拿我自己的作品来说，《乔厂长》出来后，各地出了多少“乔厂长”啊！《文汇报》的大标题“欢迎乔厂长上任”，不是小说，是专门写那个厂子的通讯。那个厂子的厂长被工人们叫做“乔厂长”。天津市经委请上海的企业家来做报告，一个老朋友拿着票找到我，票上写着“上海乔厂长来津传经送宝”，他说蒋子龙同志你说，他怎么是乔厂长？乔厂长是天津的啊！我接到过沈阳一个护士的长信，她说我的小说救了她爸爸一条命，她爸爸是一个厂长，是犯错误了还是怎么的，把自己关在屋里很多天，家人没办法，找了第七期《人民文学》从门缝塞进去，读完后他出来了，说我有根据了，乔厂长就是这么干的！

文学的热闹有何不可？

记者：为什么现在工业题材的作品萧条了，衰败了？

蒋：先有工业，才有工业题材的文学。但是现在，中国的工业，土建盖房子，包括造汽车，都是“脱大坯”。前些天我在公园里看到一个焊工在焊游船的船坞，用不锈钢管，焊缝堆了老半天堆出了一大堆像狗屎一样的东西，里面的缝还不严密，用榔头一敲就掉下来，又继续堆。我对这个有兴趣嘛，过去我在塑压机车间当车间主任，上夜班没有焊工，模具坏了都是锻工自己焊，我也会焊。我就问这个焊工是几级工，他说五级工，一天300多块钱。我说你要是五级工，我老人家就是十五级工。现在都不学手艺，只是糊弄，不再像我们那个时候那样，从技校到学徒工，学手艺学多少年，比的是谁的活儿漂亮，谁的活儿要不漂亮在车间里是没有地位的。搞对象，技术好的能找到漂亮姑娘，很洋气的。八级工大工匠很牛啊，厂长见了都客客气气。如果我们的工业在原来的基础上按部就班，或许会跟今天不一样。欧美的金融风暴，英国、法国都受到冲击，但德国纹丝不动，就是因为德国的实体工业强大，第一产业非常厉害。造出东西来，这个东西才值钱，造出好东西值大钱，造出烂东西值小钱。光靠服务、金融、炒作，钱哪儿来？我有时候在座谈会谈这个，作家们眼睛都放光。大概跟我是工厂出来的有关，我对这个有兴趣，没有兴趣也记不住这些。

记者：很多人认为文学的社会功能弱化了，现在的小说也难以引发人们的思考、讨论，您怎么看？

作者签名售书盛况

蒋：文学对人的精神、思想、行为的影响远远不如80年代，根本没有那种冲击力了。点击率再高，发行百万册、千万册，但对人的精神、对社会的行为、对民族的品格有影响吗？毫无建树。传统文学，不管是得了茅盾文学奖，还是诺贝尔文学奖，你的作品大家都在议论，但哪一个会被人们去效仿？都没有。

没有人去思考，恰恰说明我们的文学，没有一部作品能够打动这个社会的心。社会也应该有心吧，就是社会的良知。怎么能够触动社会干净的地方、柔软的地方？让这个社会的心动一动、血热一热。当然不能完全归罪于作品，但是跟作品有关。我在鲁迅文学院讲课的时候提到，现在我们都在等待着一部书，文学经历了英雄主义，到痞子文学反英雄主义，经历了小品，经历了贱文化时代，那么现在，中国人希望看到一个新式的、真实的英雄。如果一部文学作品能写出一个人物，对这个民族的精神品格有所建树，对民族的精神有所振奋，谁能写出这样一部书，谁就是大作家，谁就是这个时代的功臣，整个扭转了文学下滑的颓败。文起八代之衰，韩愈一改文坛的衰败之气，树立了一种新风，现在中国就等待着这样一位大家来改变文风。

记者：如今图书销量巨大，但是畅销榜上前十名，有九个是教辅类。

蒋：文学失声，被边缘化，找不到文学的力量，对精神的振兴、强大都没有建树，帮不上忙，这就是文学的悲哀。生活中都在呼唤感动中国，但是文学就是出不来这种味道。我们有个什么问题？欧洲、美国都有共同阅读，有几本书是他们全民族都在读的，在一定的场合聊天你如果没读过这几本书，你惨了，没法对话，没有尊严。中国现在没有共同阅读，即使文人聚会，谈到读书，都很少在读同样的书。只有极小的圈子会互相推荐读什么书。

记者：有人解释说文学就应该寂寞。

蒋：可是我觉得，就是那样热闹又有何不可？80年代百废待兴，文学发声，大家激动一下，有什么不好？现在如果哪部电影、哪部戏、哪部书让大家激动一下，全国激动一下，难道不好吗？所以……

记者：如果这辈子没有从事写作，您想过会是什么样吗？

蒋：写作是阴差阳错，我如果出身好，真的应该是留在部队当军官。或者不写作呢，干企业，当厂长，我对工厂有感情，到现在还有感情。我要是干企业他们说有两种可能，一是退休了，现在蹲墙角儿没事干；再有一种可能就是被抓起来了，因为我胆儿大、重义气，小兄弟们让我给他们办事儿，不能拒绝啊。是文学把我害了。

期待写一部为天津工业寻根的小说

记者： 您根本不像老年人，无论思维意识还是精神状态，都更像中年人，您认为自己老吗？

蒋： 刚走上文坛的时候参加任何活动我都是最年轻的，出国都是给别人提箱子的那个，现在变成最老的了。像我这个年龄，或者比我大一点儿的人，我们经常在北京聚会，我参加各种论坛也最多。有一个老编辑跟我说，你在哪儿听来那么多事儿呢？我说我耽误了很多时间，上网，参加活动。从思想上从文学上来说，我们老，老在哪里？他们新，新在哪里？他们写的是什么，他们怎么写，手法是什么，我能接上茬儿。

70多岁的人大部分都不写了，还在写的也就那么几个人，我现在写作的动力是“以文养生”。如果断然不写，我的精神状态就会变化。写了东西，只要不过量，不玩命，我的精神状态、身体状态都要比不写好。古人好多是以文养生，但现在没人提这个口号。袁枚，头疼的时候就写诗，读自己的诗，读自己得意的诗，能缓解头疼。现在到处都在谈养生，骗子特别多。怎么喝水、怎么吃饭都得让专家教，那到底是不是专家？越活越不会活了，人精到极致就是白痴了，痴迷了。

记者： 写作其实也是体力活儿。

蒋： 说到这个，有一年巴金在北京开会，聊天时他说过一个观点，我那阵儿还很年轻，身体很壮。他说作家的创作力跟身体有关，当你身体不行了，你的创作力不可能达到那个状态。作家是精神劳动，但是身体状态决定他精神劳动的质量和强度。身体不好，偶尔写写可以，但你想保持创作力，写点儿有棱角的东西，那就难了。我现在还坚持写作，是和身体有关系的。身体给你做劲。73岁了，你看我有个磨蹭样儿吗？身体盯得住。人在年轻的时候是“心体”，大脑指挥身体；老了以后是“体心”，你有什么样的身体状态你就有什么样的心。光是心好强没有用，你的心要慢慢调整，按照身体状态调整精神境界。

记者：人在年轻的时候好像都意识不到这一点。

蒋：我年轻时开夜车，开个七八天夜车，睡一两天就缓过来了。到80年代末的时候，40多岁，夏天得戴护膝，不敢吃西瓜，浑身都是病，很累了躺到床上却睡不着，不舒服。但年轻也不拿这个当回事，无所谓。80年代末，我住在大理道，骑着自行车到海河边转悠，看海河里有游泳的。我从小喜欢游泳，后来又当过海军。看到他们游泳，我也脱了衣服跳进去，一游很舒服，从那之后天天都去，有时候还比赛，很累，但吃饭很香。从夏天游到冬天，他们说天冷了该去游泳馆了，就又跟着他们去游泳馆。游了两三年之后，突然觉得吃凉的没事了，西瓜、冰镇啤酒，都没问题，夏天感觉到腿热，不用戴护膝了。

记者：您还准备继续写小说吗？

蒋：目前就是写短文章，效率慢，还欠着账，明年要调整结构，写点儿东西。我现在有几个小说题材，有短篇的，也有中篇的，长篇开了个头，去年写了几万字。

记者：这个新的长篇是什么内容？

蒋：回归工业题材，写天津工业最辉煌的那个时期，日本侵华之前，从北洋练兵开始，那时候天津的工业都是国际一流的。戴相龙说过一句话，不了解小站，不了解天津，就不了解中国近代史。我研究过《侯德榜传》，研究过范旭东，他们那时候讨论的问题都是国际视野的，他们对化工行业了然于心，他们做出来的产品就是顶级，就能拿奖，那是什么高度、什么境界？我写现代工业，理所当然应该写到天津工业题材的老根儿——民国时期的民族工业，能源、造船、造枪、纺织、化工，要写出来我这个工业题材作家算圆满。这也是一种责任。

现在资料都齐了，但是工程量太大。因为我要回去，我需要相当长的时间让自己生活在那个年代，进入那种语言氛围、人物氛围。我动过心，是不是学学网络作家？管他呢，瞎编。但是内心不能允许自己这样做，所以我就得回到那个年代。我看了大量北洋后期的资料，吃喝拉撒睡等等很多细节都在里面。看过了不一定用得着，但是过一遍历史可以让我回去，什么人什么身份，银行家怎么对话，官员怎么说话，都要进入那种状态。

记者：您现在仍在写作的动力是什么？

蒋：我觉得我写作的一个动力，是我还有梦想，我还欠点儿债。我以为一个人有多少缘分，该写几部长篇是命中注定的。我觉得我还有两部书得写，一部是关于我家族的书，还有这一部天津工业的，不写出来，觉得欠点儿什么。

可是信心又不是很足，毕竟73岁了，不敢拼，我在理智上是认输了。游泳是竞技项目，我过去在游泳馆，60多岁的时候，除非是那种干过专业运动员的，所有非专业的我都不在乎，自由泳超过我的不多。现在什么人都能超过我，一开始不服，现在认输了。年轻人是越游越快，我是越游越慢，越游越少。写短文，过去一天写过三篇，我的文字很少，没有应付。现在一篇，认为是一天可以完成的也得耗两三天，有个事就给自己有个台阶下，明天再说吧。效率慢，懒。我现在不到万不得已不开夜车，晚上11点以后要是接到一个什么电话，动脑子的，动心的，就兴奋。也不能看那种有味道的、吸引人的书。所以造成现在的局面——试探着写。这个长篇，明年如果顺利，可以写到一半的时候，那就是非完成不可了。

在“精变”的时代里守住“笨”

——答《解放日报》记者问

心变活了，人变得特别活泛，这就是“精变”

徐蓓（《解放日报》记者，以下简称“徐”）：您曾说，现在是一个“精变”的时代。“精变”这个词是您“发明”的，为什么会新造这个词？

蒋子龙（以下简称“蒋”）：最早是文学领域里的一些现象，引发了我的感触。

最近几年，我们这些作家的书的印数越来越低，于是我开始大量阅读网络文学，我想知道是谁把我们这批传统作家淘汰了，是谁把我们打败了。

我最早读的是《明朝那些事》和《盗墓笔记》，读了后非常震惊，发现这些年轻的网络作家确实厉害，一年能写一二十本书，读者众多，点击量很高。

有的网络作家当面告诉我，他一天写1万字，那是不顺的时候，顺起来的话一天能写3万字。我仔细想想，我这辈子一天写1万字的天数，到现在为止加起来不会超过20天。那是在写长篇小说时偶尔会有那么一段时间写得比较多。而这些网络作家竟然一天能写3万字，这是一周写一本书的速度啊。而且人家是怎么写作的呢？状态是很舒服的，闭着眼，抽一根烟，旁边有茶、有零食，一边码字一边进入忘我的境界。

我曾经读到过一本书，讲的是一个20多岁的打工仔带着他的女儿外出打工，工作之余他常常教女儿认字、写字，到他女儿四五岁的时候就出了一本书，真是厉害啊。

再看看电视，我更加震惊了。在一些节目中，经常能看到一些小孩，这些小孩个个能说会道，知识量惊人，跟大人对话起来毫不示弱。真是太厉害了，我有时都看不懂了。

徐：时代发展、社会进步，一代比一代聪明，一代比一代厉害，也是自然规律。

蒋：不仅是聪明，而且太聪明。南京大学的王彬彬教授曾经写过一篇很有影响的文章，他说："中国作家太过聪明，把写作变成了一种聪明的游戏。"我有同感。有的作家，不仅把文学变成了文字游戏。前几年，有作家在北京王府井签名售书，怕没人买，牵了个毛驴到书店，轰动一时。这就不是聪明，而是精明了。

再说家长，现在的家长恨不得自己的孩子都变成"小机灵""小人精"，从小就各种教育、训练、培养。在一些家长看来，要是孩子3岁能做到的，绝不等到3岁半；如果4岁能成名，千万别等到5岁。

现在有一个经常讲的词叫"转型期"，中国从改革开放一开始就进入了社会转型期，转型已经转了30多年。现在老百姓都明显感觉到社会在变，世道在变，人也在变，但到底变成了什么样子？我觉得，变来变去，人心变活了，人变得特别活泛，这就是“精变”。

出名要趁早？白素贞还修炼了一千年呢

徐：这样看来，您所说的“精变”，似乎并不是一个单纯的褒义词。

蒋：我觉得“精变”还包括另一层含义，就是想走捷径，希望一瞬间、一朝一夕，甚至做一场梦就成功了，押一次宝就成功了。这很糟糕。

书法界有一段时间盛行“丑书”。所谓“丑书”就是鬼画符，有人靠写“丑书”很快出名了，还当上了书法家协会的会员。有人说这是毕加索开了个坏头，但人家毕加索有基本功。现在一些书法家写不好楷书，就直接鬼画符，美其名曰“追求变化”。关键是书法评奖时鬼画符还拿了奖，正儿八经写楷书的却拿不到奖。

徐：张爱玲说“出名要趁早”，这句话现在非常有市场。

蒋：有些人想方设法出怪招，走捷径，就是想要出名，越早越好。但你看，中国历史上有两个耳熟能详的妖精——白素贞和小青，人家还修炼了一千年、五百年呢。“成精”也要有一个修炼的过程。

徐：在您看来，为什么当今社会越来越多的人在“精变”？

蒋：“精变”的推手，就是“名利”二字。其实我们今天谈的“精变”现象，并不加褒贬色彩。大多数的老百姓追求“成精”，无可厚非，大家都想过得好，“成精”是为了追求成功，追求强大。所以这个“精变”，可以往好变，也可以往坏变。往好的方向变，比如创造发明多了，生产效率提高了；往坏里变，就是一句话——让自己的利益扩大化，损害别人损害国家都无所谓，只要让自己活好就行。人的内心欲望膨胀得太厉害，导致越是单纯的人，在这个社会里越感到不自在。

当作家只盯着钱包时，还能指望他写出穿越世俗到达灵魂的作品吗？

徐：如果都追求“精变”，会有怎样的后果？

蒋：举个例子，文学就因为“精变”受了害。

我读网络文学，读多了以后发现，网络文学也是泥沙俱下。这批作家确实很有才华，但赚钱太容易了，构成了巨大的诱惑。

不仅网络文学，现在的文学作品，大多思想贫乏，这个观点是原国家新闻出版总署署长柳斌杰在接受采访时说的。我们国家每年有几千部长篇小说问世，大部分都无法卒读，他归纳原因，就是没有一部书能够支撑或者滋养我们这个民族的精神。一个民族良知的象征就是文学，而文学作品如果没有思想和情怀，那是非常可怕的。

现在的作家大多数是出一个聪明的点子，然后往歪里写，写写鸡零狗碎。我最近一次当文学评委是在去年，读完那些参评的中短篇小说，我跟《人民文学》的主编交换意见，我说怎么写的尽是三角、五角恋爱，办公室做爱？都是在猎奇，在往脏里写。即使有些写生活的作品也往往沉不下来，真正的精神含量不足。

还有一些作家是有精神、有追求的，但是格局、气象显然不足。为什么？因为“精变”。生在这个“精变”的时代，他们不得不经常出书，需要维持一定的频率，他们怕一不出书就会被人忘记，就会被人认为江郎才尽，所以他们耐不住寂寞。当然也不能怪他们，我们不能用曹雪芹时代的标准来要求现在的作家。

还有一个现象——现在的作家也流行炫富。有作家富豪排行榜，公布谁的版税收入多少，如果一个作家能进排行榜，那是了不得；可是第二年名字又没了，焦虑得很。我周围还有些作家，被请去写影视剧本以后，突然变得趾高气扬。大家谈话的内容，变成了刚卖了多少版权、刚改编了一个什么电视剧之类，讲话的腔调也不一样了。有个很明显的事实——参与了电视剧剧本写作的许多作家，想重新回去写小说，再也回不去了。

当一个作家像商人一样只盯着钱包，你还指望他能写出什么穿越世俗到达灵魂的作品吗？

徐：文学的“精变”是社会精变的一个反映。

蒋：是的。不光是文学，我们的文化也出现了世俗、低俗和恶俗的趋势。明星们现在赚钱非常容易，天天在电视中抛头露脸。对他们来说，曝光率就是口碑，新闻越多越好，管它是不是丑闻。为了票房、收视率，有的粗制滥造的影视作品更是在消费经典，糟蹋文化。

虽然这几年的国学热有成效，但还是有点虚热。有少数人拿国学装腔作势，达到让自己成功、让自己成名的目的。所以我担心过一两年后国学热会反弹，会出现“国学冷”。为什么呢？有些小孩去参加国学班，穿上汉服，读《三字经》《百家姓》《弟子规》，一开始很新鲜，但等孩子们上了学，语文数学都补不过来，看看这些东西学了完全没用，就会扔掉不学。

因为“精变”，我们已经把工匠精神搞丢了

徐：当人人都想走捷径时，就没有人愿意下苦工夫，下笨工夫了。

蒋：是的。李克强总理提出要弘扬工匠精神，但我悲观地认为，因为“精变”，我们已经把工匠精神搞丢了。

过去，工匠精神是一个车间的命脉，一个车间的信仰。我中专学的专业是热处理，曾在车间里当锻工。锻工就是铁匠，劳动8年下来，我的技术已经很不错了，能独自打一个82公斤重的零件。

那个时候，工人们的信仰，就是手艺，也叫手艺道。手艺道是一种精神。在我们车间里最受尊重的人，不是党支部书记，不是车间主任，而是一个资本家。他姓王，是一个八级工，他原来开铁匠铺子出身，手艺很好，没有打不出来的东西，车间主任、技术员有问题都得去找他。

所以，工匠精神是工业产业的灵魂，是工业产业的基础。没有工匠精神，一个国家的民族工业怎么支撑？现在媒体上经常发表文章，谈什么是工匠精神，但很少真格地落实到人身上。谁有工匠精神？工人有工匠精神。而现在哪个家长愿意自己的孩子去当工人？当工人就是混饭吃，哪有工匠精神可言？

过去我上学的时候，天津市有很多技校，技校毕业后就是二级工。我所在的班有30多人，只有1个人毕业后愿意当见习技术员，其他都愿意去当工人。因为当工人可以成为大工匠，成为大工匠是很牛的事，甚至相当于现在的明星。而今天，谁又会把一个有技术的工人当明星看待啊？

徐： 您曾在工厂里待了整整25年，您认为工匠精神应该如何重整旗鼓？

蒋： 德国大众汽车公司有一个“学徒工奖”，专门奖励优秀的学徒工，每年一次，由公司的总裁发奖。人家不提工匠精神，但这就是工匠精神。

有一年我去美国，因为牙疼去医院看病，正好看见一个电工在换电灯。他先在墙上打个眼，钻头上套了一个塑料袋，粉尘正好落在里面。他一只手托着钻头，另一只手拿着一个小簸箕，把零星的灰尘兜住。打完眼后把灯装上，再把四周收拾干净，转眼就走了，不留任何痕迹。其实，工匠精神不仅是技术好，更是态度好。我干这个活，我觉得自己很快乐，我精益求精，对得起手艺道。

现在我们连马桶圈也要去日本买，我们才想起来工匠精神。这其实是我们的文化、制度出了问题，到处是粗制滥造的东西，如果不从根子上改变，不把“精变”纠正过来，喊再多的口号也是没有用的。

守住自己，就是把住自己的脉搏、自己的心跳、自己的感觉

徐：在这个“精变”的时代，我们每个人该如何应对？

蒋：最好的一招就是“反精变”，守住自己。

中国的古人认为，有一种天赋是“笨”。笨也是天赋，好多名著都是靠“笨”产生的。像曹雪芹这样的大才，他在写作的过程中有时没饭吃，有时累得吐血，他是用损耗生命换来了一本书。现代人能理解吗？曾国藩的人生哲学很独特，就是两个字“守拙”，守住笨。你不要老是跟着社会风气走，不要老是变来变去，要定住自己的魂儿。

所以，我们可以掂量一下自己，不是所有人都能“成精”的，那么我就当自己。怎么当自己？非常简单，你自己有什么，就守住什么。守住自己，就是只听自己的，把住自己的脉搏、自己的心跳、自己的感觉。

我最近刚写了一篇文章，讲的是我的一位朋友的真实故事。她是一位40多岁的知识女性，丈夫在一家大公司里任常务副总，事业风生水起。她丈夫的工资卡一直在她手里，有一天，我这位朋友脑瓜一热，对她丈夫说，你的工资卡还给你，我的工资可以养活我和儿子，我们不需要你的钱。假如你为了钱犯了错误，与我们母子无关，你别指望你进了监狱，我会给你送饭，所以从现在开始，你

是你，我是我。她丈夫一下子就傻了，说你怎么咒我呢？这位朋友说，我看你现在太牛了，不放心，你现在说起话来调子都不对了。她丈夫说，那你看怎么办？她说，在你换工作之前，咱们先搬家。他们当时住在公司给高层买的公寓里，几位老总都住在一个小区。几天以后，两口子搬走了，谁也不知道他们搬到哪里去了。接着，她丈夫开始四处找工作，最后自己创业开了一家高科技企业，干得不错。隔了一年多，陆陆续续地，原来那家公司的其他几位副总都因为贪污进了公安局。

这个故事，就叫做守住自己。

作者在英国剑河

徐：回到您熟悉的文学领域，您觉得文学能守住自己吗？对于文学的未来，您是乐观还是悲观呢？

蒋：我预测有两种可能。一种是悲观的，这个世界永远“精变”下去。就像美国学者库兹韦尔预言的那样，世界将进入一个拐点，2027年人工智能将全面战胜人脑，2047年机器人和自然人的混合人类将诞生，到那时人类的末日就快到了。库兹韦尔被认为是世界上最聪明的人之一，如果他的这些预测都应验的话，文学没有希望，未来的文学必然会向网络文学演变，变成一种娱乐消遣物。

还有一种是乐观的。这个“精变”期不会无止无休，总有一天要反弹。“精变”时代的文学虽然可读，但好作品太少了。未来的中国文学，会有一部甚至几部伟大的作品问世。

现在如果你到英国去，几个英国人凑在一起，他们必定会说出几本书是大家都在读的，而我们中国现在很少有这样的现象。我觉得，到未来，一定会出现一本大家都愿意读的好书，它一定有中国的民族精神在里面。你看好莱坞总是在展示美国精神、美国英雄，我们13多亿人不可能没有精神，所以一定会有这样的一本书诞生，代表了我们这个民族的精神。它是向上的，不是向下的。文化的作用就是“化”，文以化人，因此这部作品将会提供一种精神，提供一种榜样，提供一种力量。它符合这个时代，让人心服口服。我比较倾向于这种乐观的预测。

2016年夏

沧州，像梦一样永远跟着我

——答《河北日报》记者问

1979年，蒋子龙曾以短篇小说《乔厂长上任记》红遍大江南北，从而开启中国“改革文学”的先河。在改革开放30年后的2008年，67岁的蒋子龙宝刀不老，又拿出了一部反映农民题材的57万字的长篇小说力作《农民帝国》。这部精心打造了11年之久的长篇巨著，被评论界称为具有史诗品格的作品。

《农民帝国》展现30年社会变迁

该书以改革开放30年为背景，以郭家店的发展变化为蓝本，以主人公郭存先的成长经历、人性蜕变及至最后毁灭为主线，细腻而深刻地描写了一群农民跌宕起伏的生活，入木三分地剖析了金钱、欲望、权力对人性的冲击。一代枭雄，从农民到农民帝国之巅到阶下囚，作家在不动声色的冷静描述中，带给人们的是强烈的情感碰撞和无尽的思索。

记者：30年前的改革从农村开始，改革了30年，至今仍然是农村问题。毛泽东曾说：中国什么问题最大？农民的问题最大，不懂农民就不懂中国。我们知道，乡土既是人类最古老最牢固的根系所在，也是整个中国社会和文化的缩影，它总是不断被作家所解读，所诠释，成为作家的精神资源。您的这部《农民帝国》是否也动用了您那块精神的乡土，用它来诠释您眼中的乡土中国呢？

蒋子龙（以下简称“蒋”）：在我看来，眼下要反映中国现实，没有比选择农民题材更合适的了。被邓小平称作“第二次革命”的改革从农村开始，农民像以往一样又成了推动社会历史前进的原动力。我觉得这个话题很有意思，就想把农村这30年社会文化变迁再现出来。我是河北沧州人，14岁之前都在农村度过。虽然在天津生活了半个多世纪，但是我很少做城市里的梦，做了也记不住。进入梦境的几乎全是老家的景象。像这样深重的情结，我心里很清楚，自己早晚会写一部关于农民的小说，描写蕴含着农业文明形态的乡村和农民，在面对几十年纷繁变幻的现代化历史时作出必然的反应。这是一种情结，也是一种责任。

记者：我们知道，您最擅长的还是写工业题材，如今改写农村题材的长篇小说，对您来说，处理这个题材会不会有技术上的障碍和困难，这次写作算得上是一次挑战吗？

蒋：我一直认为，一个作家不应该受题材的局限，如果总被题材局限住，说明这个作家是不成熟的。我关注的是现实，不管它是城市还是农村，它触动了我，我有了感觉就可以动笔写作。对我这个年纪的作家来说，题材不是问题，技术也不是问题。1984年，我就曾经写过一个农村题材的中篇《燕赵悲歌》。

但《农民帝国》的写作，对我又确实是一次挑战，不是因为题材，是对所要表现的内容和思想的把握上。由于受一种可望而不可即的境界的诱惑，在写作过程中常常出现写不下去的时候。最初我总想把这30年农民的命运、农村变革的得失，能够理顺了、参透了，然后写一部有思想有分量的作品。目标定得不现实，就容易写不下去，感到很难驾驭这个题材。比如，该如何把握现代农民的命运？他们的灵魂有着怎样的色彩？该如何看待现代农村变革的得失？这些东西在我头脑中还没有形成清晰的脉络。我甚至想到过放弃，觉得目前还不是写这部小说的时候，不应该在不能写的时候写它，弄不好会糟蹋了这个题目。当真要放下来，心又不甘，便拾起来继续写下去……就这样写写停停，磨磨蹭蹭，一直拖了11年之久。

记者： 那您后来是怎么把《农民帝国》写下来的呢？您把那些当年曾困扰着您的问题都解决了吗？

蒋： 没有，很多问题到现在仍然没有完全搞清楚。为了写这本书，我曾看了一些哲学的书，包括西方的各种哲学流派，期望能找到一个工具，看透生活。我对农村的感觉，农村给我的启示，逼着我不能图省事。当今文学有个特点，思想苍白，精神贫弱，大部分靠聪明、靠一个好的点子支撑着，因此写得也很快。哪像我写《农民帝国》，舍不掉，又写不好，就这么不死不活地老吊着。幸好我始终关注着现实，关注着农民，关注着跟农民有关的所有我能知道的事情，包括这30年来许多国内外的理论观点，像新加坡学者的《地缘政治学》，就给了我很大的触动。我还反复读历史，我想搞清帝国的含义，中国历史上一些农民事件，我都重新阅读，想找出郭存先性格走向的依据。我还了读《怎么治理盐碱地》《中国人还会饿肚子吗》等纯科学著作……读这些书是想知道从古到今人们都对农村说了些什么，做了些什么，让自己的小说躲开别人，不要写重复的东西。因此，我能有点自信的，是觉得有一些自己的思想。

2007年春节，我跟80岁的老哥哥坐在炕上谈老家的事，谈过去的事，谈死去的爹娘爷爷奶奶以及所有不能忘怀的人……谈着谈着我忽然悟出一个道理，写小说是写人物、说故事，我不必参透农民的命运，参透数十年来农村变革的玄机，我又不是做调查，不是在哲学上给出答案，何必非要看透生活。只要把我的人物确定之后，他们自然会按照自己的性格逻辑行事，他们每个人都有自己命运，无需我太费心机。一想明白这个问题，创作就变得顺利了，全部完稿后又放了两个月，想想也不可能再把《农民帝国》写成别的样子，就将书稿交给编辑。今天谈这个过程连自己觉得奇怪，中途像碰上了“鬼打墙”，竟然耗费了那么长时间，真是耽误自己。可能我吃亏就在在思想上太过执拗，或许我得益也是因了这种执拗。

记者：是的，很多作家都有和您同样的感受，比如贾平凹和莫言，他们围绕各自的家乡写了很多农村题材的文学作品，但是在采访他们的时候，能明显感觉到有一种东西在困扰着他们，你能感觉到他们的迷惘，那就是曾经倍感亲切的家乡已经发生了巨变。随着农耕文明的裂变，他们脑海中的农村只能成为一种记忆，他们的家乡回不去了，而现代文明的进程又让他们不能清晰地看清未来农村的发展方向。他们能够做的就是忠实地、原生态地记录下农村正在发生的变化，至于它为什么变化，如何变化则不去管它。生活是琐碎的，作品也就是琐碎的，而这也造成他们的作品（比如《秦腔》）为人诟病的最主要原因。

蒋：农村正在发生变化，不能简单地用好坏来评定这种变化，有很多人在这个变化中迷失了自己也是事实。我回老家就常常会感到陌生，童年时候的那个乡村，哪儿有个大水坑，哪儿有棵大树，全对不上号了。庄稼地，菜园子，围着菜园子有条小河，我在里面捉过蛤蟆，打过蛇，河边有几棵老枣树……一切的一切都非常美好。而这一切都成了记忆。只有在写作的时候，这些记忆才又活了起来……

记者：“农民帝国”这个名字有点奇怪，为什么给这部书起这样一个名字呢？

蒋：不要奇怪，中国人有点钱就想做“帝国梦”的人可不少。而小说里的这个农民的“帝国”，就是一个自我膨胀的梦幻，看似是个想当君王的庞然大物，喜欢称王称霸，骨子里却虚弱得很，包括他的“帝国”，同样也很脆弱。当今确有这样一些人物，他们得点势就怀上一个情结，要做大、做强，做大、做强的标准是把自己搞成一个称王称霸的“帝国”。在这个“帝国”当中他要当土皇上。这种情结有的是农民，有的不是农民，甚至是留洋回来，学历齐全，西装革履。我当初刚构思这本书的时候，我就想到了这个书名，好长时间以来，几次想变，变来变去最后还是维持原名。我的责编也认为这个书名不错，最后就这样定了。

记者：像《乔厂长上任记》中的乔光朴一样，《农民帝国》里郭存先也极有可能成为中国当代文学史上一个典型的人物形象，在这个人物身上，您倾注了大量的心血和笔墨。郭存先这个人物最打动您的地方在哪？他的现实意义表现在什么地方？您对他投入的感情是同情，是伤感，是怀疑，还是三者兼而有之呢？

蒋：这个触动应该是在1996年底，我接触了一个信息，《科技日报》的改革版把改革开放以来的农民企业家的命运，从第一届优秀的农民企业家，到第二届、第三届做了一个追溯，这一追溯发现功成名就的所剩无几，硕果仅存的就是那几位。我也认识一些这样的企业家，开始把他们排队，结果真的发现有些哥儿们就像做了一个梦一样，原来很穷，暴富之后开始贪恋自己以前所向往的东西，某一天突然梦醒了，发现自己又回到了原地，又变成穷光蛋了。这时候他这个穷光蛋和过去不一样了，肚子大了，血压高了，有的还进到监狱里，有的回到坟墓里……给我触动非常大。那一阵有一个时髦的流行语叫“跑在前边的人纷纷中箭落马”。我思索这个现象，为什么会是这样？以后便开始留心，还走了许多地方，广泛接触和了解在开放大潮中“跑在前边”的人。某些中国著名的村庄，我差不多都去过了。因此，我在写《农民帝国》时，在环境描写上尽量躲开我去过村庄，在人物设计上也是这儿抓一把，那儿抓一把，提炼一种典型的带规律性的东西，防备有人对号入座。比如在郭存先身上，中国农民的优点和缺点都异常明显。现代农民的脱贫致富，不是从前的“痞子运动”，而都是一些很优秀的农民。当环境宽松，给了他们能够施展才智的空间，发财致富似乎还不是最难的，更难的是有了钱以后会怎样？商品社会没有钱不行，光有钱也不行，钱太多如果压不住钱，也会被钱烧得难受，这时候就是该出问题的时候了。郭存先的悲剧不是偶然，是必然。在某种程度上甚至可以说是中国农民的宿命。不过在当今复杂的历史条件下，表现形式及其结果更诡异罢了。你如果从小说中读出了一点儿对郭存先的同情，或者是一种伤感，一种疑虑，都是让我感到非常高兴的。我对郭存先这个人首先是同情，对他后来的命运充满疑虑和伤感。

记者：如何理解中国文化和中国人的民族性格？

蒋：我看过一篇文章，说美国人的爷爷跟他的孙子可以同时讨论一个棒球队，讲这个运动员如何如何，哪一场比赛如何如何，而中国的爹跟儿子就无法讨论一个队。因为他们兴趣不一样，不可能共同喜欢一个球队，没有共同的话题。美国的文化有连贯性，爷爷跟孙子有共同语言，可以议论和讨论他们共同感兴趣的所有问题。中国的爹跟儿子能相互容忍，不闹别扭就不错了。中国的文化出现过断层，爹的经历儿子不知道，也不感兴趣。还谈什么继承传统，传承文化？ 中国人的民族性格，当然是由五千年的中华文化养育而成。问题是一系列的政治运动和十年动乱，严重破坏了我们的文化根脉。现在要重新接续这条根脉，加上改革开放后大量西方文化涌入，中华传统文化在各种外力的冲击下，还要逐渐恢复自己的元气，这需要一个过程。而且也不可能不发生变异，现在社会上还有什么怪事能让人感到奇怪呢？中国人的民族性格自然发生了一些变化。比如林语堂概括的一些特点：“遇事忍耐”——现代人的耐性恐怕差多了，杀警察的以及被警察杀的事件不是屡有发生吗？“消极避世”——现代人既不那么消极，遁世的也少多了。“知足常乐”——现代人还有知足的吗？“因循守旧”——显然也有所变化了……

《乔厂长上任记》开启中国“改革文学”先河

1979年，蒋子龙的短篇小说《乔厂长上任记》在《人民文学》刚一发表，就引起强烈轰动，并被称为开启了“改革文学”的先河。尽管针对这部小说的评价有过许多争论，但人们对乔光朴这个改革者的形象作了充分的肯定，这篇小说也已被公认为新时期中国文学的一个里程碑。

记者：对很多人来说，一提起蒋子龙首先想到的便是《乔厂长上任记》，您在1979年发表于《人民文学》的这部短篇小说，不仅开启了中国“改革文学”的先河，而且它还成为您的标志性作品，听说当年很多人叫您“乔厂长”，极大地影响了您之后的人生、家庭和命运。请谈一下这部作品的创作背景。

蒋：当时我在一个工厂里当车间主任，那是一个1300多人的大车间。落实政策后我很想好好干点活，可待我塌下腰真想干事了，发现哪儿都不对劲儿，有图纸没材料，机器设备也年久失修。经历了“文化大革命”，人们对待工作的态度变了。待你磨破了嘴皮子把人调度顺了，规章制度又不给你坐劲，上边不给你坐劲……

我感到自己像是天天在“救火”，身心俱疲，甚至还不如蹲牛棚。就在这时候，《人民文学》派人来组稿。于是我便用三天时间完成了三万多字的《乔厂长上任记》，就写我的苦恼和理想，如果让我当厂长会怎么干。当时的社会环境、政治经济形势还处在“积重难返”的状态，人们期盼着生活会发生某种变革，这篇小说或许正拨动了现实中某根甚为敏感的神经。可以说，“乔厂长”是不请自来，是他自己找上了我的门。

记者：是不是可以说乔光朴这个人物形象是当时社会变革的产物，如果没有改革开放，就不会有乔光朴，也不会有《乔厂长上任记》这部已经写入中国文学史的作品呢?

蒋：当时的社会还没有开始剧烈的变革，如果变革已经开始了，谁还会对这篇小说那么感兴趣？当时人们的精神敏感而紧张，思想上还有许多“文化大革命”的禁锢，最明显的是“两个凡是”。就因为乔光朴身上传导了某种渴望变革的信息，才让人感到惊奇。小说发表十几年之后，到1992年姓“资”姓“社”的问题还闹得社会上人心惶惶。没有经历过那种精神恐惧的人，不可以现在开放自由的心境去揣度那个年代，或者用现成的套话去套那个年代。“乔厂长”是那个特殊年代的产物。但他也是一个作家血液里的东西，是我命运里的东西。他不是可以游戏的东西。“乔厂长”构成了我的命运，也影响了我的命运，甚至影响其他人的命运，有按照“乔厂长”那一套去做被撤职的，也有人看了“乔厂长”改变了跳楼自杀的念头。当时，兰州的一个石化公司员工来信感谢我，说是他父亲由于各种各样的原因被撤职，就要得精神病的时候突然看到这篇小说，看完之后他父亲心病一下子就好了。

记者：这部作品发表后，轰动了整个中国文坛，引起了极大的争议，批评者认为是“毒草”，在媒体上用十几个版的篇幅展开连篇累牍的批判；而赞扬者又给予它极高评价，并荣获当年的全国优秀短篇小说奖。对同一部作品的评价，为什么会有如此大的分歧，并得出两种截然相反的结论呢？

蒋：小说描写某电机厂内部改革中所遇到的种种矛盾与阻力，作品中那位大刀阔斧、锐意改革的电机厂厂长乔光朴激起了全国上下的改革热情，以至许多工厂挂出了“请乔厂长到我们这里来”的长幅标语；但是，在那样一个特殊的时代背景下，改革总会触痛一些人的神经。一位领导同志在全市最大的剧场里动员计划生育和植树造林，却把大部分时间用来批判这篇小说。这自然又闹成了一个事件，工会主席回厂传达的时候说：“蒋子龙不光自己炮制‘大毒草’，还干扰破坏全市的植树造林和计划生育……”

30年的文学与生活

《乔厂长上任记》发表之后，蒋子龙的目光一直追踪时代的发展，追踪改革者的步伐。30年间，他在《一个工厂秘书的日记》《锅碗瓢盆交响曲》《开拓者》《赤橙黄绿青蓝紫》《燕赵悲歌》及长篇小说《蛇神》《子午流注》《人气》《空洞》等作品里，把改革者的个性心理、精神风貌及他们为现代化建设进行的奋斗表现得极具感染力。

记者：文学是生活的反映。30年来，中国的社会和生活发生了巨大的变化，这些变化在文学上也有很好的体现。作为社会生活的记录者，您的创作向世人展示了社会生活这种变化，您笔下的艺术形象，被评论家誉为“开拓者的家族”。我们从您的作品表现的生活画面中，聆听到了历史的回声，强烈地感到新的生活的节奏，这些作品艺术地再现当代人民的命运，为什么您的作品中会有这么强烈的时代感和现实色彩呢？

蒋：赶上这样一个社会的大变革期，现实催赶着你不多看不行，不多想不行，灵魂得一次又一次地蜕皮。就像蛇一样，不蜕皮长不大。不管你愿意不愿意，当代文学乃至每个人的生活都跟这场改革绑在了一起，波澜起伏，丰富而充实。写作自然也是有感而发，我的文学观以关注现实作为一种责任。有责任，才会观察，才会有自己的感受，创作至少会有真诚，不至流于空泛和浮躁。注视着急剧变化的社会现实，还会逼迫作家去读好多东西，研究许多现象，文字也会充实。不管是否真的能写出有价值的东西，作家存在的意义，至少是应该追求有意义的写作。比如我在《赤橙黄绿青蓝紫》中，是要向读者展示一种历史变革要求和发展趋势的不可逆转性；而在《锅碗瓢盆交响曲》中，则从广阔得多的社会背景上，反映了新时期改革潮流所带给生活各个领域的深刻影响……

记者：1984年，您曾经以华北平原上的一个小村庄为背景写过一部中篇小说，题目很有河北特色，就叫《燕赵悲歌》，这是怎样的一部作品？

蒋：《燕赵悲歌》通过一个农村有胆有识、具有现代意识的农民形象，展示了北方农村在变化中的灵魂激荡，想揭示物质文明的发展给农村社会带来的急遽变化，以及农民们的种种不适应。作品以“悲歌”为题，从一开始就预示着农村改革将是一场沉重万分、阻碍重重的、对大自然更是对顽固势力的斗争。有图变的，也必然会有怕变的。前者如武耕新、熊丙岚，后者如李峰、孙成志。我着重刻画了武耕新这位具有燕赵文化背景的农民，并对他寄予了深厚的同情。

记者：上世纪80年代，您的创作风格还没有最后定型的时候，作品都充满张扬的个性；但是当您风格固定下来以后，从《蛇神》到《人气》到《空洞》，我能感觉到您的一种矛盾，我发现您一直在转换自己的写作方式，为什么会这样？

蒋：是的，这确实是一个问题。从《乔厂长上任记》《赤橙黄绿青蓝紫》到《人气》，没有风格的时候我努力追求风格，但是有了风格以后会发觉风格会把你框住。于是我一直在转换路数，想突破自己。当我发现一个创作路子成套数了，就赶紧转业，东一榔头西一棒子，好像总是在创业，这也是我的苦恼。比如我当时就创造过两种“文学模式”。一种是“乔厂长模式”，一段时间各种乔厂长式的人物出了不少，我自己却尽量不再写这类的人物。另一种是“刘思佳——玩世不恭型的人物模式”，曾有一段时间这样的年轻人很多，甚至有些部队题材的小说，年轻军官也弄成这样的性格。长篇小说《蛇神》已经将作品重点由对事件的描画转向对个人性格的刻画。这以后创作的《寻父大流水》《子午流注》、“饥饿综合症”系列等作品，我的创作风格开始发生转变，作品中塑造的形象由“主动进攻型”的强者转向“被动承受型”的小人物，随着人生阅历的增加，我作品中的人物少了那种意气风发，却多了对命运的无奈感。此时，我对社会问题思索较从前变得更为深刻，我只想自由地在小说中表达自己对人与事的思考，不再去考虑什么风格。如《人气》写天津棚户区拆迁，人搬走后，窗户卸了，门拆了，房子就不像房子了。我想表达的就是房子是用来保护人的，可房子本身又是需要人住进去来保护的。再如《空洞》，根据一桩活烧肺结核病人的真实报道写的，其中表达的就是对普通人命运的关注。我希望自己的作品能为读者展示出故事之外的思想。

记者：最近这些年来，您小说写得少了，散文随笔写得多了，为什么会有这种转变？

蒋：因为我老了，没锐气了，不能像年轻人一股冲劲、一气呵成那样写长篇了。老家伙了，对生活更多的是感悟，是思考，很容易从一件事情、一个现象联想很多，左顾右盼的，不太容易集中，所以更适合写散文。我常常想到中国作家的生命力。和当年相比，我觉得自己少了很多锐气，一个长篇写了多年，还写不好。外国作家不这样，像托尔斯泰，六七十岁写《复活》，雨果七八十岁写《九三年》。为什么？我想是文化的底蕴，传统文化的影响。中国作家，一到五六十岁，就在心里对自己说：都到这份上了，不要勉强自己，写不出来也没关系。这等于自己给自己找台阶下。我在《文汇报》写过一篇《寻找悍妇》，不是真的找一个凶老婆，是要让自己更有动力。

我骨子里淌着农民的血

记者：请谈谈您对自己的家乡沧州的印象。

蒋：在我的心目中，沧州是个神奇的世界，大得了不得，有许多我闻所未闻、见所未见的新鲜玩意儿。它是我见过的第一个城市，印象深刻，感受强烈。不论什么时候，在什么场合，一听人谈起沧州，就不能无动于衷！几十年来，我去过不少著名的大城市，也见过东欧和北美的一些美丽城市，但让我感到亲近，并常常进入我梦境的还是沧州和我的家乡——窦店。真是奇怪，我在家乡只长到 14 岁就到天津去读书，然而一做梦就回到家乡：那高高的土房，村外的水坑，可摸鱼可洗澡，那比两边的土地低大截的大车道。我极少梦见我已经习惯了的城市和城市生活。我在一篇散文中写过这样一句话：沧州，像梦一样永远跟着我。

记者：天津离河北这么近，这些年您经常回河北吗？现在沧州老家还有您的老房子和亲人吗？

蒋：我经常回农村老家，那里有我童年的伙伴，还有一些同辈和侄孙辈的人。我的童年是在沧州农村度过的。人的情感是很奇妙的。我1955年考到天津读中学，后来当兵，大部分是在大城市。实话实说，在城市生活了半个多世纪，我一直觉得自己骨子里是个农民。每天看气象预报时，脑子里首先想到的总是天气对农村的影响，很自然地和庄稼的生长联系起来，眼下是什么季节，地里缺不缺雨。我对农村的情感很深，我认为，是农村在我的童年养育了我的性情，甚至决定了我的一生。1981年写《赤橙黄绿青蓝紫》典型的工厂，但是别人一看就知道我写沧州，因为我写一个机灵的小伙子自己造了一台电视机，命名为沧州牌。作者有如此的家乡情结，一看就知道是沧州人。

记者：您回农村老家，是因为有割舍不掉的亲人、友情、童年记忆，还是为了体验生活，接接地气，寻找写作的感觉呢？您和自己的家乡是一种什么样的关系呢？

蒋：我小说里有一节，写大涝之后在水里抢庄稼，完全是我自己的经历。雨水齐腰深，大人在地里掰棒子，我负责往家里运。我一回到老家，说话就是沧州味。有时我有意把自己关在农村，就是让自己从里到外都变成一个农村人，在一种农村的氛围中写作。我同意这样的说法，作家脱离生活，闭门造车，写出的作品就容易缺筋骨，缺思想，缺行动。我把这种现象叫做精神的软死亡。真正的作家应该没有“家”，他的灵魂、他的精神应该在路上，在行动中。如果一个作家安于有家了，他的精神就死亡了。作家不参与，不到现场观察和体验，老是坐在家里开发自己，肯定不行。为了写《农民帝国》我去农村很长时间，广东的、河南的、山东的，还有天津周边的农村都去过。我到农村去，都是走单帮式的，最长的是几个月。村里人都不知道我是谁，就知道来了个老头，像个疯子，或者来个亲戚，他要在这儿生活一段时间。我从来没拿过公家的介绍信，那样不行，当你变成了采访的，听到的套话就多了。我下农村是尽量将自己变成一个农村人，这就跟我童年的经历连接起来了。生活在城市里，我的语言结构、氛围、形态都还是城市的。可我一回到村子，几天之后，我说话的腔调，和农村打交道的方式，一切都入乡随俗了。

记者：与这些全国著名的村子相比，河北的农村和农民有哪些优势，又有哪些不足？我们应该借鉴这些村子的哪些经验呢？

蒋：说实话我更喜欢河北的农村和农民，他们中有更多的人是耿直朴茂的，更好相处，也好领导。

记者：最后，请您谈谈对当下河北文坛的印象。

蒋：河北文坛整齐雄壮，传统深厚，有响当当的前辈，又有阵容强大的新军。现任中国作家协会的主席，就从我们河北出去的，这就足以说明问题了。

2008年11月

附录：蒋子龙主要作品目录

《机电局长的一天》（短篇小说）	《人民文学》1976年第1期
《乔厂长上任记》（短篇小说）	《人民文学》1979年第7期
《蒋子龙短篇小说集》	中国青年出版社，1980年
《开拓者》（中篇小说集）	中国青年出版社，1981年
《赤橙黄绿青蓝紫》（中篇小说）	《当代》1982年第1期
《蒋子龙中篇小说集》	湖南文艺出版社，1982年
《过海日记》	中国文联出版公司，1983年
《蒋子龙选集》（3卷本）	百花文艺出版社，1983年
《不惑文谈》（散文集）	上海文艺出版社，1984年
《蛇神》（长篇小说）	百花文艺出版社，1986年
《纽约的刺激性》	中国华侨出版公司，1989年
《子午流注》（长篇小说）	中国青年出版社，1989年
《净火》（随笔集）	知识出版社，1994年

《蒋子龙》（小说、散文集）	人民文学出版社，1995年
《蒋子龙集》（中长篇小说4卷本）	花城出版社，1996年
《蒋子龙海外游记》	华文出版社，1996年
《我是蒋子龙》	团结出版社，1996年
《蒋子龙文集》（8卷本）	华艺出版社，1996年
《当今骂坛》（杂文集）	时代文艺出版社，1997年
《蒋子龙自述》	大象出版社，1998年
《生命中的轻与重》（散文集）	学林出版社，1999年
《人气》（长篇小说）	作家出版社，2000年
《空洞》（长篇小说）	北京十月文艺出版社，2001年
《感受的快乐》（散文集）	文汇出版社，2002年
《蓦然回首》（随笔集）	花山文艺出版社，2003年
《长发男儿》（小说集）	中国社会出版社，2004年
《慈祥的火》（散文集）	新华出版社，2005年
《命运与菩提》（散文集）	作家出版社，2006年
《国家的投影》（随笔集）	解放军出版社，2006年
《我的人生笔记》	时代文艺出版社，2007年
《农民帝国》（长篇小说）	人民文学出版社，2008年
《蒋子龙文集》（14卷本）	人民文学出版社，2013年
《一见》（纪实文学）	中国社会出版社，2013年
《借景》	辽宁人民出版社，2015年
《天下大美》（杂文集）	金城出版社，2015年
《蒋子龙散文》	人民文学出版社，2015年

文学回忆录书系

策划 肖风华　主编 陈思和　执行主编 向继东　统筹 古海阳

刘心武文学回忆录	刘心武　著
蒋子龙文学回忆录	蒋子龙　著
张炜文学回忆录	张　炜　著
王跃文文学回忆录	王跃文　著
残雪文学回忆录	残　雪　著
* 冯骥才文学回忆录	冯骥才　著
* 贾平凹文学回忆录	贾平凹　著
* 王安忆文学回忆录	王安忆　著
* 方方文学回忆录	方　方　著
* 叶辛文学回忆录	叶　辛　著
* 张抗抗文学回忆录	张抗抗　著

* 待出